Ruben Toulouse

Erhöhte Temperatur 2

Erotische Geschichten

Blue Panther Books

blue panther books Taschenbuch
Band 2549
1. Auflage: November 2021

Vollständige Taschenbuchausgabe
Originalausgabe

Lektorat: Jasmin Ferber

Cover:
© pawelsierakowski @ 123RF.com
Umschlaggestaltung: MT Design
Gesetzt in der Trajan Pro und Adobe Garamond Pro

Printed in Poland
ISBN 978-3-7507-0271-4
www.blue-panther-books.de

INHALT

Duftende Wollust - Die feuchte Möse

Die Einkaufsstraße lag im grellen Licht der Mittagssonne. In endloser Folge schoben sich die Passanten aneinander vorbei, ohne sich gegenseitig groß zu beachten.

Die auffällige Kleidung und dunkle Sonnenbrille, die den Großteil des Gesichts der schlanken Frau verbarg, hob sie aus der Masse der Fußgänger hervor. Ihr zu einem breiten Zopf geflochtenes Haar schwang über der ärmellosen, dunklen Bluse hin und her. Der weite Rock, bedruckt mit großflächigen, bunten Blumen, schien mit dem Takt ihres Zopfes zu konkurrieren. Der Stoff der Knopfleiste im Vorderteil des Rocks sprang bei jedem ihrer ausladenden Schritte auseinander und gab ihre braun gebrannten Beine den Blicken preis. Ihre Bewegungen hatten etwas Fließendes, leger Sportliches an sich. Ihr wippender Gang mochte von den hochhackigen Schuhen herrühren, möglicherweise lag es aber auch nur an der leichten Drehung ihrer Hüfte, die jeden ihrer Schritte begleitete. Die eng anliegende Bluse betonte ihre volle Brust. Sie schien bereits über vierzig zu sein, doch noch immer konnte sich ihre Figur sehen lassen. Ihr gerader Gang und die zurückgezogenen Schultern mit vorgeschobener Brust deuteten auf ein starkes Selbstbewusstsein hin.

Seit einer knappen Stunde war sie in der Einkaufsstraße unterwegs, doch hatte sie bislang nichts Passendes für ihren anstehenden Urlaub gefunden. Sie spürte den Schweiß in den Achselhöhlen, spürte, wie er sich zwischen ihren Brüsten und im Schritt sammelte. Genau darauf zielten ihr trägerloser BH und ihr Dreiecksslip aus Gummi ab. Sie liebte das erregende Gefühl auf ihrer Haut. Das Argument, Gummi sei kalt und abweisend, hatte sie nie verstanden, denn bereits nach einigen Sekunden nahm das elastische Material ihre Körpertemperatur an und schmiegte sich wie eine zweite Haut um ihren Körper.

Je feuchter sie wurde, desto mehr genoss sie es. Vor allem der Geruch erregte sie, besonders wenn sie es zuvor mit ihrem Freund getrieben hatte.

Dass Gummi, Teil ihres Liebesspiels wurde, war eher zufällig zustande gekommen. In einem der einschlägigen Kataloge stießen sie neben Reizwäsche jeder Art auch auf Gummibekleidung. Das schwarz glänzende, zu Slips, BHs, Gesichtsmasken, Hemden, Röcken oder Ganzkörperanzügen verarbeitete Material regte ihre Fantasie enorm an. Schon beim ersten Versuch verfielen sie und ihr Freund diesem vielseitig verwendbaren Material.

Es war an einem heißen Tag wie diesem gewesen, als sie nach schweißtreibendem Liebesspiel nackt auf den Küchenstühlen saßen, um sich zu stärken. Ob es am PVC-Überzug der Küchenstühle lag oder die im Raum stehende Hitze der Auslöser war, hätten sie im Nachhinein nicht sagen können. Mit Sicherheit lag es jedoch an dem eigenwilligen Geruch, der Vermengung ihrer Körpersäfte mit einer unterschwellig metallischen Duftnote von Sperma. Der Geruch wurde immer intensiver und geilte sie enorm auf. In dem Moment war sie auf die Idee mit dem Parfüm der besonderen Art gekommen.

Jedes Mal, wenn sie danach zu einer Party, einem Konzert oder einfach nur in eine Kneipe gingen, musste dieser Duft sie umgeben. Das Ritual war immer das gleiche: Kurz bevor sie die Wohnung verließen, kniete sie sich vor ihn und brachte ihn in Rekordzeit zum Erguss. Da sie fertig geschminkt war, blieb ihr Mund für ihn tabu. Dafür leckte sie ihm ausgiebig die freigelegte Eichel, den Rest besorgten ihre geübten Finger. Im Wechsel flogen sie über seine Eichel oder kneteten geschickt seinen Hodensack. Entleeren durfte er sich nur in ihrer zur Faust geballten Hand. Anschließend verteilte sie seinen Samen hinter ihren Ohren, unter ihren Achseln oder manchmal auch auf ihrem Dekolleté. Zum Dank für das besondere Parfüm leckte sie seine Eichel sauber, ehe sie das erschlaffte Glied in seine Hose steckte. Ging sie allein aus, musste er ihr vor dem Anlegen der Kleidung auf die nackten Brüste spritzen. Damit sein Duft sich so lange wie möglich auf ihrem Körper hielt, zog sie Gummikleidung an. In der Regel einen BH, seltener auch einen Gummislip.

Auch vor dem heutigen Einkaufsbummel verteilte sie sein Sperma auf ihren Brüsten. Hart drückten ihre Nippel gegen ihre Handflächen und ließen sie geil werden. Sein Sperma trocknete bereits auf ihrer Haut, als sie den trägerlosen Gummi-BH anzog und die Bluse überstreifte. Das kribbelnde Gefühl zwischen ihren Schenkeln wurde stärker. Sie warf einen schnellen Blick auf ihren Freund, der mit halb geschlossenen Augen auf einem der Küchenstühle saß und wog das Für und Wider ab. Ihr Optimismus siegte. Mit gespreizten Beinen stellte sie sich über ihn und griff zwischen ihren Beinen nach seinem erschlafften Glied und massierte es. Unter Zungenküssen erweckte sie seinen Schwanz zumindest so weit zum Leben, dass sie sich ihn einführen konnte. Kein Vergleich zu seinem ansonsten so harten Schwanz, aber besser als nichts. Behutsam ließ sie ihr Becken kreisen. Wie sehr sie sich auch bemühte, sein Schwanz blieb weich. Sie konnte schon froh sein, wenn er nicht aus ihr herausglitt. Er bedurfte dringend einer stärkeren Stimulation.

Sie senkte ihren Kopf herab und stachelte ihn mit Obszönitäten auf. »Ich gehöre nur dir. Du kannst mit mir jetzt machen, was du willst. Ich bin deine Luststute, spürst du nicht, wie ich auslaufe? Meine Fotze will von dir gefüllt werden. Ich bin deine Lustsklavin. Du darfst mich fesseln und schlagen. Ich will dir in allem gehorchen.«

Noch immer hatte sein Schwanz nicht die richtige Standfestigkeit erreicht. Die Frau steigerte sich, während sie mit ihren Fingernägeln unaufhörlich seine Hoden bearbeitete. »Du willst doch bestimmt, dass jeder, der mir gleich auf der Straße begegnet, sieht, dass ich deine Fickfotze bin und du mich gerade bestiegen hast? Nun spritz endlich ab, du weißt doch, dass es mich mit Stolz erfüllt, wenn dein Sperma an meinen Beinen herunterläuft. Oder ist es dir lieber, wenn ich mich dem Nächstbesten auf der Straße hingebe? Willst du, dass ich mit nassem und wundem Schoß zu dir zurückkehre?«

Endlich wurde sein Schwanz hart. Die Frau reagierte sofort und verstärkte seine Lust durch Heben und Senken ihres Schoßes. Je härter der Schwanz wurde, umso heftiger wurde ihr Ritt. Mit einer Hand umklammerte sie seinen Schaft und verschaffte ihm durch den Druck ihrer Finger einen neuen Kitzel. Zugleich hinderte sie ihn dadurch daran, aus ihrem feuchten Loch herauszurutschen. Seine masochistische Neigung ausnutzend, ließ die Frau plötzlich seinen Schwanz los und schlug ihm mit der flachen Hand leicht mehrmals ins Gesicht. Barsch forderte sie ihn auf, endlich abzuspritzen, sie habe ja nicht endlos Zeit. Was er sich eigentlich einbilde? Es gäbe genügend andere, die nur darauf warteten, sie ficken zu dürfen. Und mit einem Mal kam es ihm. Die Frau spürte, wie sich sein Samen heiß in ihrem Schoß verströmte. Erschöpft sackte ihr Freund in sich zusammen.

Die Frau verschwendete keine Sekunde. Bevor das Sperma aus ihr herauslaufen konnte, presste die Beine zusammen, griff nach dem Gummislip und zog ihn so schnell wie möglich an. Kurz darauf strich sie ihm zärtlich über das Gesicht und gab ihm einen Kuss auf den Mund. Während sie ihren Rock anzog und in ihre High Heels schlüpfte, rief sie ihm zu: »Vergiss nicht, hinter dir die Tür zuzuziehen.«

Bereits beim Verlassen der Wohnung spürte sie, wie sein Sperma ihren Schritt einnässte. Beherzt schritt sie aus. Nach einigen Straßenzügen hatte sie ihr Ziel, die Einkaufsstraße des Ortes, erreicht.

Plötzlich schien es, als mache ihr die Hitze zu sehr zu schaffen, denn sie scherte aus dem Strom der Passanten aus und lehnte sich in einem Lieferanteneingang schwer atmend gegen die Wand. Sie legte ihre Stirn auf den erhobenen Arm, mit dem sie sich an der Wand abstützte.

Wäre die Sonne nicht so stark von dem glänzenden Marmorpfeiler des Eingangs reflektiert worden, hätte er die Frau, der er bereits einige Zeit folgte, glatt aus den Augen verloren. In der Menge war ihm der schnelle Schwenk in den Lieferanteneingang entgangen. Durch die schwingenden Bewegungen ihres schlanken Körpers war sie ihm vor einigen Minuten im Strom der Passanten aufgefallen.

Überrascht und besorgt trat der junge Mann zu ihr. Die sich an die Wand lehnende Gestalt, deren Brustkorb sich im schnellen Rhythmus hob und senkte, während sie leicht zitterte, zog ihn wie magisch an. »Fühlen Sie sich nicht wohl? Kann ich Ihnen irgendwie helfen?«, fragte er mit besorgter Stimme.

Die Frau zuckte leicht zusammen. Mit einer leichten Drehung ihres Kopfes wandte sie sich ihm zu. Durch die Sonnenbrille entging ihm die Verwunderung in ihrem Blick. Auf ihren sanft geschwungenen Lippen lag ein merkwürdiges Lächeln. Feine Schweißperlen überzogen ihre Stirn.

»Kann ich Ihnen helfen?«, fragte er erneut und berührte zur Bestätigung seiner Absicht ihren nackten Arm. Mit einer anmutigen Drehung wandte sie sich ihm zu und hauchte ihm ein kaum hörbares »Gern« entgegen.

Der Mann deutete mit dem Kopf auf ein Café auf der anderen Seite der Einkaufsstraße und hielt ihr auffordernd seinen Arm hin. »Möchten Sie sich im Café dort drüben erfrischen?« Sie nickte wortlos und hakte sich bereitwillig bei ihm ein.

Kurz darauf saßen sie, geschützt vor den Blicken der anderen, im Halbschatten an einem Tisch im hinteren Teil des Lokals. Den Mann schien es sehr zu freuen, dass sie seiner Einladung gefolgt war. Erleichtert nahm er wahr, dass ihr Atem sich wieder normalisierte. Auch die feinen Schweißperlen auf ihrer Stirn verschwanden. Das merkwürdige Lächeln bestimmte allerdings immer noch ihren Gesichtsausdruck. Hinter den leicht geöffneten Lippen blitzten zwei Reihen makelloser Zähne. Das Weiß stand im reizvollen Kontrast zu ihrer dunklen Sonnenbrille. Die Frau sah ihn vermutlich schon länger durch die dunkeln Gläser ihrer Brille an, doch immer noch unternahm sie keinen Versuch, mit ihm zu reden. So begann er das Gespräch und sagte: »Schön, dass es Ihnen wieder besser geht. Ich hatte mir schon Sorgen gemacht, dass Ihr Kreislauf der Hitze in der Innenstadt nicht gewachsen wäre.« Sie antwortete immer noch nicht, sondern sah ihn nur regungslos an. »Ja, diese Hitze kann einem schon zu schaffen machen, oder?«, fügte er hinzu.

Als sie weiterhin stumm blieb, kam ihm in den Sinn, dass sie ihn bei dem Straßenlärm vielleicht nicht verstanden habe oder Ausländerin sei, die die deutsche Sprache nicht beherrsche.

Doch in dem Moment antwortete sie mit leiser, erschöpft klingender Stimme: »Nein. Die Hitze ist nicht das, was mir zu schaffen macht.«

Das merkwürdige Lächeln um ihren Mund verstärkte sich. Er begann, die Fassung zu verlieren, und sah sie nur verwundert an. Jetzt war es an ihm zu schweigen. Aber Sprachlosigkeit war nicht seine Sache. Nach wenigen Minuten stellte er die Frage: »Sind Sie krank? Kann ich Ihnen irgendwie helfen?«

Ihre Lippen öffneten sich zu einem breiten Lachen. »Ganz und gar nicht. Ich würde eher sagen, dass das Gegenteil der Fall ist.«

Sie verwirrte ihn zusehends. Schon wollte er aufstehen und

die attraktive Frau trotz allem allein lassen, als sie sich vorbeugte, so als hätte sie seine Gedanken erraten. Ihre vollen Brüste sprangen ihm dabei förmlich in die Augen. Es war nicht zu übersehen, dass sie unter der dünnen Bluse einen eigenwilligen BH trug. Ihre Warzen zeichneten sich deutlich darunter ab. Fast entschuldigend erklärte sie, dass ihm in der Tat alles sehr merkwürdig vorkommen müsse, doch sie wolle ihn mit ihrem Schweigen keineswegs verärgern. Sie sei lediglich etwas verwirrt, dass er sie gerade in dieser Situation angesprochen habe.

Der junge Mann nickte verständnisvoll und entgegnete: »Sie werden bestimmt für das Vorgefallene eine Erklärung haben – aber wenn Sie es mir nicht anvertrauen wollen, habe ich dafür vollstes Verständnis.« Ermutigend schaute er ihr dabei ins Gesicht und ließ seiner Aussage eine entsprechende Geste folgen.

Die Frau antwortete nicht sofort. Sie beugte sich vor, was ihm einen neuen Einblick in ihr Dekolleté bescherte. Dann rutschte sie auf dem Stuhl ein Stück weiter auf ihn zu. Während sie mit einer Hand die Sonnenbrille auf dem Nasenrücken nach unten schob, damit er einen Blick auf ihre blauen Augen erhaschen konnte, zog sie mit der anderen ihren Rock hoch und legte ihre Oberschenkel frei. Der Mann erstarrte. So etwas hatte er noch nie erlebt. Eine heftige Erregung erfasste ihn. Rasch sah er sich im Café um. Keiner der anderen Gäste schien etwas bemerkt zu haben. Erneut glitt sein Blick zu ihrem Schoß. Sein Glied schwoll an, als er bemerkte, dass sie sich mit beiden Händen an der Knopfleiste des Rocks zu schaffen machte.

Beim vorletzten Knopf war es so weit. Der Rock sprang bis zur Hüfte auf und gab seinem lüsternen Blick einen blauschwarzen Slip preis. Der eng sitzende, glänzende Slip faszinierte ihn. Es musste einer von diesen sogenannten japanischen Tanzslips aus Gummi sein, über die er vor einiger Zeit in einem Sexshop gestolpert war. Die weißlichen Lauflinien, die sich von den glatten Rändern des Slips über die Innenseiten ihrer Schenkel erstreckten, konnten nur bedeuten, dass sie im Lieferanteneingang von einem Orgasmus überrascht worden war. Der Gedanke durchzuckte ihn wie ein elektrischer Schlag. Oder aber, und dass geilte ihn noch mehr auf, ein Mann hatte sie kurz vor ihrem Einkaufsgang vollgespritzt. Beide Möglichkeiten erregten ihn maßlos. Instinktiv beugte er sich nach vorn, um die enorme Beule in seiner Hose zu kaschieren. Das Blut pochte in seinen Adern. Nur allzu gern hätte er ihr zwischen die Beine gegriffen und sich überzeugt, ob seine Annahme richtig war.

Die Frau schob die Sonnenbrille auf dem Nasenrücken hoch. Ob sie seine Erektion bemerkt hatte, war durch die dunkle Sonnenbrille unmöglich auszumachen. Überdeutlich war nur, dass sie ihn anmachen wollte. Er hatte nur einen Wunsch: Ihr an einem ungestörten Ort seinen Schwanz in die Fotze zu schieben, egal, ob bereits ein Gummischwanz in ihr steckte oder nicht. Er wollte sie ficken, sie mit seinem Samen vollpumpen, um für die nächsten Laufspuren an ihren Oberschenkeln verantwortlich zu sein. Erneut schaute er sich im Lokal um. Noch immer nahm keiner der Gäste von ihnen Notiz.

Die Frau ließ ihre schlanken Finger über den Slip gleiten, um sie schließlich unter den Beinansatz des Slips zu haken und ihn leicht anzuheben. Weißlicher Saft quoll hervor und tropfte auf dem Boden. Aus seinem Verdacht wurde Gewissheit.

»Ich habe mich vor dem Shopping von meinem Freund vollspritzen lassen«, hörte er sie mit leiser Stimme sagen.

Sie ließ den Gummislip, der ihre Scham wie eine zweite Haut umspannte, zurückspringen. Während er ihr wie gebannt zwischen die Beine starrte, quoll erneut Feuchtigkeit an den Rändern hervor. Ihre Säfte hatten sich mit dem Sperma dermaßen verflüssigt, dass sie den Slip jetzt kaum noch anzuheben brauchte, um einen weiteren Schwall hervortreten zu lassen.

Ein Pärchen betrat von der Straße den hinteren Bereich des Cafés. Schnell streifte die Frau den Rock über die Beine und knöpfte ihn unauffällig zu.

Von Reizwäsche aus Gummi hatte der Mann bereits einiges gehört, doch nie für möglich gehalten, dass eine normale Frau so etwas tragen würde, geschweige denn in aller Öffentlichkeit. Bilder der japanischen Tanzslips traten vor sein geistiges Auge. Bilder von schmalen oder breiten Slips, in deren Zwickel ein oder sogar zwei Dildos eingearbeitet waren.

Wie gern hätte er der Frau hier im Lokal seine Hand unter den Slip geschoben, ihre feuchte Vagina betastet und ihrem feuchten Loch mit den Fingern zu einem weiteren Orgasmus verholfen. Lebhaft konnte er sich vorstellen, welch erregendes Gefühl das geschmeidige Gummi der Trägerin zwischen den Beinen verschaffte. In seiner Vorstellung massierte ein solcher Slip ihre Fotze bei jedem Schritt gleich unzähligen kleinen Fingern. Der Schwanz in seiner Hose war hart wie noch nie.

Da hörte er die Frau sagen: »Ich bin gleich zurück. Jetzt wird es mir doch zu feucht zwischen den Beinen.«

Als sie von der Toilette zurückkam, trug sie ein kleines schwarzes Bündel in der Hand, das sie geschickt in ihre Einkaufstasche gleiten ließ. »Ich muss jetzt leider gehen. Hoffentlich denken Sie von mir jetzt nicht Schlechtes.« Sie deutete auf die Ausbeulung in seiner Hose und fügte hinzu: »Ich würde mich gern erkenntlich zeigen.« Sie notierte ihre Handynummer auf einem Zettel. »Mittwochs und freitags müssten sie mich eigentlich erreichen können.« Bei dem »erkenntlich zeigen« lachte sie spitzbübisch.

Ihm fehlten die Worte. Er konnte nur nicken. Kaum war sie verschwunden, lief er auch schon auf die Toilette und besorgte es sich selbst. Sie hatte ihn so geil werden lassen, dass er bereits nach kurzem Handeinsatz in die Kloschüssel spritzte.

Kaum konnte er den nächsten Mittwoch erwarten. Er hätte nicht sagen können, wie häufig er es sich in diesen Tagen in Erinnerung an ihre Begegnung selbst besorgte. Sobald er an ihren vollgespritzten Schoß und dieses Lächeln auf ihrem Gesicht dachte, hatte er seinen Schwanz in der Hand und wichste ihn wie wild.

Als er sie anrief, meldete sie sich nur mit einem fragenden »Ja?«

Den Kloß in seinem Hals ignorierend, krächzte er nur: »Wie wäre es heute mit einem Treffen?«

Er hörte sie lachen. »Habe ich einen solchen Eindruck auf dich gemacht?«

Sie stöhnte voller Anteilnahme auf, als er ihr gestand, es sich seitdem mehrmals täglich selbst besorgt zu haben.

»Unser Treffen wird doch nicht zu einer Trockenübung?«, fragte sie ihn nach seinem Geständnis mit verführerischer Stimme.

»Wenn du mich lässt, bleiben deine Schenkel die ganze nächste Woche über feucht«, entgegnete er wollüstig.

Erneut ließ sie ihr angenehmes Lachen erklingen. »Du machst mich neugierig. Dann ziehe ich am besten den Minirock an. Da kann nichts feucht werden und du bist schneller am Ziel.«

Sie trafen sich nicht in seiner Wohnung, sondern in einem heruntergekommenen Industrieviertel mit alten, verlassenen Lagerhallen. Ein eigentümlicher Reiz bestand für ihn darin, sich mit ihr zum Ficken zu verabreden, ohne ihren Namen zu kennen. Sie erwartete ihn bereits in der großen Halle, die ein merkwürdiges Zwielicht durchflutete. Als er nur wenige

Meter vor ihr stand, ließ sie den dünnen Tuchmantel von ihren Schultern gleiten. Jetzt verstand er, warum sie ihn auf dem Weg durch die Stadt trotz der Hitze umgelegt hatte. Wie versprochen trug sie einen unverschämt knappen Minirock. Unter der transparenten Bluse zeichneten sich ihre vollen Brüste ab. Auf einen BH hatte sie verzichtet. Deutlich waren ihre Brustwarzen zu erkennen. Sie erinnerten ihn an die Hörner eines Stiers, der die Capa des Matadors durchbohren will. Ihre Taille betonte ein breiter, weicher Ledergürtel mit großer Schnalle. Wie beim ersten Aufeinandertreffen trug sie die Haare zu einem dicken Zopf geflochten. Hochhackige Pumps komplettierten das gewagte Outfit.

Sie lächelte ihn an, ging einige Mal um ihn herum, während ihre Hand über seinen Arsch und seinen Schwanz strich, dann wand sie ihm den Rücken zu und beugte sich in Zeitlupe zu ihren Füßen herunter. Der Minirock spannte über ihrem kleinen, aber knackigem Arsch. Nach und nach schob sich das Tuch über ihre Pobacken und geben den Blick auf ihre fleischigen Schamlippen frei. Die Frau trug keinen Slip. An den Schamlippen ihrer vollständig rasierten Vagina hingen zwei kleine goldene Ringe.

Den Mann durchlief ein heftiges Zittern. Er verstand, warum sie sich ihm in dieser Pose präsentierte. Der Anblick der Ringe, die ihren feuchten Spalt brillant zur Geltung brachten, brachten sein Blut in Wallung. Auffordernd ließ sie in gebückter Haltung ihre Hüften kreisen. Die aneinanderstoßenden Ringe erzeugten einen zarten Klang. Schwer atmend trat der Mann hinter sie und holte sein geschwollenes Glied aus der Hose. Als er sie ficken wollte, wehrte sie ab und drückte seinen Schwanz zu ihrem Anus.

Sie will doch wirklich von mir in den Arsch gefickt werden, schoss es ihm durch den Kopf. Das hatte ihm noch keine Frau erlaubt. Dann würde er ihre Möse eben später vollspritzen. Verwundert brachte er sein Glied in Position und stieß zu. Nie hätte er es für möglich gehalten, dass es so leicht sein würde, in ihren Arsch einzudringen. Bereits nach wenigen Stößen drang er bis zum Anschlag in sie ein. Bei jedem Stoß stießen seine Hoden gegen die Ringe, was ihn mächtig aufheizte. War das ein Gefühl! Ihr Darm war weich und eng zugleich und blieb es bis zum Anschlag. Mit einer Vagina, die sich am Anfang wie ein breiter Ring um seinen Schwanz legte und ihn dahinter in die Freiheit entließ, war das nicht zu vergleichen. Das Gefühl war einfach unbeschreiblich.

Seine heftigen Stöße entlockten ihr spitze Schreie. Mit einem Ruck richtete sie sich plötzlich auf. Zum Glück blieb sein Schwanz in ihr, ein Vorteil der Analposition. In ihrer Vagina hätte er sich bei einem solchen Stellungswechsel nicht halten können. Der Mann schlang seine Arme um sie und griff durch das dünne Tuch nach ihren harten Knospen. Als er sie zwischen den Fingern rieb, erschauerte er ein weiteres Mal an diesem Nachmittag. Auch ihre Brüste waren gepierct. Kurz vor dem Ansatz der Vorhöfe waren die Warzen durchbohrt, in ihnen steckten goldene Kugelstäbe als Intimschmuck.

Der Frau bleib seine heftige Reaktion auf die Stäbchen nicht verborgen. Ungeniert streckte sie ihm ihre veredelten Brüste entgegen und spannte zugleich ihren Schließmuskel an. Jetzt war es um ihn geschehen. Unter heftigen Zuckungen spritzte er ihr sein Sperma in den Hintern.

»Zieh ihn jetzt bitte nicht heraus«, flüsterte sie ihm leidenschaftlich zu, »ich werde ihn schon wieder steif machen.«

Sie löste seine Hände von ihren Brüsten und bückte sich erneut, ohne ihren Po von seinem Glied zu lösen. Erneut spürte er ihre schlanken Finger, doch diesmal an seinen empfindlichen Hoden. Ohne Unterlass glitten ihre Nägel zart über die geriefte

Haut oder krallen sich hinter seinen Hoden zusammen. Zum Schluss schlug sie sanft auf seine Pobacken.

Sein Schwanz zuckte und gewann an Größe. In ihrem Po steif zu werden, war unvergleichbar mit allem, was er bislang erlebt hatte. War ihr Anus erst einmal geweitet, blieb er in diesem Zustand, ohne ihn im halb erigierten Zustand herauszuwerfen. Die sanfte Massage seines Schwanzes und der Anblick ihrer beringten Schamlippen, die rot und geschwollen zwischen ihren Pobacken hervortraten, beflügelte ihn schon bald zu einem zweiten Ritt. Diesmal war er ausdauernder. Er veränderte leicht den Winkel seiner Stöße, spreizte ihre Pobacken oder drückte sie eng zusammen und griff nach vorn zwischen ihre Schenkel, um ihre Klitoris zu reizen oder mit den Ringen zu spielen.

Mit einem Mal griff sie zwischen ihre Beine, zog ihn aus ihrem Anus und steckte ihn sich in die Möse. »Fick mich. Fick mich!«, schrie sie ihn an. »Fick mich jetzt so hart, wie du kannst.«

Und kurz darauf erbebte ihr Unterleib unter einem heftigen Orgasmus. Der Mann sah nur noch Sternchen. Eine Frau, die auf Gummi stand, beringt war, es anal wie vaginal trieb, das alles war für ihn wie sechs Richtige im Lotto. Er vergaß alle Feinheiten und fickte sie aus Leibeskräften, bis seine Eier das Sperma in ihre Vagina pumpten.

Kaum war er gekommen, löste sich die Frau von ihm und griff nach ihrer Handtasche.

»Du weißt, was jetzt kommt?«, fragte sie ihn atemlos. Im ersten Augenblick sah er sie verwirrt an, doch dann dämmerte es ihm. Sie wollte seinen Erguss nicht so einfach preisgeben, wollte sein Sperma nicht preisgeben. Gekonnt stieg sie in den Gummislip, spreizte die Beine und brachte die beiden Dildos passgerecht in Position.

»Ich muss nur bei den Ringen darauf achten, dass sie genau zwischen den Schamlippen liegen, damit der Slip auch wirklich eng anliegen kann. Wenn nicht, läuft alles viel zu schnell heraus«, kommentierte sie ihre Handgriffe. Dann nahm sie den Mantel vom Boden auf, zog ihn über und knöpfte ihn sorgfältig zu. Niemand hätte darunter jetzt ein solches Outfit vermutet.

»Hat dir mein Intimschmuck gefallen?«, fragte sie ihn verschmitzt. Ehe er antworten konnte, fügte sie hinzu: »Bei Frauen ist es gar nicht mal so selten. Du musst einfach mal in die Sauna gehen. Wenn sie nicht gepierct sind, dann wenigstens rasiert. Manche lassen einen schmalen Steg stehen, andere rasieren sich komplett. Wenn man auf Gummi steht, sind Haare nur von Nachteil.«

»Mich geilen deine Ringe und Stäbchen enorm auf, mal abgesehen davon, dass es dir gut steht. Wenn ich mir vorstelle, meine Freundin wäre gepierct und ich würde mit ihr durch die Stadt gehen. Keiner wüsste etwas davon. Allein die Vorstellung zaubert mir eine enorme Latte in die Hose. Je biederer sie dann nach außen wirkt, umso besser. Dieser Kontrast ...« zur Bestätigung griff der Mann nach seinem schlaffen Glied und massierte es. Er fuhr fort: »Ich würde ihn dir jetzt liebend gern noch einmal in deine Fotze stecken. Ich bin schon wieder so geil wie vor unserem Treffen.«

Die Frau sah ihn prüfend an. »Ich kann es dir schnell mit der Hand besorgen. Gegen einen kleinen Spritzer Sperma hinter den Ohren oder auf meinen Brüsten hätte ich nichts einzuwenden. Dann hätte ich auf dem Heimweg noch etwas mehr davon«, erwiderte sie mit einem Augenaufschlag.

»Lass mich dich vorher wenigstens noch einmal in den Arsch ficken«, schlug der Mann vor, doch die Frau wehrte ab.

»Den Slip ziehe ich erst einmal nicht wieder aus. Vielleicht kann ich auf dem Heimweg ja noch jemanden überraschen?

Aber das kennst du ja schon«, sagte die Frau, während sie sein steifes Glied massierte.

Beim Gedanken an ihre beringten Brüste und Schamlippen, ihren herrlich weichen und doch engen Arsch, kam es ihm schon kurz darauf in ihrer Hand. Verwundert sah er ihr zu, wie sie sein Sperma als Parfüm auf ihre Haut auftrug. Nach einem flüchtigen Abschiedskuss auf die Wange ließ sie ihn in der Halle stehen und eilte nach draußen.

HEISSE LATIN LOVER - TABULOSE FEUCHTIGKEIT

Josi liebte die Ferieninsel über alles. Seit ihrem fünfzehnten Lebensjahr verbrachte sie hier ihre Sommerferien. Mal fuhr sie allein nach Cala Millor, mal in Begleitung einer oder mehrerer Freundinnen. Die Nächte waren lang und ausschlafen konnte man am Strand. Mit sechzehn verliebte sie sich in einen DJ und verlor zwei Nächte später am Strand der Halbinsel Punta de N'Amer ihre Unschuld. Im Kreis ihrer Freundinnen war sie die Letzte ohne sexuelle Erfahrungen gewesen, doch Josi holte schnell auf. Bald war ihr keine Stellung und keine Spielart mehr fremd. Sex machte ihr großen Spaß und moralische Bedenken plagten sie nicht.

Ihre Eltern besaßen ein Apartment mit drei Schlafzimmern. Zentral im Cala Millor gelegen, verfügte es über eine Dachterrasse, von der man einen weiten Blick ins Hinterland hatte. Josi und ihre Freundinnen genossen das hüllenlose Sonnenbaden über den Dächern des Ortes ebenso wie die sexuelle Freizügigkeit ihrer häufig wechselnden Urlaubsbekanntschaften. Keine Bar, kein Restaurant oder keine Disco, wo sie nicht mittlerweile mit Umarmungen und Küsschen begrüßt wurden. Überall sah man die Clique gern, sorgten sie doch für Stimmung, die wiederum andere Gäste anzog. Jeder Wirt freute sich deshalb, wenn Josi und ihre Freundinnen auftauchten.

In diesem Urlaub war sie zum ersten Mal mit ihrem festen Freund nach Mallorca geflogen. Sie liebte Jürgen über alles. Seit acht Monaten waren sie ein Paar. Auch im Bett verstanden sie sich fantastisch. Entgegen seiner sonst eher ruhigen Art entpuppte sich Jürgen beim Sex als echter Latin Lover. Tabulos fielen sie, so oft sie konnten, übereinander her. Jürgen war allerdings kein Discogänger, sondern verbrachte die Tage lieber lesend am Strand oder auf der Dachterrasse.

Anfangs wich Josi nicht von seiner Seite, legte sich mit ihm auf die Dachterrasse oder an den Strand und suchte mit ihm die Sehenswürdigkeiten der Insel auf. Doch sie vermisste das nächtliche Treiben immer mehr. Noch hatte sie keine Nacht in der Disco verbracht oder in den Bars alte Freunde begrüßen können.

Jürgen war ihre zunehmende Nervosität und Gereiztheit nicht entgangen. Einfühlsam schlug er vor, sie solle sich doch mal allein in den nächtlichen Trubel stürzen. Er würde es sich derweil mit einer Flasche Wein auf der Dachterrasse gemütlich machen und auf sie warten. Josi war von seinem Vorschlag begeistert und versprach ihm dafür eine echt grandiose Überraschung. Was, das würde bis zur frühmorgendlichen Rückkehr ihr Geheimnis bleiben.

Natürlich fiel Josi bei Disco nicht nur Tanzen ein. Vielmehr dachte sie an die vielen Quickies am Strand, mit denen der Besuch des Tanzlokals gewöhnlich endete. Wie ihre Freundinnen auch besaß sie einen festen Stamm an Verehrern, die nur darauf warteten, dass sie auftauchte, um mit ihnen zu tanzen, zu trinken und selbstverständlich auch zu vögeln. Das gehörte zum Urlaub einfach dazu.

Bereits in der ersten Disco, dem Lolly Pop mit Flatrate-Eintrittspreis, lief ihr José in die Arme. Nach einer stürmischen Begrüßung neckte er sie: »Was, du bist schon seit einer Woche hier? Keinen Bock mehr auf alte Freunde? Herrscht unter deinem Rock deutsche Eiszeit?«

Lachend zog Josi ihn zur Bar und spendierte den ersten Drink. Dann wechselten sie auf die Tanzfläche und gaben sich der Technomusik hin, bis ihnen die Oberteile am Körper klebten. War das ein Spaß! Wie sehr hatte sie dies alles vermisst. Bei einem weiteren Getränk an der Bar weihte Josi José in ihren Plan ein, mit was sie ihren Freund überraschen wollte. José bekam einen roten Kopf. Hatte er sich etwa verhört? Doch nein, Josi wirkte völlig ernst und nüchtern. José versprach, sich umzuhören und sein Bestes zu geben. Eine halbe Stunde später erschien er in Begleitung zweier weiterer Mallorquiner an der Bar. Erfreut schlang Josi die Arme um seinen Hals und bedankte sich überschwänglich. Dann begrüßte sie seine Freunde mit Küssen auf beide Wangen und zog sie mit auf die Tanzfläche.

Die vier verstanden sich prächtig. Es wurde viel gelacht, getanzt und getrunken. Als sie zwei Stunden später aufbrachen, hatte Josi mit allen bereits mehrmals heftig geknutscht und sich im Dunkel ohne Scham befummeln lassen. Das kleine Waldstück seitlich der Bucht von Cala Millor erschien Josi als der ideale Ort, vor allem, weil es von hier aus nicht weit bis zu ihrem Apartment war, wo Jürgen sie erwartete.

In dem lichten Kiefernwald fand Josi schnell das, wonach sie suchte. Auf einem kleinen Rasenstück würde sie sich von allen gleichzeitig ficken lassen. Ihr Plan sah vor, das Sperma in ihren Körperöffnungen so schnell es ging zu Jürgen auf die Dachterrasse zu transportieren. Im Mund war es einfach. Zum Verschluss von Vagina und Anus lagen in ihrer Handtasche zwei Analstöpsel in unterschiedlicher Größe. Unter dem nächtlichen Sternenhimmel würde sie Jürgen den Erguss der Männer als Geschenk darbringen. Natürlich geschah das nicht selbstlos, sondern mit dem Hintergedanken, dass er es bestimmt umgehend aus ihren Löchern herausvögeln würde. Die Vorstellung ließ sie so feucht wie noch nie werden. Damit der Analfick problemlos verlaufen würde, hatte sie sich vorsorglich einen Einlauf mit Vaseline gegönnt.

Mit zitternden Fingern öffnete Josi die Hosen der Männer und entschied je nach Dicke und Länge der Schwänze, wer sie in Mund, Möse oder Arsch ficken durfte. José, der mit dem längsten und dicksten Schwanz aufwartete, kam die liegende Position zu. Mit gespreizten Beinen versenkte sie seinen Schwanz zwischen ihren Schenkeln. Dann beugte sie ihren Oberkörper zu ihm herab, um das schmale Glied von Ruig von hinten in sich eindringen zu lassen. Pablo, der neben Josés Kopf kniete und ihr seinen ebenso kurzen wie dicken Schwanz entgegenstreckte, nahm sie in den Mund. Josi fühlte sich ausgefüllt wie noch nie. War das eine Wonne, von drei Männern gleichzeitig gefickt zu werden! Wieso war sie nicht schon längst auf diese Idee gekommen?

Josi forderte die drei auf, nur auf ihre eigene Lust zu achten und sie, so schnell es ging, vollzuspritzen. Sie sollten sich nicht um sie kümmern, denn sie würde später bei Jürgen auf ihre Kosten kommen.

Als Erster kam Pablo, dann Ruig und kurz darauf auch José. Wortlos erhob sich Josi, klemmte ihre Pobacken und Schenkel zusammen und verschloss die Öffnungen mit den Stöpseln. Dann warf sie den Männern einen stummen Handkuss zu und verschwand in Richtung Straße. So etwas hatten die Männer noch nie erlebt. Sie fieberten bereits dem nächsten Abenteuer entgegen, das Josi ihnen für die nächsten Tage in Aussicht gestellt hatte, vorausgesetzt, dass Jürgen Gefallen daran fand.

Jürgen war auf der Dachterrasse auf der Liege eingeschlummert. Josi streichelte sein Gesicht, bis er die Augen aufschlug. Stumm deutete sie mit dem Zeigefinger auf ihre Lippen. Verschlafen und ratlos sah Jürgen sie an. Als Josi ihre Lippen auf seinen Mund drückte und ihre Zungenspitze in seinen Mund fuhr, öffnete er ihn, um ihre Zunge eindringen zu lassen. Zu seiner Verwunderung zog Josi jedoch ihre Zunge zurück, wodurch sich ein Schwall von mit Sperma vermengtem Speichel in seinen Mund ergoss. Der Saft traf ihn völlig unvorbereitet und fast hätte er sich daran verschluckt. Der metallische Geschmack und vor allem die aufkeimende Gewissheit, dass jemand in Josis Mund gespritzt hatte, weckten seine Lebensgeister. Automatisch fuhr seine Hand unter ihren Rock und entdeckte die Stöpsel. Jetzt war er völlig wach. Unter der dünnen Decke wölbte sich sein Schwanz empor.

»Ich hatte dir doch etwas ganz Besonderes versprochen, wenn du mich in die Disco gehen lässt. Mein erstes Geschenk hast du bereits genossen, zwei weitere warten noch auf dich.«

Jürgen konnte es kaum fassen. »Hast du dich etwa von drei Männern gleichzeitig ficken lassen?«

»Es war nicht leicht, aber meine Freunde haben sich nicht lumpen lassen«, erwiderte Josi mit vielsagendem Blick. Sie schob ihren Rock bis zu den Hüften hoch und spreizte vor seinem Kopf die Beine. »Möchtest du zuerst lieber Ruig aus meinem Arsch genießen oder José aus meiner Möse?«, fragte sie ihn mit Stolz in der Stimme.

Der Stöpsel zwischen ihren Pobacken wirkte wie ein Fremdkörper, während der in ihrer Möse durch die dunklen Schamhaare kaum auffiel. Die Stöpsel hatten das Sperma nicht vollständig zurückhalten können und glänzten feucht im fahlen Licht.

»Wenn du dich über mein Gesicht hockst«, sagte Jürgen mit belegter Stimme, »ziehe ich zuerst den hinteren raus. Ich möchte den Saft mit meiner Zunge auffangen. Den Rest pumpe ich dann mit meinem Schwanz heraus.«

Bereitwillig brachte Josi ihr Gesäß über seinem Gesicht in Position. Stück für Stück zog Jürgen den Analstöpsel in Form eines Doppelkegels heraus. Kaum war er über die Stelle mit dem größten Durchmesser hinaus, schoss Jürgen auch schon der Saft entgegen. Er schmeckte stark nach Vaseline.

Dann gab es kein Halten mehr. Jürgen drückte Josi gegen die Brüstung. Josis stark geweiteter und vor Gleitmittel glänzender Arsch bot ihm keinerlei Widerstand. Sein Schwanz glitt bis zum Anschlag in sie hinein. Für Josi gab es keinen Unterschied, ob sie in Arsch oder Vagina gefickt wurde, da beides zum Orgasmus führte. Erst als sie sich aufbäumte und ihre lustvolle Befreiung erlebte, ließ Jürgen von ihr ab und führte sie zur Liege zurück.

Jetzt war der Vaginalstöpsel dran. Mit zitternden Beinen hockte Josi sich über sein Gesicht, während er den Stöpsel herauszog. Begierig schluckte Jürgen den Saft aus ihrer Möse, um sie danach mit weit gespreizten Beinen auf der Liege zu nehmen. Immer wieder hielt er inne, um ihr den beschmierten Schwanz zwischen die Lippen zu stecken. Und dann kam es auch ihm. Endlich erhielt Josi die Füllung, auf die sie es den ganzen Abend abgesehen hatte.

Bereits zwei Tage später wartete Jürgen erneut voller Ungeduld auf die Rückkehr seiner Freundin. Diesmal würde er sie erst einmal in den Mund ficken, um das Sperma in ihrer Möse und ihrem Arsch so dünnflüssig wie möglich werden zu lassen. Der Versuch, sie mit einem Strohhalm auszutrinken, war es wert.

DEVOT GEFESSELT - GRIECHISCHE LUST

Man konnte Maria wirklich nicht als Schönheit bezeichnen. Mit ihren breiten Hüften und maskulinen Schultern wirkte sie eher herb und kantig. Dennoch verfügte sie über das gewisse

Etwas. Mit Leichtigkeit übertrumpfte sie durch ihren ausgeprägten Sex-Appeal alle anderen Frauen des kleinen Dorfes, auch wenn diese wesentlich besser aussahen und gekleidet waren. Maria verstand es, ihre Reize durch entsprechende Kleidung zur Geltung zu bringen. Man hätte ihr vielleicht den Vorwurf machen können, allzu sehr ihrer Vorliebe für das Gewöhnliche oder Ordinäre nachzugeben, doch gerade das zog die Männer an. Ja, oft bekam man das Gefühl, als würden ihre Blicke wie auf einer Leimrute auf Maria kleben bleiben. Und sie genoss es, Aufmerksamkeit zu erregen.

Marias zum Teil leicht anrüchiges Outfit führte bei den meisten Männern dazu, sie als leichte Beute anzusehen. Ob es ihr bereits etwas verschlissener Minirock oder ein fehlender Knopf an ihrer Bluse war, der einen überraschenden Einblick auf ihre üppige Weiblichkeit gewährte, immer haftete ihr ein Hauch von Verfügbarkeit, ja Willigkeit an. Trotz ihrer Vorliebe für kurze Röcke verzichtete Maria nie auf Strümpfe und Strapse, auch wenn der dünne Stoff nur allzu oft ein Loch oder eine Laufmasche aufwies. Bückte sie sich, schoben sich meistens die mit Spitze besetzten Abschlusskanten ihrer Strümpfe inklusive der Strapse ins Blickfeld. Jede andere Frau wäre vor Scham im Boden versunken, doch Maria ging nonchalant darüber hinweg. Für die Männer des Dorfes jedoch signalisierte dies leichte Verführbarkeit und anzügliche Bemerkungen waren an der Tagesordnung.

Dabei war Maria alles andere als leicht verfügbar. Seit Jahren liebte sie ein und denselben Mann, wenn auch ohne Trauschein. Maria war ihrem Freund treu. Sie hätte sich selbst als sexuell offene Frau bezeichnet, mit einem Faible für ausgefallene Rollenspiele, die ihre Fantasie beflügelten. Zur Freude ihres Lebensgefährten liebte sie es, in passive, devote Rollen zu schlüpfen und hatte durch ihn vor noch nicht allzu langer Zeit ihre Neigung zum Masochismus entdeckt. Jorgos verstand es virtuos, die schmale Trennungslinie zwischen Lust und Schmerz zu überschreiten. Das Eintauchen in eine Welt zwischen Erniedrigung und höchster Lust weckte Marias animalische Instinkte.

Der Grad von Lust, die seine Spiele bei ihr hervorriefen, stellte alles zuvor Erlebte in den Schatten. Sie konnte sich nicht erinnern, jemals Orgasmen von solcher Intensität und Stärke gehabt zu haben. Bereitwillig nahm Maria dafür jede Peinigung in Kauf. Jorgos verstand es vortrefflich, sie lustvoll zu erniedrigen, ohne sie jedoch zu demütigen. Maria besaß schon bald großes Vertrauen in sein Vorgehen und gab sich ihm bedingungslos hin. Er beherrschte die Klaviatur ihrer Lust derartig gut, dass sie ihn in ihrer Geilheit manchmal hemmungslos um eine härtere Gangart anbettelte. Noch nie hatte sie ihre Unterwerfung bereut. So auch heute.

Nackt und zu einem Bündel zusammengeschnürt lag Maria auf dem Teppich ihrer Wohnung. Die hinter dem Rücken zusammengebundenen Hände lugten unter dem Gesäß hervor. Um ihren Hals schlang sich ein breites, mit Nieten verziertes Lederband mit aufgesetztem Ring. Eine weitere Fesselung verlief durch die Kniekehlen der angezogenen Beine und war mit dem Ring des Halsbandes durch eine Kette mit Karabinerhaken verbunden. Ein Absenken der Beine war somit unmöglich. Um das Spreizen der Schenkel zu verhindern, waren ihre Knöchel zusammengebunden. Die Art der Verschnürung ließ ihre Vulva auf äußerst vulgäre Art und Weise zwischen den Pobacken hervortreten. Unter der dünnen, hüfthohen cremefarbenen Latexhose zeichnete sich jedes noch so kleinste Detail wie hinter einer Schaufensterscheibe ab. Für jemanden, der vor ihr kniete, erweckte die Fesselung den Anschein, als bestehe sie nur aus Vagina und Beinen. Sich zu bewegen war ihr nicht möglich. Und genau das hatte Jorgos gewollt. Heute würde ihm Maria völlig wehrlos zu Willen sein. Aber einmal ganz anders, als sie es von ihm erwartete.

Prüfend glitt sein Blick über ihren gefesselten Körper. Gewissenhaft kontrollierte er noch einmal den Sitz der Latexhose. Unter dem Latex wirkte ihre Scham viel heller und stand in merkwürdigem Kontrast zu ihrer gebräunten Haut. Die platt gedrückten Schamlippen erinnerten ihn an wulstige Lippen. Als Besonderheit barg der Zwickel des Gummislips ein Kondom, das er zuvor mithilfe eines Dildos in ihre Möse eingeführt hatte. Es entpuppte sich schwieriger als gedacht. Erst als er das Kunstglied mit etwas Vaseline einrieb, rutschte das Kondom beim Herausziehen des Dildos nicht wieder mit heraus.

Die eng anliegende Latexhose ließ Maria auf eine obszöne Art und Weise nackter erscheinen, als wenn er sie ihr nicht angezogen hätte. Durch den leichten Schweißfilm schien sie regelrecht auf ihrer Haut zu kleben. Ausnahmsweise würde ihm heute ihre feuchte Möse nicht die Lust versüßen können. Kein einziger Tropfen konnte durch den Latex nach außen dringen.

Erneut griff Jorgos nach der Vaseline und cremte sorgfältig die Öffnung des in ihrer Vulva sitzenden Kondoms ein. Das Spiel seiner Finger erregte Maria, da der Latex jede noch so kleinste Berührung auf reizvolle Art und Weise auf ihren ganzen Unterleib übertrug.

Zu gern hätte Maria gewusst, was Jorgos mit ihr vorhatte. Doch bei ihrer Fesselung hatte er nur gegrinst und angedeutet, dass er ihr heute etwas völlig Neuartiges bieten würde. Sie sollte sich einfach überraschen lassen. Wofür in Gottes Namen sollte das in ihrem Schritt steckende Kondom gut sein? Sie nahm doch die Pille und auch ihre Tage hatte ihn noch nie abhalten können.

Jorgos Finger glitten in das Kondom und trieben die Vaseline noch tiefer in ihre Möse hinein. Sie war bereits genügend geweitet, da er sie vor der Fesselung kräftig rangenommen hatte. Ihr wie auch sich selbst hatte er jedoch den Orgasmus verweigert. Kamen sie ihrem Ziel zu nahe, zog er seinen Schwanz kurzerhand aus ihr heraus. Maria hätte ihn erwürgen können, doch alles Betteln half nicht. Jorgos kannte Maria lange genug, um zu wissen, wie er ihre Geilheit steigern konnte.

Irgendwann flehte sie ihn regelrecht an, ihr doch endlich den ersehnten Orgasmus zu gönnen. Maria versprach ihm, alles mit sich machen zu lassen, wenn er es ihr nur endlich besorgte. Das war der Moment gewesen, wo er sie in die Latexhose steigen ließ und zu einem lebendigen Paket verschnürte.

Als die Öffnung ihrer Möse vor Vaseline glänzte, schob Jorgos ihr ein dickes Kissen unter das Gesäß und brachte ihren Schoß in Position. Er drehte ihr den Rücken zu, spreizte leicht die Beine und hockte sich über ihrem Schoß, wobei er sich mit den Händen auf ihren Hüften abstützte. Was er damit bezweckte, überstieg Marias Vorstellungskraft. In dieser Stellung konnte er weder seinen Schwanz in ihre Möse stecken noch sie auf irgendeine andere Art und Weise stimulieren. In der Hocke über ihrem angehobenen Unterleib schwebend, brachte Jorgos seine Rosette genau über ihrer Vagina in Stellung. Endlich durchschaute Maria sein Vorhaben. Ein Schauer von Ekel und Abscheu erfasste ihren gefesselten Körper. Sie riss an ihren Fesseln, doch vergebens. Seine Beine und Hände waren wie ein Schraubstock, in den ihr Becken eingespannt war.

Plötzlich spürte sie, wie Jorgos sich konzentrierte und sein Gesäß anspannte. Schon im nächsten Augenblick war es geschehen. Die harte Wurst, die Zentimeter für Zentimeter aus seinem Darm herausglitt, drang problemlos in ihre mit Gummi ausgekleidete Möse ein. Jetzt verstand sie, warum er in den letzten Tagen auf seine Ernährung solche Sorgfalt verwendet hatte, denn sein Stuhlgang sollte so hart wie möglich ausfallen.

Unter einer letzten Anspannung seiner Darmmuskulatur schob sich das harte Etwas in sie hinein. Sein Kot füllte sie wie ein kräftiger Schwanz aus. Maria schüttelte sich vor Ekel. Gott-sei-Dank würde es nicht lange dauern, denn die unwillkürliche Kontraktion ihrer Vagina würde sein Geschäft gleich wieder zutage fördern. Eine ohnmächtige Wut stieg in ihr hoch. Das würde sie diesem Schwein heimzahlen!

Maria zitterte am ganzen Leib und genau in dem Moment setzte ihre Scheidenkontraktion ein. Die harte Wurst glitt mit einem Schlag aus ihrem Unterleib heraus. Im Nachhinein hätte Maria nicht sagen können, was dann passierte. Sie konnte sich nur daran erinnern, dass sie trotz ihrer inneren Widerstände plötzlich von einem Orgasmus mitgerissen wurde.

Als sie nach einem Sekundenschlaf wieder zu sich kam, hatte Jorgos sie längst von den Fesseln und dem Slip befreit und streichelte sanft und zärtlich ihren Unterleib. Auch wenn sie von dem Wunsch beseelt war, ihm es Drachme für Drachme heimzuzahlen, sollte er sie jetzt erst mal kräftig ficken. Das war das Mindeste, was er ihr nach dieser schäbigen Behandlung schuldete. Später würde sie weitersehen. Auch ihre Fantasie kannte keine Grenzen.

Hautenge Hosen - Die geile Kollegin

Obwohl Karl gerade erst aufgestanden war, verspürte er bereits wieder das Verlangen, seinen Schwanz in eine feuchte Möse einzutauchen. Schon beim Aufwachen tauchte die Erinnerung an den gestrigen Abend auf und weckte ein Begehren, das sich jetzt wie ein Buschfeuer in seinem Unterleib ausbreitete.

Er hatte es gestern mit Anna ausgiebig in allen nur erdenklichen Stellungen getrieben. Seine gerötete Eichel sprach Bände davon. Sein Schwanz schwoll bereits wieder verräterisch an. Nach und nach richtete es sich auf und auch sein erschlaffter

Hoden zog sich allmählich zu einem prallen Sack zusammen. Lange würde er es ohne einen Fick nicht aushalten, das war klar. Am liebsten hätte er jetzt seine Freundin angerufen, sie gebeten zu Hause auf ihn zu warten, um ihr noch vor der Arbeit seinen Schwanz zwischen die Beine zu stecken.

Lustvoll spreizte er vor dem Waschbecken die Beine, griff nach seinen prallen Eiern und wichste seinen geschwollenen Schwanz zwischen den Fingern. Ein Blick auf die Uhr holte ihn in die Realität zurück. In knapp dreißig Minuten sollte er im Keller des Verlagsgebäudes sein, um im Rahmen eines Aushilfsjobs mit einigen Kommilitonen Bücherkisten zu packen.

Karl warf sich etwas Wasser ins Gesicht, ging nachlässig mit den Fingern durch die Haare und putzte sich die Zähne, während er seinen Schwanz über den Rand des Waschbeckens legte und in den Abfluss urinierte. Um seine Geilheit nicht abklingen zu lassen, verzichtete er auf einen Slip und stieg nackt in die hautenge Jeans. Kaum hatte er das dünne T-Shirt übergestreift, lief er auch schon die Treppe hinunter.

Der feste Stoff massiert seinen steifen Schwanz von Treppenstufe zu Treppenstufe. Vor dem letzten Treppenabsatz machte er Halt, griff hinter den Hosenbund und zog sein Glied straff nach oben. Im Hinterhof schwang er sich auf sein Fahrrad und radelte los. Viel Zeit blieb ihm nicht mehr. Der harte Sattel zwischen den Beinen ließ seinen Schwanz bereits nach wenigen Metern wieder auf Normalmaß schrumpfen. Atemlos, aber just in time erreichte er den Keller des Verlagsgebäudes. Die anderen erwarteten ihn bereits. Karin und Anke packten Bücher in bereitgestellte Versandkartons. Frank und Johann stellten die Sendungen zusammen. Karl schickte ihnen einen flotten Gruß herüber und machte sich ebenfalls an die Arbeit.

Er verfügte über eine ausgefeilte Methode, mit kleinen Ritualen den Reiz auf seinen Schwanz auf einem hohen Niveau zu halten. Keinen Slip zu tragen, stimulierte ihn dabei am meisten. Besonders, wenn sich die Vorhaut leicht zurückzog und seine Eichel dem harten Stoff der Hose aussetzte. Er war darauf versessen, sich in einem Zustand permanenter Geilheit zu befinden.

Hin und wieder verharrte er in der Arbeit und beobachtete, wie Anke sich anmutig zwischen den Kisten hin und her bewegte. Ihr knabenhafter Körper gefiel ihm. Ihr flacher Bauch, der ausgeprägte Schamhügel, der sich in einem reizvollen Schwung zwischen ihren leicht auseinanderstehenden Oberschenkeln verlor, stand in reizvollem Kontrast zu dem kleinen Po, ihren breiten Schultern und knabenhaften Brüsten. Heute trug sie eine glänzende graue Hose, die ihr auf den Leib geschneidert zu sein schien und eine taillierte dünne Bluse. So sehr er sich auch anstrengte, es gelang ihm nicht, unter ihrer Kleidung auch nur den geringsten Abdruck von Unterwäsche zu erkennen. Ob auch sie keinen Slip oder BH trug? Unwillkürlich griff er sich in den Schritt. Seine Nägel fuhren über die kräftige Beule zwischen seinen Beinen.

In dem Moment warf Anke ihm einen schnellen und vielsagenden Blick zu. Fragend weiteten sich seine Augen, doch Anke hatte sie sich schon wieder ihrer Arbeit zugewandt, während seine Hand noch immer auf der Ausbeulung seiner Hose ruhte. Ein Gedanke schoss ihm in den Kopf, dessen Umsetzung jedoch noch auf sich warten lassen müsste.

In der Mittagspause standen sie im Hinterhof und rauchten Zigaretten. In einem günstigen Moment flüsterte Karl Anke ins Ohr: »Ich bin verdammt geil. Willst du mit mir schlafen?«

Anke drehte sich um, sah ihm zuerst kurz in die Augen, dann auf die Ausbeulung in seiner Hose. Karls Erektion war beim besten Willen nicht zu übersehen. Anke drehte sich zu den anderen um, doch die waren bereits wieder im Keller des Verlagsgebäudes verschwunden.

»Das hättest du wohl gern?«, erwiderte sie schnippisch. »Hat deine Freundin es dir gestern nicht richtig besorgt? Dann wollen wir mal sehen, was du mir zu bieten hast.« Ohne seine Antwort abzuwarten, stellte sie sich hinter ihn und schlang ihre Arme um seine Taille. Gekonnt machte sie sich an seinem Reißverschluss zu schaffen, langte in den geöffneten Schlitz und zog seinen Schwanz heraus. »Den willst du in mich hineinstecken?«, flüsterte sie ihm ins Ohr. Karl konnte in der Umklammerung nur mit dem Kopf nicken.

»Aber wie soll das denn gehen?« Karl versuchte, etwas zu entgegnen, doch schon fuhr sie beschwörend fort: »Du wirst es gleich verstehen.«

Dabei massierten ihre Hände unaufhörlich sein geschwollenes Glied. Der Reiz der ungewohnten Umgebung, wie auch die ihn schon seit dem Aufstehen plagende Erektion, forderten ihren Tribut. Sein Sperma spritzte im hohen Bogen in den Hof. Und noch ehe er das Vorgefallene begriff, war Anke auch schon wieder im Keller des Gebäudes verschwunden.

Lustvolles Fingerspiel - Erregende Berührung

Ihre Finger fuhren über die Schulterblätter seiner breiten Schultern und wanderten an seiner Wirbelsäule hinab, ehe sie im Delta seines Gesäßes verweilten. Voller Zärtlichkeit strich ihr Blick über seine geschmeidige und gebräunte Haut. Unzählige winzige goldene Härchen überzogen den muskulösen Rücken. Sie streichelte über seine Pobacken, knetete sie mit den Händen, ehe sie ihre Erkundungstour fortsetzte und ihm verlangend zwischen die Beine griff. Seinen schlaffen Schwanz in den Händen haltend, senkte sie ihren Kopf zwischen seine Schenkel und nahm mit weit geöffneten Nasenflügeln seinen Körpergeruch in sich auf. Einige Sonnenstrahlen fielen durch die Vorhänge auf das breite Bett, auf dem sie nackt lagen.

Ludwig hatte sich auf den Bauch gedreht. Ihre zärtlichen Berührungen hatten ihn kurz eindösen lassen. Sein zur Seite gedrehtes Gesicht brachte sein markantes Profil voll zur Geltung. Die aufgeworfenen vollen Lippen standen im reizvollen Kontrast zu seiner scharf gezeichneten Nase. Sein welliges braunes Haar fiel in Strähnen über die geschlossenen Augen. Rita setzte sich auf und kraulte seinen Nacken. Mit gespreizten Fingern fuhr sie durch seinen Haarschopf und massierte sanft seine Kopfhaut.

Ludwig schlug die Augen auf, drehte sich wohlig stöhnend auf den Rücken und streckte sich. Ritas Finger ergriffen die Chance und wandten sich seiner Brust zu. Immer wieder aufs Neue überraschte sie die Ebenmäßigkeit seines Körpers. Seine leicht behaarte Brustpartie, die zwei klar konturierte Brustwarzen krönten, hatte es ihr besonders angetan. Mehr über seiner Brust schwebend als ihn berührend ließ sie ihre Hände durch seine Brustbehaarung gleiten. Die dunklen Warzen versteiften sich und gaben ihr deutlich zu verstehen, dass er die Berührung genoss. Er schloss erneut die Augen und gab sich ganz dem Spiel ihrer Finger hin.

Rita wollte mehr. Sie griff nach seinem Schwanz und löste ihn aus dem dunklen Busch seiner Schambehaarung. Zärtlich legte sie ihre warme Hand wie einen Korb über seinen Penis und ließ ihre Fingerspitzen über seine Hoden tanzen. Ludwig reagierte mit einer leichten Anspannung des Beckens. Unter ihren wärmenden Fingern erwachte sein Schwanz zu neuem Leben. Rita verstärkte die Umklammerung. Mit der anderen Hand fuhr sie über seine behaarten Oberschenkel. Bereitwillig spreizte Ludwig die Beine, wobei sein Glied anschwoll und sich über Ritas Hand hervorschob. Sie langte nach seinem Schaft und glitt an ihm entlang. Die leichte Massage ließ ihn hart und dick werden.

Rita verwöhnte seine Männlichkeit gern mit den Fingern. Während sie sie durch ihre Finger gleiten ließ, führte sie die andere Hand zu seinen Hoden und spielte mit den von dichtem und samtigem Schamhaar überzogenen Bällen.

Ein Kribbeln zwischen den Beinen kündigte das Aufkeimen ihrer eigenen Lust an. Von ihrer Vagina ausgehend, pflanzte es sich nach und nach bis zu ihren Brustspitzen fort. Je länger sie ihn streichelte, desto mehr spürte sie ihre eigene Erregung. Rita entließ ihn aus ihren Händen und betrachtete seine pralle Männlichkeit. Die spitz zulaufende Eichel, die unter der gespannten Vorhaut hervortrat und der zum Schaftende hin schmaler werdende Penis rief eine Erinnerung aus ihrem letzten gemeinsamen Urlaub in der Camargue wach. Nicht nur durch die Zucht von Kampfstieren gelangte diese reizvolle sumpfige Landschaft im Süden Frankreichs zur Berühmtheit. Die Kraft dieser schwarzen Kolosse mit ihrer mächtigen Brust und den schmalen Hüften schlugen sie in ihren Bann. Die Form von Ludwigs Glied glich der eines Stiers, dessen breite und mächtige Brust bei schmalen Hüften bei ihr ebenfalls die Assoziation von Kraft hervorrief.

Die Erektion ließ nach und sein Schwanz fiel zur Seite. Rita schrak aus ihren Gedanken auf. Flink nahm sie ihn zwischen ihre Finger und schüttelte ihn leicht hin und her. Nach und nach richtete er sich wieder auf. Zur Belohnung rieb sie ihn anschließend zärtlich zwischen ihren Handflächen, bis die Spannung seine Vorhaut zurückweichen ließ und die Eichel freilegte. Die Verletzlichkeit, die von der zartrosa Eichel ausging, weckte ihren Beschützerinstinkt. Wo konnte sein Schwanz besser aufgehoben sein als in ihrem Schoß? Behutsam hockte sie sich über ihn und drückte seine Eichel gegen ihre feuchten Schamlippen. Nach und nach verschwand er in ihrem Schoß. Doch sie wollte ihn nicht nur zwischen ihren Schenkeln verwöhnen. Rita senkte ihren Kopf mit den langen Haaren und strich mit den Haarspitzen über seine erigierten Brustwarzen. In dieser Stellung verwöhnte sie seinen Schwanz nur noch durch An- und Entspannen ihrer Scheidenmuskulatur. Nicht viele Frauen konnten das. Sein Schwanz legte zunehmend an Härte zu. Rita richtete sich wieder auf, stützte sich auf seiner Brust ab und hob und senkte ihren Schoß über seinem harten Glied. Ein unheimlich wohliges und beruhigendes Gefühl durchströmte sie. Ihr Schoß weitete sich bei jedem Stoß etwas mehr, bis sein Schwanz schließlich bis zum Anschlag in ihr versank.

An diesem Punkt übermannte sie stets eine ganz merkwürdige Anspannung und Nervosität, die sie als biologisch unverfälschte, triebgesteuerte Gier nach Fortpflanzung deutete. Die Bewegungen ihres Beckens wurden schneller und steigerten sich zu einem schnellen Ritt. Ludwig kam ihr entgegen, indem er sein Becken bei jedem Stoß leicht anhob. Dieses Gefühl, ihn ganz tief in sich aufnehmen zu können, war unbeschreiblich. Jeder Stoß erfasste und elektrisierte ihren gesamten Körper, obwohl die mechanische Reibung nur am Eingang und am Ende ihrer Scheide zu spüren war. In diesen Momenten verlor Rita ihre Hemmungen, warf sich bereitwillig auf den Rücken, um sich ihm vollständig hinzugeben.

Ludwig trieb seinen steifen Schwanz mit tiefen und festen Stößen in sie hinein. Genau so wollte Rita es jetzt haben. Sie stöhnte auf und krallte ihre Hände in seine Arschbacken.

Immer wieder trat das Bild der Stiere aus der Camargue vor ihre Augen. Voller Hingabe und Wonne schlang sie die Beine um seine Hüften, klammerte sich an ihn, um ihn immer tiefer in sich hineinstoßen zu lassen. Liebend gern hätte sie vor Lust laut geschrien, doch waren die Wände in diesem Haus zu dünn. Und Nachbarn haben große Ohren. Das war genau der Moment, wo sie ihr Frausein aus vollem Herzen bejahte und es mit jeder Pore ihres Körpers genoss, von einem Mann dominiert zu werden. Sie wollte jetzt nur noch genommen werden, wollte nur noch sein Lustobjekt sein.

Ihre Anspannung löste sich kurz darauf in einem starken und intensiven Orgasmus. Erst Ludwigs Sperma würde sie jedoch wirklich zur Frau machen. Rita brauchte nicht lange zu warten. Wenig später war es so weit. Mit einem Aufschrei, von dem sie hoffte, dass die Nachbarn ihn nicht gehört hatten, spritzte Ludwig sein Sperma in ihren Schoß. Entspannt und glücklich suchte sie mit ihren Lippen seinen Mund und schmiegte sich zufrieden an ihn. Jetzt war sie mit Haut und Haaren seine Frau.

Das durchtriebene Au-pair Mädchen

Francine langweilte sich. Ihr Au-pair-Aufenthalt in der Nähe von Genf gestaltete sich bei Weitem nicht so abwechslungsreich, wie sie es sich ausgemalt hatte. Über zwei Monate waren seit ihrer Ankunft vergangen und noch immer hatte sie keine Gleichaltrigen kennengelernt. Tagaus tagein bestand ihre Aufgabe darin, sich von früh morgens bis spät abends um den kleinen Gérard zu kümmern. Die verbleibende Zeit reichte gerade mal für kurze Spaziergänge.

Ihre Gastfamilie bewohnte eine geräumige Villa mit privatem Zugang zum Genfer See. Francines großzügig geschnittenes Zimmer lag im ersten Stock. Durch ihr Fenster sah sie die Silhouette der fernen Stadt. Eine Stelle im pulsierenden Zentrum der Metropole zu finden, war ihr größter Wunsch gewesen, doch hatte er sich nicht erfüllt. Es kam ihr vor, als verkümmere sie in diesem winzigen Nest, gerade mal fünfundzwanzig Kilometer von Genf entfernt. Besonders wenn Gérard für ungefähr zwei Stunden seinen Mittagsschlaf hielt und sie durch das große, menschenleere Haus wanderte, wurde sie schier von Langeweile erdrückt. Nur zweimal im Monat gestattete man ihr, an den Wochenenden mit dem Bus in die Stadt zu fahren. Spätestens um Mitternacht musste sie jedoch wieder zu Hause sein. Wie konnte man so jemanden kennenlernen?

Gérards Eltern arbeiteten in einem großen Genfer Autosalon. Ihrem Sohn ließen sie es an nichts fehlen. Bereits jetzt besaß er so viele und teure Spielsachen, dass all seine Freunde neidisch wurden.

Gerade räumte Francine das Kinderzimmer auf. Lustlos trat sie gegen einen Hüpfball und verfolgte mit den Augen die wippenden Griffe, die wie Antennen aus dem wegrollenden Ball hervorragten. Im letzten Moment verhinderte Francine, dass er Gérards Bauwerk aus Legosteinen zerstörte. Das hätte ihr gerade noch gefehlt. Gérard war schon so nervig genug.

Der Ball aus Weichplastik fühlte sich merkwürdig kühl an. Francine nahm ihn zwischen ihre Beine und hielt sich an den beiden Griffstangen fest. Gelangweilt hüpfte sie durch den Raum. Was sollte sie bloß mit der Zeit anfangen? Gérard war gerade erst vor wenigen Minuten eingeschlafen. Francine warf einen Blick durch das Fenster auf den See, wo ein Ruderboot mit zwei Anglern vorbeizog. Die Männer lachten über etwas und schlugen sich gegenseitig auf die Schultern. Wie gern würde sie jetzt neben ihnen sitzen. Ihre Hände verkrampften sich um die Griffstangen des Hüpfballs. Gerade wollte sie ihn frustriert gegen die Zimmerwand stoßen, als ihr eine grandiose Idee kam. Francine nahm den Hüpfball auf und ging in ihr Zimmer hinüber, das an das von Gérard angrenzte.

Der metallicrote Ball diente ihr häufiger als Sitzgelegenheit, wenn sie an ihrem Schreibtisch lange Briefe an die Freundinnen schrieb, ihre geheimen Gedanken ihrem Tagebuch anvertraute oder sich gelegentlich im Dichten versuchte. Der Ball besaß genau die richtige Höhe. Sie genoss es, auf ihm hin und her zu wippen, das kühle Plastik auf ihrer Haut zu spüren und sich ihren Träumen hinzugeben.

Wieso war sie eigentlich nicht schon früher darauf gekommen? Sie eilte ins Bad und holte ein Feuchttuch, mit dem sie sorgfältig die beiden Griffstangen säuberte.

Trotz des kühlen Sommers hielt Francine nach wie vor an ihrer Lieblingskleidung fest: locker fallende T-Shirts und kurze Röcke. Strumpfhosen verachtete sie und dank ihrer festen, knabenhaften Brüste verzichtete sie auf das Tragen von BHs. Natürlich waren ihr die verschämten Blicke ihrer Gastfamilie nicht verborgen geblieben, wenn ihre erigierten Brustwarzen unter dem dünnen Stoff ihrer Tops hervortraten oder ihr Slip für einen kurzen Augenblick bei bückenden Bewegungen zu sehen war. Noch hatte ihre Gastgeberin sich mit spitzen Kommentaren zurückgehalten, doch ahnte sie, dass dies nur eine Frage der Zeit war, da ihr Mann sie immer häufiger mit Blicken taxierte.

Francine lauschte an der Tür zu Gérards Zimmer. Seine ruhigen Atemzüge beruhigten sie. Frühestens in einer Stunde würde er aufwachen. Das ließ ihr Zeit genug.

Das wohlige Kribbeln in ihrem Unterleib verstärkte sich. Francine zog ihren Rock hoch, hakte einen Finger unter den Zwickel ihres Slips und schob ihn beiseite. Mit zitterigen Beinen brachte sie einen der Griffe des Hüpfballs in Position. Den Slip auszuziehen, traute sie sich nicht, denn hundertprozentig sicher war sie nicht, dass Gérard nicht doch früher aufwachte. Der Griff teilte ihren Schamlippen. Ein leichter Schmerz machte sich bemerkbar. Sie war immer noch nicht feucht genug. Sie erhob sich, spuckte auf ihre Finger und verteilte die Feuchtigkeit zwischen ihren Schamlippen sowie auf dem Griff des Hüpfballs. Erneut setzte sie sich auf den Ball, den Griff zwischen ihren Schenkeln. Doch auch die weiteren Versuche misslangen. Einmal rutschte ihr der Ball weg, ein anderes Mal knickte das Griffstück plötzlich um, dann wiederum saß es zu weit hinten und stieß ungewollterweise gegen ihren Anus. Erst beim fünften Mal klappte es und das das Griffstück glitt in ihre Vagina.

Francine schlug das Herz bis zum Hals. Etwas Verbotenes zu tun, ließ ihr das Blut in den Kopf schießen. Der Plastikgriff in ihrem Schoß fühlte sich kalt und fremdartig an. Francine presste ihren Unterleib auf den Hüpfball. Zum Glück war der Griff zu kurz, um ihren Muttermund zu berühren. Das hätte sie nicht gemocht. Der Durchmesser des Griffs war alles andere als befriedigend, doch auf dem Ball wippend und kreisend kam sie dennoch auf ihre Kosten. Verlagerte sie ihr Gewicht nach hinten, drückte der zweite Griff stimulierend zwischen ihre Pobacken. Ihre Geilheit wuchs. Endlich erlebte sie mal etwas völlig Neues.

Francine hüpfte auf dem Ball leicht auf und ab und fand immer mehr Gefallen daran, von dem Griff aufgespießt zu werden. Was ihm an Durchmesser fehlte, machte er durch Härte wett. Das Glied ihres Freundes konnte sich damit nicht messen. Mit jedem Stoß wurde sie feuchter.

Francine hüpfte zum Schreibtisch und hielt sich an der Schreibtischkante fest. Ihr Schoß tanzte auf dem Ball wie auf einem überdimensionierten Hoden hin und her. Das eigenwillige Lustspiel erregte sie maßlos. Legte sie ihren Oberkörper auf die Schreibtischplatte, glitt der Griff in ihrer Vagina gerade so weit zurück, dass er ihren G-Punkt erreichte. Stützte sie sich mit den Ellbogen auf die Platte, konnte sie ihn unter langsamen, kreisenden Bewegungen ihres Schoßes reizen. Wurde das Gefühl zu intensiv, führte sie den Griff einfach wieder bis zum Anschlag in sich hinein.

Die Länge ihres Rocks reichte aus, um den wahren Grund ihrer Bewegungen zu kaschieren. Was wohl ihr Freund von ihr denken würde, wenn er sie so sehen könnte? Außer den in ihrem Alter üblichen Selbstbefriedigungsattacken konnte Francine nur wenig Erfahrung in sexuellen Dingen vorweisen. Mit ihrem Freund hatte sie nur wenige Male geschlafen und nie war es wirklich erhebend gewesen. Sie liebte ihn, okay, doch wollte auch sie auf ihre Kosten kommen, brauchte sie mehr. Wie er, so wollte auch sie jedes Mal einen Orgasmus erleben. Doch meistens musste sie mit den Fingern nachhelfen oder es sich abends zu Hause unter der Bettdecke selbst besorgen.

Als der zweite Griff ein weiteres Mal gegen ihren Anus stieß, kam Francine eine gewagte Idee. Sie rutschte auf dem Ball so weit nach vorn, wie es der vordere Griff in ihrer Vagina es erlaubte. Dann zog sie ihren Slips erneut beiseite, befeuchtete ihre Rosette und das hintere Griffstück mit Spucke und drückte es gegen ihre jungfräuliche Pforte. Die parallel aufgesetzten Griffe erwiesen sich für ihr Vorhaben als nicht geeignet. Erst als sie den hinteren etwas abknickte, gelang es ihr, ihn in eine entsprechende Position zu bringen. Doch kaum zog sie ihre Finger weg, sprang er in seine alte Stellung zurück. Mit viel Ausdauer und einem kleinen Umweg gelang es ihr schließlich, diese Hürde zu überwinden. Widerwillig musste sie dabei das in ihrer Vagina steckende, gut angefeuchtete Griffstück freigeben, um damit ihren Anus zu öffnen. Genügend geweitet, führte sie es danach wieder in ihre Vulva ein, knickte den hinteren Griff etwas um und steckte ihn sich in den Po. Diesmal gelang es den Griffen nicht, sofort wieder in ihre ursprüngliche Stellung zurückzuschnellen. Dafür verursachten sie in Francines Unterleib eine starke und unangenehme Spannung. Ihren Plan, sich von den Griffen gleichzeitig ficken zu lassen, musste sie aufgeben. Kurz darauf sprang bereits der hintere wieder aus ihrem Po heraus. Sie atmete auf. Der starke Druck war im Nu verschwunden.

Was konnte sie tun? Francine wählte den Mittelweg. Da sie sich noch nie etwas in ihren Po gesteckt hatte und es heute somit eine Premiere war, versenkte sie den hinteren Griff in ihrem Anus, wodurch der vordere zwar ihren Schamhügel einklemmte, dafür jedoch ihre Klitoris stimulierte. Das harte Griffstück in ihrem Po löste keine besonderen erotischen Gefühle aus. Es war nicht unangenehm, doch für ihren Orgasmus genügte die Stimulation ihres Kitzlers. Erschöpft ließ sie sich auf die Schreibtischplatte fallen. Im gleichen Moment hörte sie ein leises Tippeln von Kinderfüßen auf dem Flur. Die Arbeit rief.

Lesbisches Treiben - Feuchte Internatsspiele

Seit über einer halben Stunde herrschte im Internat Nachtruhe. Vom Ende des Ganges, der die Schlafräume verband, näherten sich die Schritte der alten Englischlehrerin. Heute wachte sie über die Einhaltung der Nachtruhe. In einem der Zimmer hielten zwei Mädchen den Atem an. Zur Vorsicht kroch eine von ihnen tief unter die schwere Bettdecke. Eigentlich hätte jede von ihnen auf ihrem eigenen Zimmer sein müssen. Doch wie schon so oft wollten die beiden Freundinnen die Nacht lieber gemeinsam verbringen, auch wenn die strenge Hausordnung dies mit einem Schulverweis ahnden konnte. Erst als die Schritte sich wieder in Richtung Treppe entfernten, schob sich das eine Mädchen wieder unter der Bettdecke hervor.

Das Zimmer des Lehrpersonals lag einen Stock tiefer. Jeden Abend oblag einem anderen Lehrer die Überwachung der Einhaltung der Nachtruhe. Zwar drückten die meisten von ihnen bei kleineren Verstößen beide Augen zu, doch die Englischlehrerin wurde von allen wegen ihrer unnachgiebigen Strenge gefürchtet.

sche gedreht hatte, küssen. Anfangs zierten sich besonders die Jüngeren, kicherten hinter vorgehaltener Hand, doch nach und nach fanden auch sie Gefallen an dem Spiel. Bald schon war ihnen keine Variante von Zungenküssen fremd, obwohl sie sich gelegentlich immer noch gegenseitig beteuerten, wie albern sie das eigentlich fänden oder sich für ihr Verhalten schämten. Begierig starrte zu guter Letzt jede von ihnen auf den sich drehenden Flaschenhals und war enttäuscht, wenn er nicht auf sie zeigte.

Im weiteren Verlauf ihrer Treffen tauschten die Mädchen sich über den unterschiedlichen Stand ihrer körperlichen Entwicklung aus, wobei man auch schon mal vor den anderen die Brust entblößte oder Rock und Slip auszog. In dieser Zeit beschlossen einige von ihnen, auch die restlichen Geheimnisse der Sexualität zu lüften. Besonders Sandra und Sybille galten schon bald als unzertrennlich. Kaum eine Woche verging ohne nächtliche Liebesspiele. Was ihnen Spaß machte, war erlaubt. Gegenseitig erforschten sie die Geheimnisse des G-Punkts und Sybille, die Sensiblere der beiden, erlebte sogar einen analen Orgasmus.

Heute war es wieder mal so weit. Bereits beim morgendlichen Unterricht spürte sie Sybilles fordernde Blicke auf ihrem Körper. Von den anderen Schülerinnen unbemerkt signalisierte sie ihr durch kleine Gesten ihre Zustimmung, sei es, dass sie ihre Hand wie zufällig zwischen ihre Schenkel gleiten ließ oder sich mit der Zungenspitze im passenden Moment lasziv über die geschminkten Lippen fuhr.

Mittags, im Umkleideraum der Turnhalle, gewährte Sybille ihr vor dem Überstreifen der Turnhose einen kurzen Blick zwischen ihre gespreizten Schenkel. Der Stoff ihres tief zwischen die Schamlippen gezogenen Slips zeigte einen verräterischen dunkeln Fleck.

Beim anschließenden Volleyballspiel konnte Sandra an nichts anderes mehr denken. Aus Unachtsamkeit ließ sie zwei einfache Bälle passieren, wodurch ihre Gruppe das Spiel verlor.

Unter der Dusche setzte Sybille ihr Spiel fort. Als Sandra vorbeilief, drehte sie sich um und streckte ihr demonstrativ ihr Becken entgegen. Der eingezogene Slip hatte während der Sportstunde ihre Scham stark strapaziert und anschwellen lassen. Wären die anderen Mädchen nicht gewesen, hätte Sandra sich liebend gern zwischen die Beine ihrer Freundin gekniet und sie unter dem warmen Wasserstrahl geleckt. Doch sie musste sich bis zum Abend gedulden und tröstete sich damit, dass Sybille ihren verschwitzten und klebrigen Slip für ihr nächtliches Liebesspiel aufbewahren würde, denn Sandra war vernarrt darauf, an diesen zu riechen, während Sybille es ihr unter der Bettdecke besorgte.

Für Sybille war es das Größte, wenn Sandras kühle Finger in Zeitlupe unter ihren Slip und durch ihre Schamhaare fuhren, ehe ihr Zeigefinger über der geschwollenen Klitoris in Stellung ging, um danach langsam zwischen ihre geröteten Schamlippen einzutauchen. Stets war es der Abschluss eines ausgiebigen Vorspiels. Beide standen darauf, ihre frisch gewaschenen und nach Körperölen duftenden Körper erst einmal auf dem schmalen Bett aneinanderzuschmiegen und sich gegenseitig ausgiebig zu streicheln.

Gerade in dem Moment, als Sandra ihre erigierten Brustwarzen über Sybilles Brüste gleiten ließ und Sybille lustvoll aufstöhnte, hatten sie die nahenden Schritte der Lehrerin vernommen. Mit einem Schlag erstarb ihre Aktivität. Sandra schob sich unter die Bettdecke. Ihre Herzen schlugen so laut, dass sie glaubten, man müsse sie auf dem Gang hören.

Die Lehrer verfügten über einen Generalschlüssel. Bisher war es zwar noch nicht vorgekommen, doch stand es ihnen frei, bei Verdacht ein Zimmer zu öffnen. Würde man sie nackt und beim Liebesspiel ertappen, wäre ein Schulverweis noch das kleinere Übel. Zum Glück entfernten sich die Schritte nach kurzer Zeit. Sollten im Zimmer nicht Möbel mit lautem Krach umgeworfen werden, würde die Lehrerin sich heute Abend nicht mehr zeigen.

Aufatmend schmiegte Sandra sich an ihre Freundin. Der Kelch war erneut an ihnen vorübergegangen. Sie konnten sich wieder ihrer Lust widmen. Spielerisch steckte Sandra Sybille die Zunge ins Ohr und leckte anschließend genussvoll über ihren Hals, ehe sie die hervortretenden Halsmuskeln zwischen die Zähne nahm.

Sybilles eigenwilliger Körpergeruch stimulierte und erregte Sandra jedes Mal aufs Neue. Zentimeter für Zentimeter erkundete sie den Körper der Freundin mit Nase und Zunge. Manchmal begann sie mit den Zehen, dann wiederum mit Ohren und Hals, wobei sie ganz bewusst Schoß und Brust aussparte. Erst kurz vor dem Endlauf befeuchtete sie mit ihrem Speichel Sybilles erogene Zonen und blies anschließend zart darüber. Die Verdunstungskälte erregte Sybille und belohnte Sandra durch den Anblick ihrer erigierten Brustwarzen und der leicht auseinanderklaffenden Spalte.

Manchmal ging es Sybille zu langsam. Dann spreizte sie auffordernd die Beine und verlangte von Sandra, befriedigt zu werden. Aber heute spannte ihre Freundin sie auf die Folter und ignorierte ihre Bereitwilligkeit. Sandra stützte sich auf den Ellbogen und betrachtete Sybilles nackten Körper. Die Brust ihrer Freundin hob und senkte sich vor Erregung. Im Gegenlicht fiel Sandra auf, dass sie ein Flaum feiner blonder Härchen überzog. Zärtlich fuhr sie mit der Zunge über die Knospen. Noch fehlte es den Brustwarzen an Härte, weshalb sie Sandra zwischen ihre Finger nahm und unter leichtem

Druck hin und her rollte. Jetzt schwollen die Brustwarzen an und das zarte Rosa der Vorhöfe wechselte zu einem dunklen Violett, ehe sie sich leicht kräuselnd zusammenzogen.

Sybilles Geilheit war kaum noch zu bändigen. Zwischen ihren Beinen schimmerte es bereits feucht. Sandra musste sich beherrschen, um die prall hervortretenden Zitzen nicht mit den Zähnen zu bearbeiten. Sie senkte ihren Oberkörper auf Sybille herab und steckte ihr die Zunge in den Mund. Schier endlos verschmolzen die Zungen der Mädchen, während sie sich auf dem Bett hin und her wälzten.

Im Gegensatz zu Sandra, die ihre Haare knabenhaft kurz trug, reichten die von Sybille fast bis zur Hüfte hinab. Jedes Mal, wenn Sybille über ihr lag, kam es Sandra so vor, als würde sie unter einem Zelt aus Haaren liegen. Die Stellung bot Sandra die Chance, ungehindert mit Sybilles schweren Brüsten zu spielen, sie zu kneten oder an den Brustwarzen zu saugen. Wurde es Sybille zu viel, richtete sie ihren Oberkörper kurz auf und entzog Sandra die Warze mit einem leisen Plopp.

Die Stellung bot weiterhin den Vorteil, ausgiebig Rücken und Po der Freundin zu streicheln, ja ihr sogar manchmal den angefeuchteten Finger in den Po zu stecken. Sybille revanchierte sich, indem sie ihr Knie zwischen die Beine der Freundin steckte und fest gegen ihre Vulva drückte. Dankbar rieb sich Sandra an ihm, als wäre es ein riesiger Schwanz.

Da Sandra immer noch nicht zum Finale bereit war, übernahm Sybille die Führung. Sandras Brust war nur schwach entwickelt, was durch ihre ausgeprägten langen Warzen wieder wettgemacht wurde. Sie versteiften sich bei der geringsten Berührung und standen dann wie kleine Finger hervor. Heute widmete Sybille sich aber nur flüchtig den Brüsten ihrer Freundin. Vielmehr konzentrierte sie sich auf ihren glatt rasierten Venushügel, dessen Konturen sie mit dem Finger nachzeichnete. Im Gegensatz zu Sybille wurde Sandra schnell feucht. Man brauchte ihr nur die Brustwarzen zu streicheln oder zwischen die Beine zu fassen und schon stand ihr der weißliche Liebessaft zwischen den Schamlippen.

Auch heute war es nicht anders. Sybille nannte es schlicht Sandras Läufigkeit. Ein leichter Klaps zwischen Sandras gespreizte Beine bescherten ihr nasse Finger. Doch anstatt sie wie sonst in Sandras feuchtes Loch zu stecken, streichelte sie ihre Schenkel, wärmte ihre kühlen Kniescheiben mit den Händen und wandte sich schließlich ihren empfindlichen Fußsohlen zu. Heute sollte auch sie mal die Qual unerfüllter Geilheit aushalten.

Zwischen Sandras Beinen perlte immer deutlicher der milchige Schleim hervor. Sandra wand sich unter Sybilles Händen und stöhnte verhalten. Endlich hatte Sybille ein Einsehen, zog mit spitzen Fingern die Schamlippen ihrer Freundin auseinander und diesmal blies sie ihr sanft in den klaffenden Schritt. Sandras Körper erfasste ein lustvolles Zittern. Ihre Hüften versteiften sich und streckten sich bettelnd der Freundin entgegen. Länger wollte Sybille ihre Freundin nicht hinhalten und massierte leicht ihren Kitzler. Mit einem Aufschrei presste Sandra die Hand der Freundin zwischen ihre Schenkel.

»Leise«, flüsterte Sybille. Mit sanftem Druck spreizte sie Sandras Beine, um ihre vor Feuchtigkeit glänzende Scham streicheln zu können. Dann fickte sie Sandras feuchten Schoß mit den Fingern. Dankbar griff Sandra nach Sybilles Hand und drückte sie tief in sich ein. Für Sandra gab es nichts Schöneres, als von Sybilles schlanken und kühlen Fingern gefickt zu werden. Und Sybille war darin nicht nur gut, sondern auch regelrecht vernarrt, da ihre sehr schlanke Hand bei genügender Vorarbeit stets vollständig in den Schoß der Freundin glitt. Erst viel später erfuhr sie, dass man es Fistfucking nannte.

Sybilles Hand füllte Sandra wunderbar aus. Die eigentümliche, aber wohltuende Spannung erregte sie dermaßen, dass sie gleich mehrmals nacheinander kam. Anschließend griff sie stets wortlos nach der Hand der Freundin und leckte sie genüsslich ab. Nun sollte auch Sybille auf ihre Kosten kommen.

Entweder war Sandras Hand breiter oder Sybilles Schoß enger, doch mehr als drei Finger passten nicht in sie hinein. Dafür war ihr Anus für Liebesspiele empfänglicher. Sandra liebte es, Sybille in die Zange zu nehmen. Ihr Daumen steckte dabei in der Vagina und ihr Zeigefinger im Po. Das Gefühl, ihre Fingerkuppen durch die dünne Wand spüren zu können, bescherte nicht nur Sandra Höhenflüge. Für einen Orgasmus reichte es bei Sybille trotzdem nicht. Dafür musste Sandra sie in der Seitenlage mit drei Fingern in die Vagina ficken und sie entweder zugleich küssen oder ihre Brustwarzen kneten. Im Gegensatz zu Sandra kam Sybille nur einmal, dafür jedoch heftiger.

Schon mehrere Male hatten Sandra und Sybille sich gegenseitig oral verwöhnt, doch fanden beide, dass dies nicht ihr Ding sei. Sie bevorzugten das Fingerspiel, das sie auch heute eng umschlungen und satt sowie zufrieden einschlafen ließ.

IntimRasur - Glattrasierte Lust

Gerhard würde seine Freundin Jasmin an diesem Wochenende mit zwei Dingen überraschen. Zum einen mit der Einladung zu einer italienischen Oper, zum anderen mit der Totalrasur seines Genitalbereichs. Auch wenn ihre Interessensgebiete sehr unterschiedlich verteilt waren, in der sexuellen Orientierung und ihrer Vorliebe für klassische Musik stimmten sie hundertprozentig überein.

Jasmin, ein ausgesprochener Fan von Giacomo Puccini. Nicht nur für Klassik-CDs und Opernbesuche gab sie viel Geld aus, sondern auch für ausgefallene Dessous. Je gewagter der Schnitt der Dessous ausfiel, desto besser. Beides verstand sie gut zu kombinieren, denn nichts genoss sie so sehr, wie Gerhard bei klassischer Musik mit einer Modenschau der besonderen Art zu überraschen und sich ihm danach im Takt der Musik hinzugeben. Besonders der Bolero von Maurice Ravel, der langsam begann und sich immer mehr steigerte, eignete sich hervorragend dafür.

Einmal fesselte sie Gerhard während einer im Fernsehen übertragenen Oper ans Bett. Pro Akt erschien sie in neuer Reizwäsche und verwöhnte ihn den musikalischen Tempi entsprechend. Was die Vielfalt der Stellungen anbelangte, konnte ihr keiner das Wasser reichen. Ihr Einsatz stand im Einklang mit den Dessous, die sie trug. Waren sie geblümt und mit Spitze besetzt, erhielt er eine sanfte und zärtliche Behandlung, im Gegensatz zu solchen aus mit Nieten besetztem Leder. Dann spürte er ihre Härte und erhielt die Peitsche.

Zur einzigen Bedingung bei ihrer Spezialbehandlung machte sie, dass ihm ein Abspritzen vor dem finalen Fallen des Vorhangs untersagt war. Für Gerhard keine leichte Aufgabe, denn die Oper zog sich über fast drei Stunden hin. Mehrmals musste sie ihn züchtigen und an sein Versprechen erinnern. Der Schmerz raubte ihm jedes Mal die Lust, doch Jasmins Talent, ihn schnell wieder aufgeilen zu können, hielt seine Betroffenheit in Grenzen.

Lange Unterbrechungen waren nicht Jasmins Ding. Jede ihrer Inszenierungen war in sich perfekt. Vor allem verstand sie sich aufs Timing. Ihre Virtuosität zeigte sich zum Beispiel darin, dass sie beim Verklingen des letzten Schlussakkords ihre Fingernägel nur noch einmal kurz über seinen bis zum Bersten gespannten Hoden ziehen musste, um die Schleusen seiner angestauten Lust zu öffnen. Wie der Taktstock eines Dirigenten zuckte sein Schwanz zum letzten Mal nach oben, während sein heißer Saft in hohem Bogen aus ihm herausspritzte.

Gerhard überflutete eine Welle der Entspannung. Leider gönnte ihm Jasmin nur eine kurze Verschnaufpause. Jetzt war sie an der Reihe, befriedigt zu werden. Jasmin senkte den Oberkörper über sein malträtiertes Glied und stülpte ihre Lippen darüber. Lange gelang es seinem erschlafften Schwanz nicht, sich ihrem Zungenspiel zu entziehen. Schon bald hatte sie ihm neues Leben eingehaucht. Für ihren anschließenden Ritt wählte sie einen im Schritt offenen Slip. Geschlitzt waren auch die Körbchen ihres BH, sodass ihre Warzen ungehindert hervortreten konnten. Jasmin konnte sich mit ihrem Orgasmus viel Zeit lassen. Gerhards leer gepumpte Hoden würden ihn so schnell nicht mehr kommen lassen. Jasmin genoss den Ritt und wechselte mehrmals die Stellung. Mal streckte sie ihm ihre Brust entgegen und spielte mit ihren Brustwarzen, während sie ihren Schoß fest auf seinen Schwanz presste, mal wandte sie ihm den Rücken zu, um ihm den Anblick seines Schwanzes zu ermöglichen, der flankiert vom geschlitzten Slip, zwischen ihren Beinen steckte. Ab und zu hockte sie sich über sein Gesicht und drückte seine Nase zwischen ihre Schamlippen. Lecken durfte er sie jedoch nicht.

Schweißüberströmt gelangte sie schließlich zum Orgasmus. Vollkommen entkräftet löste sie anschließend seine Fesseln. Im Anschluss an diese Inszenierung verspürte er noch lange ein merkwürdiges Ziehen in seinem Schwanz, das ihn an einen Muskelkater erinnerte.

Die Idee für die Totalrasur war Gerhard vor einigen Tagen unter der Dusche gekommen. Vor ihren Treffen shampoonierte er seinen Schambereich immer sorgfältig ein, denn Jasmin mochte es, ihre Finger während des Oralverkehrs durch sein seidenweiches Schamhaar gleiten zu lassen. Für beide galt sorgfältige Intimpflege als Garantie für guten Sex. Auf ihrer Liste stand auch immer ein Einlauf, auch wenn es nicht zum Analverkehr kam. Gerhard liebte die Schaumorgien unter der Dusche, bei der sein Schwanz stets die größte Zuwendung erfuhr. Glitt seine Eichel schließlich unter der Vorhaut hervor, gab es für ihn kein Halten mehr. Mit fliegenden Fingern musste er es sich dann besorgen. Doch diesmal war Gerhard mit seinen Gedanken woanders.

Er dachte an das vergangene Wochenende, als sich Jasmin gleich zu Beginn ihres Liebesspiels nackt als devote Dienerin präsentierte, sich vor ihn hinkniete und mit leiser Stimme aufforderte, er solle sich bedienen. Unterwürfig deutete sie dabei mit dem Finger auf ihren geöffneten Mund, dessen eingefettete Lippen bereits verführerisch glänzten. Die Arme hatte sie hinter dem Rücken verschränkt, so als sei sie gefesselt worden. Gerhard hatte nicht lange gezögert, seine Hände in ihren Haarschopf geschoben und ihr den Schwanz in den Mund gestoßen. Doch anders als sonst umspielte sie seine Eichel nicht mit der Zunge, sondern streckte nur ihre Zunge, soweit es ihr möglich war, heraus. Sein Schwanz glitt wie auf einem Schlitten in ihre Mundhöhle hinein. Anfangs zuckte er bei der Berührung ihres Zäpfchens, doch ermunterte ihn Jasmins völlige Passivität zum Weitermachen. Vorsichtig stieß er tiefer in sie hinein. Immer noch setzte Jasmin ihm keinen Widerstand entgegen. Sein Glied glitt ohne Widerstand in ihren Hals hinein, Gerhard konnte sich vor Geilheit kaum beherrschen. Es hätte nicht viel gefehlt und er wäre sofort gekommen. Langsam zog er seinen Schwanz wieder zurück, bis die Eichel nur noch auf ihrer herausgestreckten Zungenspitze lag. Jasmin kniete immer noch regungslos mit geschlossenen Augen vor ihm. Das Lächeln auf ihrem Gesicht sowie ihre devote Haltung brachten ihn schier um den Verstand.

In Zeitlupe drückte Gerhard erneut seinen Schwanz in ihren Hals. Das Gefühl war unbeschreiblich. Langsam wurden seine Bewegungen schneller, bis er sie schließlich an den Haaren zu sich heranzog.

Plötzlich drückte Jasmin ihn von sich und würgte ein Schamhaar heraus. Die kurze Unterbrechung bedeutete für Gerhard einen unverhofften Glücksfall, denn nur einen Moment später und er wäre gekommen. So konnte er das einzigartige Gefühl noch länger auskosten. Jasmin öffnete erneut ihren Mund, doch nun gab sie ihr passives Verhalten auf. Zögerte er, tiefer in sie einzudringen, zog sie ihn unmissverständlich am Gesäß zu sich heran, bis ihre Lippen gegen seinen Schamhügel stießen. Jeder Zentimeter steckte jetzt in ihrem Hals. Gerhard zitterte vor Erregung. Als Jasmin dann auch noch nach seinen Hoden griff, gab es für ihn kein Halten mehr. Die samtene Weichheit ihres Mundes, die Elastizität ihres Schlundes sowie der feste Griff ihrer Finger um seine Hoden führten zu einer heftigen Entladung. Jasmin behielt seinen Schwanz so lange in ihrem Mund, bis er erschlaffte. Dann erhob sie sich und bot ihren Mund zu einem langen und intensiven Kuss dar. Auch Gerhard sollte in den Genuss seines Spermas kommen.

Leider war es bislang nicht zu einer Zugabe gekommen. Die Erinnerung an das Gefühl, von ihrem Hals umschlossen zu werden, ließ ihn seitdem nicht mehr los. Es führte sogar dazu, dass er einen Eigenversuch mit einem Würstchen unternahm, der jedoch erfolglos blieb. Seinen Würgereiz zu unterbinden, war unmöglich. Wie hatte Jasmin das bloß geschafft? Mit Sicherheit nur mit sehr viel Übung.

Das Gefühl, sein shampooniertes Glied unter der Dusche mit der Faust zu bearbeiten, weckte intensiv die Erinnerung an Jasmins orale Glanzleistung. Und genau in diesem Moment kam ihm ein hilfreicher Gedanke. Entschlossen griff er zum Rasierer, zog seinen Schwanz in die Länge und zog die scharfe Klinge über den Schaft. Es ging leichter als gedacht. Anschließend rasierte er vorsichtig die Hoden, bis sie prall und haarlos zwischen seinen Beinen hingen. Das verbliebene Schamhaar stutzte er zuerst mit der Schere, ehe der Rasierer den Rest übernahm. Der haarlose Zustand fühlte sich gut an. Gerhard verpasste seinem steifen Glied eine kurze Massage, aber abspritzen wollte er jetzt nicht, denn in wenigen Stunden war er mit Jasmin verabredet.

Neugierig betrachtete er sich im Spiegel. Was er sah, gefiel ihm ausgesprochen gut. Das Resultat konnte sich wirklich sehen lassen. Es sah um Klassen besser aus als der dichte Haarbusch, der zuvor seine Hoden bedeckt hatte. Auch sein Schwanz kam jetzt besser zur Geltung. Genießerisch fuhr Gerhard mit den Fingern darüber. Als die ersten Lusttropfen aus seiner prallen Eichel perlten, hielt er erschrocken inne. Er wollte Jasmin keinen einzigen Tropfen vorenthalten. Sorgfältig tupfte er die Eichel ab.

Was Jasmin wohl zu der Rasur sagen würde? Bevor er sich abtrocknete, wusch Gerhard seinen Schwanz erneut, um auch die letzten Haare zu entfernen. Der warme Strahl der Dusche fühlte sich jetzt ganz anders an. Wie es wohl wäre, schoss es Gerhard in den Kopf, wenn es Jasmins Urin wäre? Er verspürte eine gewisse Scham bei diesem frivolen Gedanken, obwohl die Vorstellung seinen Schwanz erneut steif werden ließ. Schnell verließ er die Dusche und trocknete sich ab. Das Föhnen des Schamhaars würde nun auf unbestimmte Zeit entfallen. Schwanz und Hoden verlangten jetzt nur noch nach Creme.

Heute Abend würde er Jasmin mit seiner neuen Nacktheit überraschen. Bis dahin galt es, seine Lust zu unterbinden. Jasmin konnte sehr ungehalten werden, wenn sie anhand seines geringen Ergusses feststellte, dass er es sich zuvor bereits selbst besorgt hatte. Einmal hatte sie ihn dafür sogar mit der Peitsche gezüchtigt.

Gerhard schüttelte den Gedanken ab und streifte einen knappen Ledertanga über und rückte sein geschwollenes Glied unter dem stramm sitzenden Lederdreieck zurecht. Lederslips waren Gerhards große Leidenschaft. Das Material erwärmte sich durch die Körperwärme nach und nach. Dann wurde es weich und elastisch und kam ihm vor wie eine zweite Haut. Zudem liebte er den anregenden Geruch des Leders. Trug er ihn, brauchte Jasmin ihre Fingernägel nur leicht über das Leder zu ziehen, um ihm eine heftige Erektion zu verpassen. Gerhard drehte sich hin und her. Noch schnitt das rückwärtige Lederband unangenehm ein. Gerhard zog den Slip wieder aus und cremte sich ein weiteres Mal ein. Der Reiz des fest zwischen seinen prallen Hinterbacken sitzenden Lederriemens konnte sehr unangenehm werden. Cremte er sich nicht genügend ein, verstärkte sich der schmerzhafte Reiz. Jetzt fühlte es sich schon viel besser an. Trotz der sorgfältigen Intimrasur bewirkten die Haaransätze unter dem Cache ein leichtes, aber nicht unangenehmes Stechen. Das Gefühl erregte ihn. Um nicht auf falsche Gedanken zu kommen, zog Gerhard schnell Hemd, Socken und Hose an, band eine Krawatte um und bürstete sein dichtes braunes Haar.

Gerhard, ein gut aussehender Mann im besten Alter, war bei Frauen schon immer gut angekommen. Nie hatte er etwas anbrennen lassen. Doch seitdem er mit Jasmin liiert war, hatte es keine Affären mehr gegeben. Jasmin verschaffte ihm eine bislang unbekannte, tiefe Befriedigung. Zum ersten Mal in seinem Leben fühlte er sich sowohl seelisch als auch körperlich satt. Und keine seiner früheren Freundin konnte es mit Jasmins Aufgeschlossenheit gegenüber sexuellen Spielarten aufnehmen.

Bevor Gerhard die Wohnung verließ, warf einen letzten

Blick in den Spiegel. Jasmin konnte mit seiner Erscheinung zufrieden sein.

Währenddessen drehte sich Jasmin vor ihrem großen Badezimmerspiegel hin und her. Ihre Figur konnte sich wirklich sehen lassen. Ihr langes, rot getöntes Haar mit den kunstvoll gedrehten Locken reichte bis zum Ansatz ihrer schweren Brüste. Ihre großen Augen dominierten das länglich-ovale Gesicht. Auf ihren Wangen lag bereits ein Hauch von Rouge. Ein transparentes Gloss verlieh ihren Lippen verführerischen Glanz. Ihre stark gezupften Augenbrauen betonten in Verbindung mit den langen schwarzen Wimpern die Augenpartie. Kokett legte sie den Kopf zur Seite und ließ ihre weißen Zähne für einen kurzen Moment zwischen den vollen Lippen aufblitzen. Das Mieder saß wie angegossen. Die breiten, glatten Träger schmiegten sich um ihre Schultern. Die gut geschnittenen Körbchen verliehen ihren schweren Brüsten optimalen Halt. Eine Blütenbordüre aus transparenter Spitze nahm den mit Satin bezogenen und mit Bügeln verstärkten Körbchen die Schwere und ließ sie optisch kleiner erscheinen. Ein bis zum Bauchnabel reichender, halbtransparenter Keileinsatz verlängerte optisch das tiefe Dekolleté auf reizvolle Art und Weise. Das ebenfalls halbtransparente Rückenteil mit einer langen Reihe von Haken und Ösen verlieh dem Mieder eine gewisse Leichtigkeit. Am Mieder waren je zwei abnehmbare, zarte, mit Schleifen besetzte Strumpfhalter befestigt, welche die glänzenden, anthrazitfarbenen Strümpfe mit ihren breiten Spitzenabschlüssen auf Spannung hielten.

Ein letztes Mal strich Jasmin mit der Hand prüfend über das Mieder. Auf ihren flachen Bauch konnte sie wirklich stolz sein. Über den Strapsen saß ein schwarzer Stringtanga aus Seide. Ein Hauch von Nichts, der mehr enthüllte als verbarg. Gelungen schmiegte er sich um ihren Venushügel. Unter dem hauchzarten Material zeichnete sich jedes noch so kleine Detail in aller Deutlichkeit ab. Genau deshalb hatte Jasmin nicht gezögert, ihn trotz des hohen Preises zu kaufen.

Für ihren Intimbereich nahm Jasmin sich heute besonders viel Zeit. Mit gespreizten Beinen entfernte sie sich unter Zuhilfenahme ihres Kosmetikspiegels penibel jedes noch so kleine Härchen. Immer wieder glitten ihre Finger selbstverliebt über Venushügel und Schamlippen. Auf dem Bidet sitzend, schaffte sie es sogar, den Haaren um ihren Anus herum auf den Leib zu rücken. Die Intimrasur erregte sie. Einige Male stand sie kurz davor, den Griff der Haarbürste zu zweckentfremden. Auch wenn sie ihre Lust für heute Abend aufbewahren wollte, umspielten ihre Finger doch immer wieder die feuchten Schamlippen oder massierten den geschwollenen Kitzler. Wie gern hätte sie sich jetzt einen Haarbürstenfick verpasst. Schweren Herzens griff sie schließlich zur Bodylotion und cremte sich sorgfältig ein. Zum Abschluss gönnte sie ihrem Venushügel einen Tupfer Parfüm.

Jasmin warf einen letzten Blick in den Spiegel. Der Stringtanga war leicht verrutscht. Das dünne Band zog sich zu sehr zwischen ihre Schamlippen. Mit spitzen Fingern korrigierte sie den Sitz. Ohne Frage kam ihre glattrasierte Scham durch das transparente Dreieckstuch optimal zur Geltung. Was Gerhard wohl dazu sagen würde? Zum ersten Mal war sie vollständig rasiert. Es erinnerte sie an die Zeit vorpubertärer Haarlosigkeit. Sie empfand ihre neue Nacktheit als äußerst angenehm. Auf erregende Art und Weise spürte sie jeden Lufthauch zwischen ihren Beinen. Und das kleinste Verrutschen des Slips ließ Lustgefühle aufkeimen.

Jasmin nahm ein Kleid aus dem Schrank und hielt es vor ihren Körper. Vorsichtig streifte sie das ärmellose, burgunderfarbene Kleid über den Kopf, Ihre kunstvolle Frisur sollte nicht zu Schaden kommen. Das auf Taille geschnittene Etuikleid im asiatischen Stil mit Stehkragen endete oberhalb der Knie. Bestimmt würde es Gerhard heute schwerfallen zu erraten, welche Dessous sie darunter trug. Unter dem Kleid konnte sie bis auf die Strümpfe nackt sein, aber ebenso gut auch einen BH, Slip oder ein Mieder tragen. Jasmin war sich sicher, dass das Mieder und die, vom transparenten Slip kaum verdeckte, haarlose Scham ihr heute Abend einen besonders harten Schwanz bescheren würde.

Irgendetwas stimmte noch nicht mit dem Sitz der Strümpfe. Sie schob das Kleid bis zur Hüfte hoch, straffte das hintere Strumpfband und zog den Strumpf zurecht. Erst jetzt verschwanden die Spitzenabschlüsse vollständig unter dem Saum. Anders als bei Rock und Bluse ließ ihr das Kleid genau den Spielraum, den sie für ihre Verführungspläne benötigte. Als Schmuck wählte Jasmin eine Perlenkette. Das sollte genügen.

Jasmin verließ das Bad, schlüpfte in ebenso elegante wie einfache schwarze Slipper, nahm ihren Dreiviertelmantel von der Garderobe und verließ das Haus. Während sie zur Metro eilte, nahm sie sich vor, in der Abgeschiedenheit der Opernloge für Gerhard die Schenkel zu entblößen, damit er einen Vorgeschmack auf den weiteren Verlauf des Abends bekäme.

Von ihrem Aussehen begeistert, sparte Gerhard nicht mit Komplimenten. Stolz legte er im Opernfoyer den Arm um sie und lud sie zu einem Glas Champagner in die Bar ein. Verliebt prosteten sie sich zu. Gerhard legte seinen Arm um ihre Taille und ließ die Hand wie zufällig über ihre Hüfte gleiten. Die Strumpfbänder unter dem dünnen Stoff des Seidenkleids elektrisierten ihn. Er tastete sich bis zum Ansatz des Mieders hoch. Den Slip suchte er vergebens. Hatte sie etwa darauf verzichtet? Er spürte, wie sein Schwanz anschwoll. Mit einer leichten Drehung presste er sich kurz an ihren Schenkel.

Seine Erektion war ihr nicht entgangen. Sich revanchierend glitt ihre Hand über die Ausbeulung seiner Hose. Es erfüllte sie mit tiefer Befriedigung, dass er ihren Körper so begehrte.

Der Gong ertönte und die Besucher strömten zu ihren Plätzen. Die Loge war nur schwach besetzt. Ihre Sitzplätze befanden sich in der hinteren Reihe. Kaum war das Licht erloschen, schob Jasmin den Saum ihres Kleides nach oben. Im fahlen Licht hoben sich ihre weißen Schenkel vorteilhaft von den abgetönten Strümpfen und dem Slip ab. Die Strumpfbänder verliehen dem Ganzen einen Hauch dezenter Fesselung.

Gerhard gelang es kaum, seinen Blick von dem erregenden Anblick zu lösen. Erneut wölbte sich seine Anzughose gefährlich nach oben. Er wollte Jasmin zwischen die Beine fassen, doch die drängte nur energisch seine Hand zurück. Je mehr sich seine Augen an die Dunkelheit gewöhnten, desto mehr suchte er nach ihrem dunklen Haarbusch. Doch trotz des transparenten Slips konnte er keinen Haaransatz entdecken. Es blieb nur eine Erklärung: Auch Jasmin musste sich alle Schamhaare abrasiert haben. Das Blut klopfte in seinen Schläfen.

Als Jasmin auf dem Sitz etwas nach vorn rutschte, sah er durch das zarte Gewebe den Ansatz ihrer rasierten Schamlippen. Ein zaghafter Parfümduft stieg ihm in die Nase. Seine Geilheit nahm beängstigende Ausmaße an. Oberhalb der Taille immer noch ganz die vornehme Dame, spreizte Jasmin ihre Beine mittlerweile so weit, wie es der Sitz zuließ. Dabei spannte sich der Slip wie eine zweite Haut um ihre Vagina und gewährte ihm sogar einen Blick auf die geschwollene Klitoris.

Die Ouvertüre klang aus und zwei Nachzügler betraten die Loge. Gerade noch rechtzeitig gelang es Jasmin, ihr Kleid herunterzuschieben. Das Pärchen nickte ihnen freundlich zu und nahm Platz. Ihr reizvolles Spiel erlitt dadurch ein jähes Ende. Während Jasmin sich nun ganz der Aufführung widmete, kreisten Gerhards Gedanken nur noch um das, was er gesehen hatte und was ihn heute Abend noch erwarten würde. Ab und zu legte Jasmin scheinbar gedankenverloren die Hand auf sein geschwollenes Glied, was ihn jedes Mal leicht zusammenfahren ließ.

In der Pause suchte Jasmin sofort die Toilette auf. So leid es ihr tat, aber den Stringtanga konnte sie nicht länger tragen. Durch ihr exhibitionistisches Spiel hatte er sich dermaßen tief zwischen ihre Schamlippen gezogen, dass jede Bewegung schmerzte. Die Befreiung vom einschneidenden Steg war eine echte Wohltat. Vorsichtig betupfte sie die geröteten Stellen mit etwas Creme. Der zusammengeknüllte Slip verschwand in ihrer Handtasche. Aufatmend verließ sie die Toilette. Trotz Kleid spürte sie jeden Lufthauch zwischen ihren Beinen. Das Gefühl war großartig und beherzt schritt Jasmin aus.

Gerhard wartete im Barbereich mit einem weiteren Glas Champagner auf sie. Jasmin langte mit einem aufreizenden Lächeln in ihre Handtasche, drückte den Slip geschickt mit ihrem Daumen gegen ihre Handfläche und schon verschwand er in die Innentasche von Gerhards Anzug. Es ging alles zu schnell und kam zu unerwartet, als dass er ihr Vorhaben hätte durchschauen können. Verdutzt griff er in seine Tasche. Als der den zarten Hauch von Nichts spürte, durchlief ihn ein wohliger Schauer. Verlangend sah er sie an. Bei der Vorstellung, dass diese elegante und gut aussehende Frau keinen Slip trug, zudem auch noch glattrasiert war und sich noch an diesem Abend seinen Händen, seinem Schwanz und seiner Zunge hingeben würde, schwoll ihm nicht nur die Brust. Sein Blick wanderte zu ihren vollen Brüsten, die seines Erachtens unter dem Kleid kaum zur Geltung kamen. Das Mieder musste raffiniert geschnitten sein, denn normalerweise hingen die Blicke der Männer an ihrer üppigen Weiblichkeit, doch heute nicht.

Auch nach der Pause konnten sie ihr Liebesspiel nicht fortsetzen. Mittlerweile war jeder Platz in der Loge besetzt. Im Verlauf der Aufführung drückte sie ihm verstohlen die Finger auf die Lippen. Gerhard zuckte zusammen, denn sie waren feucht. Jasmin warf ihm einen vielsagenden Blick zu und befeuchtete erneut seine Lippen. Der leicht salzige Geschmack war unverwechselbar. In einem unbeachteten Augenblick musste sie ihre Finger durch die Schamlippen gezogen haben. Mit der Konzentration auf die Aufführung war vorbei. Jetzt wollte er sie nur noch ficken. Mit seiner Beherrschung würde es vorbei sein, wenn hinter ihnen die Wohnungstür ins Schloss fiel.

Jasmin nutzte die Fahrt auf dem Rücksitz des Taxis, um seinen harten Schwanz zu bearbeiten. Gerhards Geilheit erreichte den Siedepunkt. Allein die Vorstellung, dass sie im Schritt nackt war, bewirkte ein heftiges Pochen in der Lendengegend. Immer wieder griff er während der Fahrt in die Jackentasche und roch an ihrem Slip.

Gerhard kam die Fahrt wie eine Ewigkeit vor. Endlich hielt das Taxi vor dem Haus, in dem er wohnte. Er gab dem Fahrer ein üppiges Trinkgeld und half Jasmin beim Aussteigen. Mit zitternden Händen öffnete er die Haustür. Im Hausflur wollte er Jasmin in die Arme schließen, doch die drückte ihn weg und lief die Treppe hoch. Vor dem ersten Treppenabsatz blieb sie stehen, sah auffordernd zu ihm herunter, schob das Kleid mit einer aufreizenden Geste über die Hüften und entblößte ihr Gesäß. Mit wiegenden Hüften stieg sie die letzten Stufen hinauf. Betont langsam bückte sie sich und streckte ihm ihre Pobacken entgegen. Die rasierten Schamlippen traten zwischen ihnen wie eine überreife Frucht hervor. Der Anblick war überwältigend: das in der Taille geraffte Kleid, die eleganten Strümpfe, die hochhackigen Schuhe, ihr einladendes Gesäß, über dem sich die schwarzen, matt glänzenden Strumpfhalter spannten. Das kunstvoll gearbeitete Mieder und der seidige Glanz ihrer Strümpfe, die ihre langen Beine verhüllten, umrahmten reizvoll die Nacktheit ihres Unterleibs. Bei jedem Schritt sah man zwischen Jasmins Po und Oberschenkel ihre Vagina wie ein blasses Lippenpaar hervortreten.

Gerhard stöhnte auf. In seinem Verlangen nahm er zwei Stufen auf einmal, doch Jasmin war bereits am zweiten Treppenabsatz angelangt. Ein weiteres Mal bückte sie sich, ganz so, als wolle sie ihre Schuhe abstreifen. Ihre glatt rasierte Vulva sprang ihm in dieser Stellung in aller Deutlichkeit entgegen. Das weiche Licht im Treppenhaus verlieh ihrem Schoß einen ganz besonderen Zauber. Zwischen den angeschwollen inneren Schamlippen trat bereits matt glänzend die milchige Lustflüssigkeit hervor, die Gerhard so gern mit der Zunge aufleckte. Ihr Anblick weckte bei ihm ein unbändiges Verlangen, ihren rasierten Schoß zu lecken, an Schamlippen und Kitzler zu saugen und ihre erregende Nacktheit zwischen seinen Fingern zu spüren. Doch noch waren es zwei Stockwerke bis zum Eingang seiner großzügig geschnittenen Dachwohnung, die einen herrlichen Ausblick über die nächtliche Stadt bot. Jasmin hatte noch immer einen Treppenabsatz Vorsprung. Mit Absicht verhinderte sie, dass er ihr zu nahekam.

Erst vor seiner Wohnung setzte sie sich mit hochgeschobenem Kleid und weit gespreizten Beinen auf die oberste Treppenstufe. Als er schwer atmend um die Ecke bog, zog sie mit beiden Händen wollüstig ihre Schamlippen auseinander. Erneut stöhnte Gerhard auf. Schon wollte er die Hose öffnen, um sie gleich hier auf der Treppe zu nehmen, als Jasmin aufsprang und sich lachend an die Wohnungstür schmiegte.

Endlich konnte sie ihm nicht mehr entkommen. Gerade wollte er die letzten Stufen nehmen, als der Anblick, der sich ihm bot, ihm den Atem raubte und abrupt innehalten ließ. Mit geübten Griffen hatte Jasmin sich des Kleides entledigt. Aufreizend setzte sie einen Fuß auf die Türklinke. Ihre Schamlippen glänzten vor Feuchtigkeit. Gerhard kniete sich zwischen ihre Beine und ließ seiner Zunge freien Lauf. Das Gefühl, über die glatten, weichen Schamlippen zu fahren, war unbeschreiblich. Nie wieder würde er sie behaart lecken wollen.

Jasmin zog ihn an den Haaren hoch und küsste ihn voller Verlangen. Sie liebte es, nach seinem oralen Einsatz den Geschmack ihres eigenen Liebessaftes zu schmecken. Sie öffnete den Reißverschluss seiner Hose und legte behutsam ihre Finger über seinen Slip. Das Leder war weich und warm und schmiegte sich um seine bis zum Bersten gespannte Männlichkeit. Wieder entfuhr Gerhard ein lustvolles Stöhnen. Mit Blick auf die Nachbarwohnungen legte Jasmin ihm die Hand auf den Mund, griff in seine Hosentasche und zog die Schlüssel zur Wohnungstür heraus.

Hinter der Wohnungstür zog sie ihn unter heftigen Zungenküssen bis auf den Slip aus. Vor ihm kniend strich sie mit der Nase über den Lederstring und sog den verführerischen Geruch von Leder, Schweiß und Sex ein. Dann öffnete sie den Lederriemen und befreite sein Glied. Ein Laut der Überraschung entfuhr ihr, als sie seine glatt rasierte Männlichkeit sah. Vorsichtig befingerte sie Schwanz und seinen Hoden. Glatt rasiert fühlte sich beides großartig an. Sie zog seinen Schwanz straff nach oben und fuhr ihm mit der Zunge genießerisch über Schaft und Hoden. Dann nahm sie seine Eichel zwischen die Lippen und umspielte sie mit der Zunge.

Gerhard stand mit weit gespreizten Beinen und herausgedrücktem Becken vor ihr. Er genoss es in vollen Zügen. Endlich öffnete Jasmin ihren Mund, streckte ihre Zunge weit hinaus und gestattete seiner Eichel das Abtauchen in Schlund und Hals. Das Gefühl war viel intensiver als beim ersten Mal.

Jasmin ließ ihn lange Zeit gewähren, ehe sie ihre Finger um seinen Schaft legte, um ihrem Hals eine Pause zu gönnen. Ohne Haare war das Ganze nicht nur schöner, sondern auch viel intensiver.

Sie richtete sich auf und zog ihn am Schwanz in die Küche. An die Tischplatte gelehnt, streifte sie die Träger ihres Mieders herunter und hob ihre Brüste aus den Körbchen. Voller Begierde richteten sich Gerhards Augen auf ihre erigierten Knospen. Jasmin befeuchtete sie, um sie zwischen Zeigefinger und Daumen reibend zu stimulieren. Schon häufiger hatte Gerhard Jasmin vorgeschlagen, sich doch die Brustwarzen piercen zu lassen. Stets hatte sie über seinen Vorschlag gelacht und ihm zu verstehen gegeben, an ihre empfindlichen Brustwarzen ausschließlich ihn heranlassen zu wollen. Sie reagierten auf den geringsten Reiz und schwollen bei leichter Massage zu beachtlicher Größe an. Wenn Gerhard sie lange genug leckte und nicht allzu heftig an ihnen sog, erreichten sie fast die Länge seines Fingernagels. Auch heute standen sie wie eine Eins.

Plötzlich verlangte Jasmin nach mehr. Sie zog Mieder und Strümpfe aus. In völliger Nacktheit forderte sie Gerhard auf, sie endlich zu ficken. Der drehte sie nur wortlos um, drückte ihren Oberkörper auf die Tischplatte und stieß ihr seinen Schwanz zwischen die feuchten Schamlippen. Ihre Vagina bot keinerlei Widerstand mehr. Bereits beim ersten Stoß versank er bis zum Anschlag in ihr. Jasmin legte ihre Finger um seinen Schaft, um nur seine Eichel in sich eindringen zu lassen. Sie genoss es, wenn sein Schwanz immer wieder erneut ihre Schamlippen teilen musste, wobei auch ihr Kitzler auf seine Kosten kam.

Rasiert war es für beide ein völlig neues Gefühl, die Intimzone des anderen zu spüren. Es war aufregend und stimulierend zugleich. Ohne lästige Haare glitt man an der Haut des anderen viel problemloser entlang.

Vermutlich lag es an Gerhards leichten Schlägen auf ihren Hintern, dass sie plötzlich ihre Hand zurückzog und ihm voller Gier ihr Gesäß entgegenstreckte. Gerhard hielt sich an ihren Hüften fest und bearbeitete ihren Schoß mit kräftigen Stößen. Ohne weiteren Widerstand gab Jasmin sich ihm hin, bis sie sich aufbäumte und im Strudel ihres Orgasmus auch Gerhard zum Höhepunkt führte. Sein Samen überschwemmte ihren Unterleib und lief kurz darauf an ihren Beinen hinab. Schwer atmend senkte er seinen Oberkörper auf Jasmin und umschloss sie mit den Armen. Wohin würde dieser Abend sie noch hinführen?

GangBang - Unschuldige Geilheit

Sie galten als unzertrennlich, die vier Jungen und das schmächtige Mädchen aus dem kleinen Dorf im hohen Atlas. In der Schule saßen sie nebeneinander, erledigten zusammen ihre Hausaufgaben, stromerten auf der Suche nach Abenteuern durch die Bergwelt und verbrachten die Zeit gemeinsam, wann immer sich eine Chance dazu bot.

Die fünf gaben sich den Namen »Die Hand«. In Anlehnung an »Die drei Musketiere« unterwarfen sie sich mit kindlichem Eifer dem Motto: »Einer für alle – alle für einen«.

Mit der Pubertät kam der Wandel. Leila wuchsen Brüste und den Jungs die ersten Schamhaare. Es war die Zeit, in der sie ihre Unbefangenheit einbüßten. Waren sie früher ohne Bedenken nackt in den nahen Teich gesprungen, ging es jetzt nicht mehr ohne Badebekleidung. Insbesondere das Umziehen hinter vorgehaltenen Handtüchern spiegelte ihr erwachtes Schamgefühl. Kurz vor dem Abschlussjahr erfasste sie die Neugierde auf das andere Geschlecht. Unter den Jungs nahmen die Rangeleien zu. Mit kleinen Kraftakten versuchte jeder von ihnen, Leilas Aufmerksamkeit zu erregen. So oft wie noch nie musste sie es über sich ergehen lassen, von den Jungs ins Wasser gestoßen oder untergetaucht zu werden. Dennoch wurde viel gelacht und alle empfanden die ersten, unter dem Anschein der Zufälligkeit stattfindenden Berührungen als großen Spaß.

An einem ihrer letzten Ferientage schlug nach einer lustvollen Kabbelei einer der Jungs Flaschendrehen vor. Erwartungsvoll sahen sie Leila an. Würde sie sich wirklich von ihnen küssen lassen? Von Leilas Entscheidung hing alles Weitere ab. Je mehr sie sich zierte, desto mehr bedrängten die Jungs sie. Schließlich willigte Leila ein. Nach einigen harmlosen Küssen waren sie von dem Aufheben, das die Erwachsenen damit verbanden, enttäuscht. Was man mit der Zunge dabei anstellen konnte, blieb ihnen noch verborgen.

Bis zum Ende der Schulzeit blieben sie eine verschworene Gemeinschaft. Erst nach der Berufsausbildung und der Wahl verschiedener Arbeitsorte trennten sich ihre Wege.

Einige Sommer später kehrten die inzwischen Volljährigen zufällig alle zur gleichen Zeit in ihren Heimatort zurück. Sofort verabredeten sie ein Treffen. Es sollte an dem Teich stattfinden, an dem sie als Kinder eine einfache Holzhütte errichtet hatten. Die Hütte hatte die Jahre unbeschadet überstanden.

Sie schwelgten in Erinnerungen und natürlich kamen auch die unschuldigen Spiele ihrer Kindertage zur Sprache. Immer noch konnte keiner von ihnen mit sexuellen Erfahrungen aufwarten, von Zungenküssen einmal abgesehen. Kaum war die erste Flasche geleert, schlug einer der Freunde vor, doch noch einmal Flaschendrehen zu spielen. Beschwingt durch den harmonisch verlaufenden Abend stimmte Leila ohne Bedenken zu.

Nach den ersten feuchten Küssen war für alle eine magische Grenze überschritten. Erkundungen der erotischen Zonen folgten. Leila bekam rote Wangen, als sie die Hände ihrer

Freunde zuerst zaghaft, dann zupackender auf ihren Brüsten spürte und später zwischen ihren Schenkeln. Anfangs fiel es ihr schwer, es ihnen gleich zu tun, doch schon bald fand sie Gefallen daran, die steifen Schwänze durch die Hosen zu kneten. War das aufregend! Alle Scheu war verflogen.

Mutig geworden, legten sie beim letzten Tageslicht ihre Kleidung ab. Jeder sah das andere Geschlecht zum ersten Mal nackt. Anfangs nahmen die jungen Männer Leila in die Mitte und streichelten ihren Körper, befingerten ihre steifen Brustwarzen, kneteten ihren Po oder glitten über ihr dunkles Schamhaar. Die Berührung mit den nackten, steifen Schwänzen erregte Leila sehr.

Vielleicht wäre ihr gewagtes Spiel damit beendet gewesen, hätte nicht einer der jungen Männer durch Zufall seinen Finger zwischen Leilas feuchte Schamlippen gesteckt. Leila reagierte sofort mit einem lustvollen Stöhnen. Jetzt wollte ihr jeder in den Schritt fassen. Je lauter Leila stöhnte, desto wagemutiger wurden sie. Es dauerte nicht lange, bis einer herausfand, dass die kleine, harte Knospe am Scheideneingang der Dreh- und Angelpunkt von Leilas Lust war. Je mehr man sie hier streichelte, desto heftiger wand sie sich unter ihren Händen. Als einer der jungen Männer auf die Idee kam, ihr einen Grashalm durch die Schamlippen zu ziehen, während ein anderer ihre Knospe streichelte, war es um Leila geschehen. Ihr Körper zuckte wie elektrisiert. Wie in Trance richtete sie beim Orgasmus ihren Oberkörper auf, ehe sie erschöpft auf die Decke sank.

Als einer ihr danach erneut zwischen die Beine greifen wollte, wehrte Leila ihn ärgerlich ab. Die jungen Männer schauten betreten drein. Was war falsch gelaufen? Immer noch schwer atmend, erklärte Leila ihnen, dass sie zwar alles sehr genossen habe, doch sie jetzt dort nicht mehr berührt werden wollte. Als Entschädigung massierte sie reihum ihre steifen Schwänze, doch nur zwei kamen dadurch zum Orgasmus.

Danach saßen sie noch lange zusammen und besprachen, wie jeder von ihnen seine Lust erlebt hatte. Sie waren sich einig, ihre Erkundungen bereits am nächsten Abend fortzusetzen.

Der Grashalm hatte Leila auf eine gute Idee gebracht. Sie bat die vier, zum nächsten Treffen Federn mitzubringen. So könnten sie sich gegenseitig stimulieren, ohne sich berühren zu müssen. Dabei dachte Leila mehr an sich selbst als an ihre Freunde, denn vier Federn auf ihrem nackten Körper versprachen einen größeren Lustgewinn.

Beim nächsten Treffen legte Leila sich bereitwillig mit gespreizten Beinen auf die Decke. Jeder durfte ihr reihum zwischen die Beine fassen oder sie mit seiner Feder verwöhnen. Leila verspürte zum ersten Mal das Gefühl echter Geilheit. Kurz vor dem nahenden Orgasmus bat sie darum, ihr fest die Brüste zu kneten und ihr eine Feder durch die Schamlippen zu ziehen. Wie beim ersten Mal gelangte sie dabei zum Orgasmus, der sie erschöpft zurückließ und völlig entspannte.

Diesmal bearbeiten Leilas Freunde ihre Schwänze selbst. Schon bald schoss beim Ersten das Sperma heraus. Betroffen über seinen schnellen Erguss, wischte er ihn verlegen weg und schielte nach den anderen. Alle hatten es gesehen. Doch nun war der Bann gebrochen. Nach und nach kam es jedem von ihnen. Kaum hatte der Letzte sich erleichtert, hatte der Erste schon wieder seinen Schwanz in der Hand. Erstaunt stellte Leila fest, dass die Freunde mehrmals kommen konnten. Ob das bei ihr auch so war?

Faszinierend fand sie auch, dass das Sperma aus einem Schwanz lediglich herausquoll, während es aus einem anderen förmlich herausspritzte. Wenn sie daran dachte, wie feucht sie nach einem Orgasmus zwischen den Beinen geworden war, war es bei Frauen bestimmt nicht viel anders?

Für Leila stand an oberster Stelle, ihre Vagina vor jeglichem Kontakt mit Sperma zu schützen. Einmal, als einer der jungen Männer, mehr aus Zufall denn aus Absicht, sein Glied in die Nähe ihrer Vagina brachte, stieß sie ihn in Panik fort und schrie ihn an, dass er das nie wieder versuchen solle. Das gelte für alle, sagte sie aufgebracht, denn auf keinen Fall wolle sie ihre Unschuld verlieren. Sollten sie das nicht respektierten, wäre es aus mit den abendlichen Treffen.

Ihre weiteren Treffen litten jedoch nicht unter diesem Vorfall. Auf der Suche nach neuen Reizen, entdeckte einer der Freunde schließlich ihre Rosette. Seine sanfte Berührung ließ Leila zusammenfahren, doch war das Gefühl gar nicht so unangenehm. Im Gegenteil, je mehr sich ihre Hemmungen verloren, desto mehr genoss sie den ungewohnten Reiz.

Nie wäre Leila in den Sinn gekommen, ihren Po als erogene Zone zu betrachten. Das Gefühl, das ein feuchter Finger in ihm hervorrief, war wirklich grandios. Endlich hatten sie einen adäquaten Ersatz für ihre Vagina gefunden.

Es dauerte nicht lange, bis die jungen Männer ihr anstelle des Fingers den Schwanz hineinstecken wollten. Leila rang lange mit sich, doch schließlich überwand sie ihre Ängste und gab unter der Bedingung nach, dass keiner in ihr abspritzten dürfe.

Beim ersten Schwanz spannte Leila ihren Schließmuskel vor Schreck derart an, dass der Betreffende aufschrie und einen gehörigen Schreck bekam. Doch danach war das Gefühl für beide unbeschreiblich. Beim Letzten war ihre Rosette schon derart stark geweitet, dass sie ihn kaum noch spürte.

Anschließend nahmen alle ein erfrischendes Bad in Teich. Auch nach anderthalb Stunden hatte Leila noch das Gefühl, einen Schwanz in sich zu haben.

Im Laufe der Zeit entwickelten sie bei ihren Treffen immer mehr Routine. Meistens kniete Leila dabei auf allen vieren vor ihnen, um zuerst den dünnsten Schwanz und zuletzt den dicksten Schwanz in sich aufzunehmen. In der Stellung kam sie schnell zum Orgasmus, da die gegen ihre Klitoris schlagenden Hoden einen starken Reiz ausübten. Anschließend besorgten es sich die jungen Männer selbst.

Wehmütig verabschiedeten sie sich am Ende der Ferien. Alle wussten, dass weitere Treffen aufgrund der großen Distanz zwischen ihren Wohnorten ausgeschlossen waren.

Später, als Leila ihren Mann kennen und lieben lernte und sie sich in der Hochzeitsnacht von ihm nicht nur bereitwillig entjungfern, sondern direkt danach auch noch von hinten nehmen ließ, dachte sie für einen kurzen Moment an ihre Jugendfreunde. Nie wäre ihr Mann darauf gekommen, dass ihre sexuelle Offenheit nichts mit ihm zu tun hatte.

Geiles Französisches Liebesspiel

Das warme Licht der Nachmittagssonne flutete die im sechsten Stock gelegene Altbauwohnung im Südwesten Berlins und verhalf der spärlich möblierten Wohnung zu mediterranem Glanz. Eine leichte Brise strich durch eines der weit geöffneten Fenster, blähte die zur Seite geschobenen Gardinen wie ein Segel, bis sie sich im langen, seidigen Haar einer auf dem Parkettboden im Grenzbereich zwischen Licht und Halbschatten knienden Frau fing. Die Farbe ihrer Haare wechselte zwischen tiefem Kupferrot und Gold. Im Schattenbereich vor ihr lag ein junger Mann auf einem altmodischen Sessel. Trotz des dämmrigen Lichts war sein muskulöser Oberkörper gut unter dem eng sitzenden T-Shirt zu erkennen. Seine Hose war geöffnet und bis zu den Knöcheln heruntergezogen.

Sein Unterleib wurde durch ihr langes Haar den Blicken entzogen. Warum sich ihr Kopf in aufreizender Langsamkeit über seinem Schoß hob und senkte, ließ keine Fehlinterpretation zu. Teilte sich der Vorhang ihre Haare, erhaschte man einen Blick auf ihre rechte Hand, die den zwischen seinen Schenkeln aufragenden Schaft massierte, während ihre Zunge über seine Eichel glitt. Senkte sie den Kopf, konnte man ahnen, welche Lust es ihm bereitete, in ihrem Mund aufgenommen zu werden.

Die Technik war einem Pornofilm entnommen, den sie sich kurz zuvor in einer um die Ecke liegenden Videothek ausgeliehen hatte. Ihrem Freund verschwieg sie die Quelle ihrer Anregungen, die ihr erlaubte, ihn immer wieder mit neuen Spielarten überraschen zu können. Der Kick dieser Technik lag in der Kombination von Weichheit und Härte. Schlossen sich ihre Finger hart um seinen Schaft, verwöhnte sie ihn zugleich durch die Feuchtigkeit und Weichheit ihres Mundes. Massierte sie ihn sanft zwischen den Fingern, versteifte sie ihre Zunge und drückte seine Eichel fest gegen ihre Wangen.

Susanne und Hans hatten sich vor etwas über drei Monaten in einer Kneipe hinter dem Ku'damm kennengelernt. Seine freizügige und dennoch zurückhaltende Art erregte sie vom ersten Augenblick an. Bereits am ersten Abend war es ihr ein inneres Bedürfnis gewesen, ja fast schon ein Zwang, ihn nach allen Regeln der Kunst zu verführen, um herauszufinden, was sich hinter seiner Gelassenheit verbarg.

Hans war es unangenehm, dass Susanne seinen Schwanz erst einmal ausgiebig mit dem Mund erkundete. So etwas war er nicht gewöhnt. Durch ihre Kunstfertigkeit löste sich sein anfängliches Unbehagen jedoch schnell in Luft auf, besonders da sie ihm erst einmal mit einem Waschlappen über Schwanz und Hoden fuhr und ihm zu seiner noch größeren Verwunderung danach die üppigen Schamhaare mit Kamm und Schere stutzte. Trotz dieser anfänglichen Hürden war dieser Auftakt überwältigend. Er bereute nicht einen einzigen Moment. Das lauwarme Wasser und der flauschige Waschlappen auf seiner empfindlichen Eichel ließen sein Glied stark anschwellen. Ihr Mund führte das Spiel fort. Jede noch so kleine Regung seines Schwanzes schien ihr vertraut zu sein. Sie wusste genau, was sie zu tun hatte, um seine Hoden lustvoll zusammenziehen zu lassen, oder wann sie ihr orales Vorspiel unterbrechen musste, um seinem Erguss zuvorzukommen. Hans ahnte, dass Susanne das nicht zum ersten Mal machte.

Es von ihr französisch besorgt zu bekommen, beinhaltete Suchtpotenzial. Einzige Voraussetzung für ihren Liebesdienst waren absolute Sauberkeit und sorgfältig gestutztes Schamhaar. Sie favorisierte eine Komplettrasur, denn Haare im Mund waren ihr ein Gräuel. Hielt ein Mann sich an diese Spielregeln, konnte er auf ausgedehnte Gaumenfreuden hoffen. Nur Abspritzen in ihrem Mund, das durfte man nicht. Samen gehörte in ihren Schoß und nirgendwo anders hin. So versessen Susanne auch auf Oralverkehr war, so sehr liebte sie es, anschließend genommen und vollgespritzt zu werden. Nur dann fühlte sie sich hundertprozentig als Frau.

An diesem Wochenende wollte sie ihren neuen Freund ausschließlich oral befriedigen. Bereits beim Aufwachen hatte sie ihn ausgiebig geleckt und sein Glied so lange bearbeitet, bis es sich zuckend zwischen ihren Händen entlud. Genüsslich verteilte sie seinen Samen anschließend auf ihrem Bauch und ihren Brüsten, ehe sie lachend aus dem Bett sprang und sich, ohne zu duschen, anzog. Mittlerweile war Hans mit ihrer Vorliebe vertraut, den Geruch seines Spermas so lange wie möglich an ihren Körper zu binden.

Nach dem Frühstück verspürte Susanne erneut den unwiderstehlichen Drang, ihn zu melken und sich mit seinem Saft einzucremen. Geschickt bearbeitete sie sein erschlafftes Glied mit den Fingern, bis es in voller Größe vor ihr stand. Schlappe

Schwänze waren ihr ebenfalls ein Gräuel und beleidigten sie als Frau. Standen sie stramm und zitternd vor ihr, fühlte sie sich großartig. Einen erigierten Schwanz in den Mund zu nehmen, verschaffte ihr einen ganz anderen Kick, als ihn zwischen ihren gespreizten Beinen in ihren Schoß eindringen zu lassen. Der Kontakt mit der Männlichkeit war viel direkter, wenn auch nicht intensiver.

Gierig stülpte Susanne ihren Mund über seine Eichel, umspielte seine Harnröhre mit der Zungenspitze, ehe sie ihn ihre Zähne spüren ließ. War das Maximum an Steifheit erreicht, ließ sie ihn in ihre Mundhöhle vorstoßen. Hans genoss die zarte Berührung ihres Zäpfchens, ehe er tiefer in sie hineinstieß und sein Glied in ihrem Hals verschwand. Sie auf diese Weise ficken zu dürfen, war für ihn das Größte. Nie hätte er gedacht, dass er so etwas jemals mit einer Frau erleben würde.

Susanne benötigte nahezu ein Jahr, um den Brechreiz zu überwinden. Ohne eisernen Willen und viel Übung hätte sie es nie geschafft. Zuerst nahm sie einen Zungenspatel zu Hilfe. Sie schob ihn immer ein Stückchen weiter an die Zungenwurzel heran, bis sie für weitere Experimente bereit war. Reichten ihr anfangs noch dünne Wiener Würstchen, stieg sie schon bald auf größere Kaliber um. Als auch das glückte, war der Zeitpunkt gekommen, den Sprung zu wagen. Beim ersten Mal verschluckte sie sich. Doch dann klappte es von Mal zu Mal besser, besonders wenn sie die Zunge weit herausstreckte. Den Kick, den sie dabei empfand, ließ sich mit nichts anderem vergleichen. Allerdings fand er nicht zwischen ihren Schenkeln, sondern allein im Kopf statt. Hätte sie es mit einem Wort beschreiben sollen, so wäre ihr spontan ›einzigartig‹ oder ›verwegen‹ eingefallen.

Bei allzu langen Pausen stellte sich der Würgereiz jedoch wieder ein, weshalb in ihrem Kühlschrank nie ein Mangel an Würsten herrschte. Abgesehen von der Befriedigung ihrer üblichen Wünsche verlangte nach und nach auch ihr stilles Training nach seinem Recht. Ja, manchmal war sie regelrecht versessen darauf, sich einen Schwanz in den Hals zu stecken. Das ungläubige Staunen und die explodierende Geilheit, die ihre Aktion bei neuen Partnern hervorrief, erfüllte sie mit tiefem Stolz. Zudem hielt der raue Hals die Erinnerung an ihr Treiben viel länger lebendig als ein noch so ausdauernder Akt in ihrem Schoß. Kopfzerbrechen bereiteten ihr allein die Male, bei denen sie die Berührung ihres Zäpfchens als echtes Lustgefühl empfand.

Hans überließ sich immer wieder bereitwillig ihrer Kunstfertigkeit. Er bedauerte nur, dass die Länge seines Schwanzes ein natürliches Limit bedeutete. Liebend gern wäre er noch tiefer in sie eingedrungen.

Susannes Vorliebe für Oralverkehr lag am intensiven Miterleben jeder noch so kleinsten Regung und Veränderung der männlichen Lust. Sie wusste nicht nur genau, was zu tun war, damit Hoden sich zu festen Bällen zusammenzogen, Schwänze über sich hinauswuchsen oder eine Eichel fast barst, sondern sie spürte dies alles auch so intensiv, als sei es ihr eigener Körper. Einzigartig dabei war ihr feines Gespür für den Samenerguss. Intuitiv wusste sie, wann es an der Zeit war, sich den Schwanz einzuverleiben, um vor der Flutung ihres Unterleibs mit Sperma auch selbst noch auf die Kosten zu kommen. Stand ihr der Sinn nach anderem, zog sie ihn, so spät es ging, aus dem Mund und hielt ihn sich vor Bauch oder Brüste. Der winzige Moment, in dem das Sperma zwischen Zeigefinger und Daumen durch die Harnröhre schoss, war für sie das Höchste. Anschließend verteilte sie den klebrigen Saft genussvoll auf ihrem Körper.

Manchmal brachte sie die bloße Vorstellung daran dermaßen in Wallung, dass sie es sich selbst besorgen musste. Bei geöffnetem Fenster setzte sie sich mit weit gespreizten Beinen in den Sessel und griff nach dem Dildo. Mit Blick auf das Treiben in der tief unten liegenden Allee zog sie ihn schwer atmend durch die prallen Schamlippen. In sie eindringen sollte er erst einmal nicht. Kurze Zeit später spürte sie bereits ein verräterisches Pochen. Gönnerhaft führte sie den Dildo zu ihrer Vagina und drückte ihn mit einer aufreizenden Bewegung tief in sich hinein. Jetzt gab es kein Halten mehr. Immer schneller und tiefer schob sie das Kunstglied in ihren Schoß, bis ein wohltuender und befreiender Orgasmus sie erlöste.

Bis zum Kinobesuch mit Freunden am frühen Nachmittag blieb Susanne noch genügend Zeit, um es Hans ein weiteres Mal zu besorgen. Kurz entschlossen zog sie ihm die Hosen herunter, drückte ihn auf den Sessel, kniete sich vor ihn auf den Parkettboden und bemächtigte sich seines Schwanzes. Die Sonne, die durch das geöffnete Fenster auf ihren Rücken fiel, ließ ihr Haar je nach Kopfstellung von einem tiefen Kupferrot bis zu einem Goldton changieren. Ein Lufthauch fing sich in ihrer geöffneten Bluse und strich über den nackten Unterleib ihres Freundes, dessen Schwanz sie mit Händen und Mund massierte. Hin und wieder senkte sie ihren Kopf langsam auf seinen Schoß herab und nahm seinen Schwanz in ihrem Hals auf.

Hans Lenden versteiften sich immer mehr. Für Susanne ein deutliches Zeichen, dass er sich nicht mehr lange zurückhalten können würde. Ohne von ihm abzulassen, knöpfte sie ihre Bluse vollständig auf, denn sie wollte ihr Dekolleté mit seinem Naturparfüm benetzen. Vorausblickend trug sie eine raffiniert geschnittenen BH, ein Hauch von Nichts, der ihre Brust vorteilhaft zur Geltung brachte. Die mit Spitze besetzten Halbschalen endeten unter den Vorhöfen und ließen ihren dunklen Brustwarzen genügend Entfaltungsmöglichkeit. Durch die unterstützenden Halbschalen erschienen ihre Brüste größer und voller, als sie eigentlich waren. Ein vorn liegender Verschluss gestattete ihr, sich des Teils jederzeit schnell entledigen zu können.

Bereits bei ihrem ersten Treffen konnte Hans seine Blicke kaum von ihrer dünnen Seidenbluse abwenden, unter der sich ihre Brustwarzen und ansatzweise die Büstenhebe deutlich abzeichneten. Kamen andere Gäste in ihre Nähe, schloss Susanne kokett ihren Bolero. Einmal nahm sie sogar seine Hand und legte sie auf ihre kaum verhüllte Weiblichkeit. Bei ihren weiteren Treffen ließ sie häufig die Jacke weg, um an seinem Arm über die gierigen Blicke der Männer und die neidischen der Frauen herzuziehen.

Hans fand zunehmend Gefallen daran, sich ihren Händen und ihrem feuchten Mund in völliger Passivität auszuliefern. Kurz vor dem Orgasmus spannte er sein Becken an, um den bevorstehenden Kitzel intensiver zu erleben. Auf ihren leicht gebräunten Brüsten abspritzen zu dürfen, machte ihn an. Keine andere Frau liebte es so sehr wie Susanne. Einmal stellte er sich über sie und befriedigte sich selbst. Sehr zum Leidwesen von Susanne spritzte er ihr seinen Saft unkontrolliert über Kopf, Haare und Brüste. Susanne verabscheute Sperma im Gesicht, denn sie war der Auffassung, dass sein Sperma in ihren Schoß gehöre, auch wenn sie sich damit angefreundet hatte, es als Naturparfüm auf ihren Brüsten zu verstreichen.

Ein leichter Windhauch trug Hans den zarten Geruch seines ersten Ergusses auf Susannes Brüsten zu. Er spürte, wie seine Hoden sich zusammenzogen und den bevorstehenden Samenerguss ankündigten. Susanne war es nicht entgangen. Ein letztes Mal ließ sie seinen Schwanz in ihren Hals eintauchen, dann zog sie ihn heraus und massierte seinen Schwanz wie wild. Im letzten Moment presste sie ihn fest auf ihre Brüste. Keinen Augenblick zu spät, denn schon spritzte es aus ihm heraus. Mithilfe seines erschlafften Glieds verstrich Susanne sein Sperma in ihrem Dekolleté.

Kurz bevor es Zeit war aufzubrechen, besorgte Susanne es ihm im Bad ein letztes Mal. Auch diesmal bot sie ihm bereitwillig ihren Hals an. Als sichtbares Zeichen, dass auch wirklich jeder Zentimeter seines Schwanzes in ihr steckte, presste sie ihre Lippen immer wieder fest gegen sein Becken. Das Gefühl war für Hans einfach unbeschreiblich. Doch nach drei Orgasmen genügte ihm selbst das nicht mehr. Er brauchte stärkere Reize. Auch Susanne schien es bemerkt zu haben, denn plötzlich gab sie seinen mit zähem Schleim beschmierten Schwanz frei und richtete sich auf. An ihn gepresst, ließ sie seine Eichel durch ihre Faust gleiten, während sie mit der anderen seine Hoden kraulte. Den finalen Kick verschafften ihm allerdings ihre erotischen Fantasien, die sie ihm ins Ohr hauchte. Unter heftigem Stöhnen kam Hans ein viertes Mal. Von Spritzen konnte jetzt jedoch keine Rede mehr sein. Die wenigen Tropfen, die aus ihm herausflossen, fing Susanne mit der Hand auf und verteilte sie genüsslich auf ihrem Hals.

Beim Verlassen der Wohnung erhaschte Hans einen Blick auf ihren feucht glänzenden Halsansatz. Wenn sie im Kino ankamen, würde alles bereits getrocknet sein. Während der Vorführung den speziellen Duft zu riechen, würde ihn bestimmt zu dem Versprechen verleiten, sie nach der Rückkehr in die Wohnung nach allen Regeln der Kunst zu verführen. Trotz seiner Erschöpfung konnte er es nicht zulassen, dass Susanne es sich selbst besorgte, denn ihr sexuelles Verlangen war noch nicht gestillt.

Abgemolken - In ihren Händen

Margit ließ ihren Freund häufiger spüren, dass sie die Hosen anhatte. Seinem sexuellen Drängen begegnete sie stets auf unkonventionelle Art und Weise. Oft band sie ihn mit den Händen ans Bett, hockte sich rückwärts über seine Brust und streckte ihm ihre glatt rasierte Vulva entgegen. Dabei achtete sie darauf, seiner ausgestreckten Zunge nicht zu nahe zu kommen, denn lecken durfte er sie nicht. Während sie sein steifes Glied lustvoll zum Orgasmus trieb, sollte er jedes Detail des Objekts seiner Begierde vor Augen haben. Ihm sollte nicht verborgen bleiben, wie auch sie das Spiel erregte, wie sie feucht wurde, ohne allerdings darauf hoffen zu können, jemals in sie eindringen und abspritzen zu können. Außer ihrer Hand, die sein Glied beim gnädig gewährten Liebesdienst wie ein Schraubstock umschloss, dabei seine Eichel jedoch nie berührte, hatte sein Sperma ihren Körper noch nie berührt. War er gekommen, drehte sie sich um, um in ihre Hand ablecken zu lassen.

Je nach Lust und Laune verließ sie danach wortlos das Zimmer und ließ ihn gefesselt zurück. Erst nach einer gewissen Zeit kehrte sie zurück, um ihn ein weiteres Mal abspritzen zu lassen. Nie band sie ihn vor dem dritten oder vierten Mal los. Einmal fand sie sogar Gefallen daran, ihn einen ganzen Tag lang zu melken. Irrte sie sich nicht, so war er damals insgesamt zehn Mal gekommen.

Aber egal, ob er noch wollte oder nicht oder sie anflehte, ihn doch loszubinden, sie schaffte es immer wieder aufs Neue, seine Lust zu entfachen. Ihr Repertoire schien unerschöpflich. Und seine Scham darüber, dass ihr sein Schwanz trotz aller Einwände immer wieder blindlings gehorchte, stachelte sie zusätzlich an.

Zu besonderen Anlässen verband sie ihm die Augen und zog ein Präservativ über seinen Schwanz. Wer ihn dann rittlings nahm, konnte er nicht sagen, doch vermutete er, dass es eine Freundin von ihr sein musste, da der Körpergeruch anders war und immer kurz davor und danach die Wohnungstür ins Schloss fiel. Allerdings überlagerte den Geruch des auf ihm sitzenden Frauenkörpers den einer kurzen, breiten Lederpeitsche, mit der die Person über sein Gesicht fuhr und sie gnadenlos benutzte, wenn er vergaß, ihr seinen Unterleib entsprechend entgegenzustrecken.

Im Sommer, wenn er noch nicht gefesselt auf dem Bett saß und sie nackt durch die Wohnung lief und ihn mit ihrer aufreizenden Figur bis zum Äußersten reizte, fiel es ihm äußerst schwer, sich zu beherrschen und sich ihren Anweisungen nicht zu widersetzen. Besonders wenn sie sich vor ihn mit weit gespreizten Beinen in einen Sessel setzte und es sich mit diversem Sexspielzeug selbst besorgte. Einmal hatte er es gewagt aufzustehen, sich vor lauter Geilheit auf sie zu stürzen, doch war die Peitsche schneller in ihrer Hand, als ihm lieb gewesen war. Ein gezielter Schlag zwischen seine Beine ließ seine Lust von einem Moment auf den anderen verfliegen. Zur Strafe fesselte sie ihn auf dem Bauch liegend an das Bett, schnallte sich einen Dildo um und fickte ihn in den Arsch. Als sie von ihm abließ, brannte seine Rosette wie Feuer. Sie stellte ihn vor die Wahl, von ihr ein weiteres Mal rangenommen zu werden oder den Dildo sauber zu lecken. Natürlich entschied er sich für Letzteres.

Dennoch wollte er auf nichts verzichten, ja, er bildete sich sogar ein, auf ihre rüde Behandlung nicht verzichten können, um Lust zu empfinden. Je mehr sie ihm zusetzte, umso mehr hob er sie auf ein Podest, ja verehrte sie zu guter Letzt fast wie eine Göttin. Jedes Mal, wenn er die Augen schloss, schob sich ihre makellose Vulva vor sein inneres Auge, die perfekte Wölbung ihrer fleischigen Schamlippen, zwischen denen zartrosa die inneren hervorlugten. Manchmal stellte er sich auch vor, zwischen ihren Arschbacken zu versinken, während seine Zunge in ihre kleine, zarte Rosette eindrang. Aber sie auch nur ein einziges Mal vollspritzen zu dürfen, würde wohl ewig ein Wunschtraum bleiben.

Geiler Stiefelknecht - Die Lederleidenschaft

Anfangs hatte Katrin sich gegen den Besuch des neu eröffneten Schwulenlokals gesperrt. Nach einigem guten Zureden ließ sie sich jedoch von ihrem homosexuellen Freund überreden, ihn am kommenden Wochenende zu begleiten. Überzeugend brachte Fred ins Spiel, dass ihr bisher jedes der gemeinsam besuchten einschlägigen Lokale gut gefallen hätte. In der Tat hatte Katrin es kein einziges Mal bereut, ihn begleitet zu haben. Dennoch waren Katrin diese »Lederschuppen« nicht ganz geheuer. Auch wenn es nicht unüblich war, dass sich homosexuelle Männer von Freundinnen begleiten ließen, um einer allzu direkten Anmache zu entgehen, konnte Fred nicht mit Sicherheit sagen, ob dies auch für die Lederszene galt. Hier trafen sich die Harten, die eines mütterlichen Puffers nicht bedurften. Doch Katrins Einwände, sich hier mit Sicherheit fremd und deplatziert zu fühlen, ließ Fred nicht gelten. Er wollte seine Freundin einfach nur dabeihaben.

Sein Faible für Leder hatte Fred vor knapp zwei Jahren entdeckt. Bereits beim ersten Mal verliebte er sich in den erregenden Geruch dieses einzigartigen Materials. Er liebte die anfängliche Härte, die durch Körperwärme nach und nach aufbrach, bis sie einer herrlichen Elastizität wich, ohne ihren martialischen Charakter einzubüßen. Seitdem zwängte er sich in eng sitzende Lederhemden und -hosen und schmolz beim Anblick halb nackter, in Leder gekleideter Männer nur so dahin. In den dunklen Kellern der Lokale, die sich »Lederknecht«, »Stiefelknecht« oder unauffälliger »Zum Besenstiel«

oder »Dunkelkammer« nannten, kam man schnell zur Sache. Zärtlichkeit oder Einfühlungsvermögen waren hier nicht gefragt, sondern eher Unterwerfung und brutale Männlichkeit. Das Halbdunkel der Keller, die Melange aus Leder und Schweiß sowie die unverhohlene Lust zogen Fred magisch an. Schon bald war er dem Hardcore-Sex mit Haut und Haaren verfallen. Darauf zu verzichten, kam für ihn nicht mehr infrage. Und genau deshalb verspürte er ein starkes Verlangen, seiner Freundin Katrin diese Welt zu zeigen, ihr verständlich zu machen, was und warum es ihn dorthin trieb, damit sie sein Bedürfnis und Verlangen verstehen, ja vielleicht sogar nachvollziehen konnte.

Vor ihrem gemeinsamen Besuch versuchte Katrin, Genaueres über die Art der Kontaktaufnahme, das praktizierte Rollenspiel sowie die favorisierten Praktiken zu erfahren, doch Fred blieb in seinen Antworten ausweichend und nebulös. Er wollte vermeiden, dass sie vielleicht noch in letzter Minute absprang. Aber seine Andeutungen genügten, um ihre lebhafte Fantasie zu beflügeln und sich vorzustellen, was in den dunklen Kellern so zwischen den in aller Regel nur äußerst spärlich bekleideten Männern ablief.

Zwischen Lederkerlen, so ließ Fred verlauten, zeichne sich der Sex durch eine martialische Direktheit aus. Ein Austausch von Zärtlichkeit oder ein Vorspiel seien verpönt. Ihren Umgang präge vielmehr eine gradlinige Einfachheit, ja ein fast schon ein primitives Verhalten. Im Fokus stünden eine schnelle und spontane Sexualität.

Katrin ließ sein Hinweis frösteln. Das war ihr völlig fremd. Wie konnte man das mit Spaß, Lust und Freude verbinden, geschweige denn mit Liebe? Männer und Frauen schienen doch sehr verschieden zu sein.

Einschlägige Magazine, die sich in Freds Wohnung immer

in großer Stückzahl fanden, hatten ihr bereits einiges über die Lederszene offenbart. Hier erfuhr man in Hochglanz alles über die neuesten Trends, die zahlreichen Accessoires, derer ein echter Lederkerl bedurfte und welche davon der aktive oder passive Teil bevorzugte. Aus Lederriemen und Ringen zusammengesetzte Brustgeschirre konkurrierten mit ledernen Gauchohosen, die Gesäß und Geschlecht freiließen, Ledertangas sowie Anusstöpseln aus poliertem Metall, Hodenringen oder Ledernetzen für das wertvollste Teil. Piercingschmuck jeglicher Machart und Stärke für Brustwarzen, Vorhaut, Hoden oder Anus komplettierten das Angebot.

Beim ersten Magazin war Katrin regelrecht übel geworden. Obwohl ihr klar war, dass die männliche Lust sich von der weiblichen stark unterschied, wollte es ihr nicht in den Kopf, dass so etwas die körperliche Lust steigern konnte. Doch je häufiger sie in diesen Magazinen blätterte, desto vertrauter wurden ihr die muskulösen, in Leder eingeschnürten Männerkörper, bis sie schließlich schon fast Gefallen daran fand.

Neugierig geworden, bat sie Fred schließlich um eine Privatvorführung. Er freute sich über ihr Interesse und präsentierte sich ihr kurz darauf in immer gewagteren Lederaccessoires. Katrin erregte der Anblick. Besonders das Brustgeschirr und die hautenge Hose aus Nappaleder verliehen seinem schlanken, durchtrainierten Körper einen verwegenen Touch. Über seiner muskulösen, kaum behaarten Brust spannten sich von zwei großen Stahlringen sternförmig ausgehende, breite und glänzende Lederriemen. Die Ringe umrahmten seine festen Brustwarzen und brachten sie vorteilhaft zur Geltung. Eine Schirmmütze aus Leder bändigte seine schwarze Haarpracht. Der Schirm tauchte seine Augen in einen Halbschatten und verlieh seinem Gesicht einen verwegenen Ausdruck. Fred fand die Mütze besser als die sonst üblichen Sonnenbrillen.

Wie so oft in der Vergangenheit bedauerte Katrin, dass er schwul war. Sein knackiger Arsch, seine schmalen Hüften, die von langen, durchtrainierten Beinen getragen wurden, machten sie einfach an. Da brauchte sie sich nichts vorzumachen. Nur allzu gern hätte sie auch mal einen Blick auf seinen Hodenring geworfen, von dem sie wusste, dass er ihn bei seinen Lokalbesuchen immer trug. Doch in diesem Punkt hielt sich Fred ihr gegenüber schamhaft bedeckt. Seinen Schwanz zeigte er ausschließlich Männern. Dass er gut bestückt war, daran ließen seine hautengen Hosen keinen Zweifel. Wirklich schade, dass ihr dieser Genuss verwehrt bleiben würde.

Trotz seines guten Aussehens war Freds Selbstbewusstsein nur schwach ausgeprägt. Nicht umsonst legte er großen Wert auf Katrins Urteil. Was ihr nicht gefiel, wurde verschenkt oder umgetauscht.

Über die Jahre waren sie sich immer vertrauter geworden. Mittlerweile verband sie eine ebenso tiefe wie offene Freundschaft. Kein intimes Geheimnis und sei es auch noch so klein, blieb dem anderen verborgen. Fred stand Katrin näher als alle ihre Freundinnen. Deshalb hatte sie sich Freds Wunsch, sie in ein Lederlokal zu begleiten, nicht länger widersetzen können. Zumal ihr Fred dort auch seinen neuen Schwarm zur Begutachtung vorstellen wollte.

Die Zustimmung, ihn in das Lederlokal zu begleiten, war jedoch an eine gewagte Forderung geknüpft. Diesmal wollte sie nicht einfach nur herumsitzen und auf ihn warten, sondern selbst etwas erleben. Als Mann verkleidet, wollte sie endlich mal einen Blick hinter die Kulissen werfen.

Im ersten Moment war Fred völlig platt, dann zog er die Schultern hoch und meinte, sie könne es ja versuchen. Allerdings wäre sie in allem auf sich selbst gestellt. Ging etwas schief, würde er abstreiten, sie zu kennen. Katrins Enttäuschung und missmutigem Gesichtsausdruck entgegentretend, merkte er aufmunternd an, dass ihr Vorhaben vielleicht gelingen könnte, da sie sich nur selten schminkte, schmalbrüstig war und pflegeleichte Kurzhaarschnitte favorisierte. Trug sie entsprechende Kleidung, konnte man sie leicht für einen jungen Mann halten.

Katrin war von ihrem Aussehen her eher ein burschikoser Frauentyp. Die jahrelange Prägung im Umgang mit drei Brüdern hatte sie eine männliche Mimik und Gestik annehmen lassen, was ihr bei der Partnersuche oft im Wege stand. Man sah in ihr immer den guten Kumpel, mit dem man gern ein oder mehrere Biere trank, doch nie die Frau, die einem das Herz weich werden ließ.

Zum verabredeten Termin stand sie mit einer Lederjeans, einem Männerhemd und einer Lederweste im Westernlook bekleidet vor seiner Tür.

Fred warf ihr einen erstaunten Blick zu, fasste sie um die Taille und flüsterte ihr anzüglich ins Ohr: »Na Kleiner, soll ich dir mal die große Männerwelt zeigen?«

Katrin errötete und entwand sich seinem Griff. Fred spürte, dass er Katrins wunden Punkt berührt hatte. Beschwichtigend fügte er hinzu: »Du siehst einfach sexy aus. Vielleicht gelingt es uns ja wirklich, dich in diesem Aufzug in den Lederkeller einzuschleusen!?« Er ließ seinen Blick über ihren knabenhaften Körper gleiten. »Du hast ja wirklich an alles gedacht«, sagte er schließlich voller Bewunderung.

Katrin nickte. Sie war stolz auf ihren Einfall mit dem Gelkissen, das unter ihrem Slip genau an der richtigen Stelle saß und einen Schwanz vortäuschte. Sie war versöhnt. Mit einem vielsagenden Lächeln schlang sie ihren Arm um seine Taille und zog ihn die Straße hinunter.

Bevor sie das Lokal erreichten, wies Fred Katrin darauf hin, so wenig wie möglich zu sprechen. Für eine Frau besaß sie zwar eine tiefe Stimme, doch sicher war sicher.

Äußerlich unterschied sich das Lokal kaum von einer gut bürgerlichen Kneipe. Lediglich der Name »Stiefelknecht« ließ aufhorchen. Auch das Innere des Lokals wirkte eher bieder. Eine lange Theke mit abgehangenen Lampen, am Fenster eine erhöhte Sitzbank, dazu im Schankraum einige Tische und Stühle. Als Fred Katrins enttäuschten Blick sah, flüsterte er ihr ins Ohr, dass man das Lokal nur wegen des riesigen Kellers angemietet habe. Früher sei hier eine Privatbrauerei gewesen, in deren Keller Bier gebraut worden sei. Kein anderes Lokal in der Stadt verfüge über einen derart verschachtelten Keller. Sie solle nur abwarten.

Der neue Lover von Fred erwies sich als äußerst witzig und sehr unterhaltsam. Ab und zu warf er Katrin einen schnellen Blick zu, um abzuschätzen, ob ein Grund zur Eifersucht bestand, denn Fred hatte sie bloß als: »Karl. Ein guter, alter Freund von mir«, vorgestellt.

Je weiter der Abend fortschritt, desto mehr entspannte sie sich. Den Blicken des Lovers war zu entnehmen, dass er sie nicht als Bedrohung empfand. Sein Misstrauen verschwand und schon bald hatte er nur noch Augen für Fred, den er mit allen Mitteln bezirzte. Ohne sich um Katrin oder die anderen Gäste zu scheren, griff er Fred zwischen die Schenkel oder an den Arsch. Katrin blieb nicht verborgen, dass Fred es mochte, denn die Ausbuchtung in seiner Hose war nicht zu übersehen. Wie gern hätte auch sie mal ihre Hand dorthin gelegt oder wäre mit ihm in den Kellerräumen verschwunden.

Freds Lover schien den gleichen Gedanken zu haben, denn immer häufiger ruhte seine Hand auf Freds praller Männlichkeit. Als ihre Gläser leer waren, gingen sie zur Theke, wo Freds Freund für alle einen weiteren Drink orderte. Während sie darauf warteten, knetete er Fred im Schutz der Theke unverhohlen die imposante Ausbuchtung. Aus den Augenwinkeln beobachte Katrin, wie Fred die Pobacken lustvoll zusammenzog und seinen Schwanz gegen die Hand des Freundes drückte. Unter dem engen T-Shirt traten die erigierten Brustwarzen hervor. Freds Lover hing jetzt wie eine Klette an ihm. Ständig stieß er seine Zunge in Freds Ohr und beteuerte ihm, wie scharf er auf ihn sei. Wie eine Schlange wand er sich um Freds Körper, ohne dass jemand im Raum davon Notiz nahm. Dabei fuhren seine kräftigen Hände immer wieder beschwörend um Freds Po und Genitalien.

Zurück am Tisch flüsterte Fred Katrin ins Ohr: »Halt dich bereit. Gleich gehen wir nach unten.«

Katrins Hand umspannte krampfhaft das Glas. Würde alles gut gehen? Sie versuchte, sich mit der Vorstellung abzulenken, dass das schlanke Glas zwischen ihren Fingern Freds Schwanz sei. Auch wenn der Anblick der beiden Männer sie zunehmend erregte und geil werden ließ, verspürte sie unterschwellig eine merkwürdige Nervosität. Jetzt nur nicht anfangen zu zittern. Hoffentlich würde es bald losgehen, denn das Dunkel des Kellers würde ihr helfen, damit fertig zu werden.

Aufgrund der fortgeschrittenen Stunde war sich das Gros der im Lokal anwesenden Gäste ebenfalls nähergekommen. Gelegentlich betraten neue Gäste den Schankraum. Immer mehr Paare verschwanden in den Kellergewölben, zu denen eine breite Treppe neben den Toiletten führte.

Der Lover löste sich vom Tisch und drängte auf den Besuch der Kellerräume. Die Geilheit stand ihm ins Gesicht geschrieben. Nicht nur er war aufgeheizt und verlangte nach mehr.

Der heikle Punkt des Abends war gekommen, denn jetzt musste Fred seinem Freund klarmachen, dass sie zu dritt die Kellerräume aufsuchen würden. Fred deutete auf Katrin und sagte: »Mein Freund ist momentan solo, würde aber gern mit uns kommen. Keine Sorge, er wird uns nicht stören. Er will nur nicht allein sein. Vielleicht findet er da unten etwas, was seine Lust auf eine neue Beziehung weckt?«

Einen Moment lang wirkte Freds Lover skeptisch, doch dann nickte er und erwiderte: »Wenn es sein muss, nimm ihn mit.«

Erleichtert atmete Fred auf und lachte. »Danke. Ich habe meinem Freund nämlich versprochen, ihm die Kellerräume zu zeigen. Versprich mir nur, dass du ihn nicht anrührst.«

Freds Lover verzog das Gesicht und entgegnete: »Ist eh nicht mein Typ. Wenn ihm bloßes Zuschauen genügt, soll es an mir nicht scheitern.«

Als sie die Treppe hinunterstiegen, klopfte Katrin das Herz bis zum Hals. Einen Moment lang kam sie sich vor wie eine Forschungsreisende vergangener Jahrhunderte, die in verbotene Gefilde vorstößt.

Unten zweigten von einem breiten Gang drei kleinere ab. Sie führten zu verschieden großen Räumen. Schwarzlicht tauchte sie in diffuses Licht. Nur die Augen und Zähne der anwesenden Personen traten in gespenstischem Weiß hervor. Ein schwarzer Anstrich entzog die Ziegelwände und die in sie eingelassenen Türen den Blicken. Der Boden bestand aus blankem Estrich. Das karge Ambiente rief bei Katrin nicht gerade positive Gefühle hervor. Im Gegensatz zum Schankraum war es hier unten kühl. Einige der Türen standen offen. In den Zimmern dahinter ließen sich schemenhaft weitere Personen ausmachen.

Anfangs erschwerte die spärliche Beleuchtung eine Orientierung. Aus einem der hinteren Kellerräume vernahm sie laute klatschende Geräusche, gelegentlich untermalt von einem unterdrückten Schrei oder Stöhnen. Katrin lief ein Schauer über den Rücken. Am liebsten hätte sie kehrtgemacht und wäre die Treppe wieder hinaufgelaufen. In diesem Moment griff Fred nach ihrer Hand und zog sie hinter sich her in ein Zimmer am Ende des Ganges. Eine flackernde Kerze auf dem Tresen erhellte ihn spärlich. Die Längsseite nahmen mit Flaschen und Gläsern bestückte Regale und ein Tresen ein. Hinter der Theke stand ein dunkelhäutiger Mann in einem Tanga aus hellem Waschleder. Katrin fielen fast die Augen aus dem Kopf, denn selbst in erschlafftem Zustand hatte sein Schwanz eine enorme Größe. Den hinteren Teil des Raums begrenzte ein Eisengitter. Auf schmalen Regalbrettern ließen sich Gläser abstellen, ansonsten war der Raum leer.

Langsam gewöhnten sich Katrin Augen an das schummrige Licht. An der Theke lehnte ein Paar sowie ein bulliger Typ in Gauchohose und hautengem Shirt. Gelangweilt nippte der Mann an seinem Glas. In der Hand hielt er eine Hundeleine. Erst jetzt sah Katrin den jungen Mann, der mit nacktem Oberkörper wie ein Hund vor ihm kniete. Ein nietenbesetztes Halsband lag eng um seinen schneeweißen Hals. Ungeniert lutschte der Jüngere am Schwanz des Älteren. Trotz seiner devoten Liebesdienste erhielt er ab und zu mit dem losen Ende der Hundeleine einen Hieb über den Rücken oder seinen knackigen Arsch, der in knappen Hotpants steckte. Auf dem Rücken des jungen Mannes zeichneten sich bereits mehrere rote Striemen ab. Es schien, als würde er seinen Blowjob nicht gerade zur Zufriedenheit des Älteren auszuführen. Mit einem Mal ließ der Ältere die Leine fallen, krallte sich in die Haare des Jüngeren und stieß wie wild in dessen Mund, bis er sich unter heftigen Zuckungen entleerte. Herrisch zog er danach den Jüngeren am Halsband hoch und stieß ihm die Zunge in den Mund. Er knutschte ihn lang und heftig, bevor er dem Jüngeren die Jeans öffnete, seinen steifen Schwanz herausholte und ihn hart und unerbittlich wichste. Der Jüngere krümmte sich unter dem harten Zugriff, doch schien ihm die Behandlung zu gefallen. Kurz bevor es ihm kam, stöhnte er heftig, was ihm sofort eine schallende Ohrfeige einbrachte. Scheinbar angewidert verstrich der Ältere anschließend den Erguss an der Wand des Tresens.

Mittlerweile standen Fred und sein Liebhaber mit geöffneten Hosen neben Karin an der Wand. Einander zugewandt umschlossen sie mit den Händen ihre steifen, aufeinandergelegten Schwänze. Der Anblick der ungewöhnlichen Masturbation geilte Katrin enorm auf. Wie gebannt hing ihr Blick an den Fäusten, die den Schwanz des anderen umklammerten und wechselseitig die eine oder andere zartrosa leuchtende Eichel hervortreten ließen. Freds Schwanz war eindeutig der kräftigere und längere.

Katrin spürte, wie sie feucht wurde. Zwei Schwänze ausgiebig mit den Händen zu bearbeiten und anschließend von ihnen in verschiedenen Stellungen genommen zu werden, war seit langem Inhalt ihrer kühnsten Fantasien. Was hätte sie dafür gegeben, Fred und seinem Freund diesen Liebesdienst erweisen zu dürfen.

Gerade wollte Katrin sich zwischen die Beine greifen, als Fred ihr sein vor Lust verzerrtes Gesicht zuwandte. Seine Augen waren geschlossen und der Mund leicht geöffnet. Beschämt drehte Katrin ihren Kopf zur Seite.

Ihr Blick fiel auf das Paar am hinteren Ende des Tresens. Der eine schien den anderen von hinten zu umarmen. Beide Männer trugen ebenso enge wie knapp geschnittene Hotpants und Stiefeletten. Ihre nackten Oberkörper bedeckten Ledergeschirre. Ihre Brustwarzen waren gepierct und mit auffallend großen Ringen bestückt. Die Hose des Kleineren war im Analbereich geschlitzt. Was Katrin im ersten Moment als aufreizende Umarmung ansah, erwies sich bei näherem Hinsehen als brutaler Fick, ausgeführt mit einem Gummischwanz. Der Größere hielt den Kleineren mit einem Arm umklammert, während er mit dem freien Arm einen mattschwarz glänzenden Dildo in seinen knackigen Arsch trieb. Fred erklärte ihr später, dass dies in den Lederkeller als Vorspiel nicht unüblich war. Als die beiden sich für einen Moment voneinander lösten, konnte Katrin einen Blick auf den glattrasierten Schwanz des Kleineren erhaschen, der aus seiner geöffneten Hose herausragte. Ein weiteres Mal erfasste Katrin ein Schauer, denn gleich den Brustwarzen war auch seine Eichel gepierct. An dem durch die Harnröhre geführten Ring hing an einer Kette ein Gewicht, das sein Glied trotz der starken Erektion nach unten zog. Das Gewicht und der Dildo schienen seiner Lust nicht abträglich zu sein. Mit einem Mal drehte der Größere den Kleineren zur Seite und drückte seinen Oberkörper herunter. Der mit dem Gewicht beschwerte Schwanz rückte jetzt vollends in Katrins Blickfeld. Jetzt öffnete der Größere seine Hose, holte seinen Schwanz heraus und stieß es in den geweiteten Anus des Kleinen. Ohne jeglichen Widerstand versank er bis zum Anschlag in seinem Arsch. Mit jedem weiteren Stoß schwang das beschwerte Glied des Kleinen wie ein Uhrpendel hin und her.

Trotz allem Wenn und Aber rief der brutale Akt bei Katrin keinen Widerwillen hervor. Ob es an dem kräftigen Schwanz lag, der mühelos in das geweitete Arschloch des Kleinen eindrang, oder am glatten Arsch, der sie an zwei pralle Brüste erinnerte, hätte sie nicht sagen können. Auch der hin- und herpendelnde Schwanz hatte etwas an sich. Zu Hause hatte sie sich einmal vor dem Spiegel zwei schwere Ohrclips an die Brustwarzen geklemmt, doch waren sie bei der kleinsten Bewegung heruntergefallen. Vielleicht sollte sie es mal an ihren Schamlippen probieren?

Katrin erfasst eine unbekannte Lust. Mittlerweile war der Stoff ihres Slips feucht und die geschwollenen Schamlippen juckten. Mit der Hand in der Hosentasche schob sie das Gelkissen beiseite und massierte ihren Kitzler. Ohne den Blick von dem Paar abzuwenden, verstärkte sie leicht den Druck ihrer Finger.

Jetzt zog der Größere seinen zuckenden Schwanz aus dem Arsch des Kleinen und spritzte auf seinem Rücken ab. Dann zog er den Kleinen an den Haaren hoch, befreite ihn von dem Gewicht und besorgte es ihm mit der Hand. Es brauchte nicht lange, bis auch der Kleine sein Sperma verschleuderte.

Katrin bekam weiche Knie. Ihre Kehle war trocken. Sie ging zur Theke herüber und stützte sich schwer atmend auf den Tresen. Der Schwarze nahm ihre Bestellung auf. Kurz darauf servierte ihr ein Bier. Katrin nahm einen kräftigen Schluck und genoss die in ihren Hals herablaufende Kühle. Vom Tresen geschützt, setzte sie ihre Taschenmassage fort. Tat das gut, oben und unten feucht zu sein!

Fred und sein Lover leckten sich nach ihrem ersten Orgasmus gegenseitig genüsslich über die verschmierten Hände. Schon bald würden sie ihr Spiel fortsetzten.

Bevor sie in einem der angrenzenden Zimmer verschwanden, informierten sie Katrin darüber, gleich wieder zurück zu sein. Sie brauche sich keine Gedanken zu machen. In dem als Umkleide bestimmten Raum entledigten sie sich ihrer Hosen und Hemden, legten die mitgebrachten Geschirre an und kehrten zum Tresen zurück. Der Anblick ihrer durchtrainierten, von Ledergeschirren eingezwängten Körper hätte bei Katrin fast einen Orgasmus bewirkt. Im letzten Moment zog sie die Hand aus der Hosentasche.

Die Geschirre bestanden in der Hauptsache aus einem breiten Gürtel. An ihm befestigt war nicht nur das Brustgeschirr, sondern auch ein dünner Lederriemen, der die Arschbacken teilte und bis zu einem großen, glänzenden Stahlring reichte, der Glied und Hoden frei ließ und nach vorn durch zwei V-förmig verlaufende, dünne Riemen mit dem Gürtel verbunden war. Zwei Schnallen dienten zur Verkürzung der Bänder, um Schwanz und Hoden in eine vorteilhaftere Position bringen zu können. Vom Gürtel aufwärts verliefen diverse Riemen über Rücken und Brust des Trägers, wobei die Brustwarzen ebenfalls von glänzenden Stahlringen umrahmt wurden. Katrin kam die Erinnerung an Pferdegeschirre, nur das diese sie nie so erregt hatten.

Das Anlegen der Geschirre hatte ihre Schwänze steif werden lassen. Noch lagen ihre Eicheln allerdings nicht frei und blieben kokett unter den leicht zurückgezogenen Vorhäuten verborgen. Auch die Hoden entbehrten noch der Festigkeit und hingen über die breiten Ringe herunter.

Freds Lover spuckte in die Hände und griff nach Freds Schwanz. Gekonnt ließ er die pralle Eichel zwischen seinen Fingern tanzen. Dann bestellte er beim Barkeeper ein Glas mit Eiswürfeln und schob Fred zwei davon unter die Vorhaut. Während er die Vorhaut am Rückzug hinderte, massierte er die kühle Fracht. Fred verzog das Gesicht. Die Kälte und die Kanten der Eiswürfel machten ihm zu schaffen. Langsam bildete sich zwischen seinen Beinen eine Pfütze. Erst als die Eiswürfel völlig geschmolzen waren, ließ der andere von ihm ab. Freds Eichel war rot und glänzend. Sie erinnerte an einen Hummer nach dem Tauchbad. Freds Beine zitterten leicht, als der andere sich vor ihn hinkniete und sein Glied in seinen warmen Mund nahm, während seine Hände sich um Freds Arschbacken spannten. Er schob seine Finger unter den Gesäßriemen und hob ihn aus der Furche. Über den Ring übertrug sich die Spannung sofort auf Freds Glied, das der andere jetzt mit den Zähnen bearbeitete. Fred stöhnte auf. Aus lauter Mitgefühl zuckte auch Katrin unwillkürlich zusammen. Ihre Klitoris hatte sie über dem bizarren Schauspiel völlig vergessen. Sie war jetzt ganz auf Freds Seite und litt lustvoll mit ihm.

Freds Lover spielte mit seiner Lust. Mal nahm er ihn sanft zwischen die Lippen, dann wiederum saugte er fest an ihm, um ihn kurz darauf wieder die Zähne spüren zu lassen. Zusätzlich zog er am Lederriemen, um ihn den Ring spüren zu lassen. Aber erst der Griff nach Freds Hoden führte zur Erlösung. Auf die erste Entleerung folgten in kurzen Abständen zwei weitere. Das ein Mann sich in mehreren Schüben entleeren konnte und nicht in einem einzigen Erguss kam, war neu für Katrin. Nie hätte sie so etwas für möglich gehalten. Freds Lover fing die Ergüsse in seiner Hand auf. Aus Jux hielt er die Hand Katrin hin, doch Fred kam ihr zuvor und leckte das Sperma begierig auf.

Freds Lover hatte Durst bekommen und bestellte sich ein weiteres Bier. Er nahm einen kräftigen Schluck aus dem Glas, ehe er sich wieder Freds Schwanz zuwandte. Er umschloss das erschlaffte Glied mit den Fingern und hielt es während ihrer anschließenden Unterhaltung fest. Doch auch eine leichte Stimulation von Freds Anus erbrachte nicht den gewünschten Erfolg. Freds Schwanz hatte alle Spannkraft eingebüßt. Einen dritten Anlauf würde er heute nicht mehr schaffen.

Liebend gern hätte Katrin die letzten Tropfen, die aus Freds Eichel perlten, mit ihren Händen aufgefangen und sein Glied anschließend zärtlich abgetrocknet, doch Fred schien es völlig in Ordnung zu finden, dass der andere zwar sein schlaffes Glied festhielt, doch ihm ansonsten keine weitere Beachtung schenkte, sondern sich angeregt mit dem Barmann unterhielt.

Männer, schoss es Katrin durch den Kopf. Wie konnten sie nur so gefühllos sein?

Erst als Freds Lover ein neues Bier bestellte und zur Hälfte leerte, schien das Interesse an seinem Freund wieder geweckt zu sein. In einem spontanen Einfall versenkte er Freds schlaffes Glied im Glas, schüttelte es hin und her, um es danach an die

Lippen zu setzen und genussvoll auszutrinken. Gönnerhaft bückte er sich danach und leckte Freds Schwanz ab.

Sich aufrichtend verkündigte er: »Jetzt bin ich aber dran.«

Ohne sich an Katrins Anwesenheit zu stören, bedeutete er Fred, sich zu bücken, und nahm ihn von hinten. Mit der Befriedigung seiner Lust schien er keine Eile zu haben. Fred fickend bestellte er ein weiteres Bier. Ab und zu goss er ein paar Tropfen zwischen Freds Arschbacken, um problemloser in ihn eindringen zu können. Hätte er nicht irgendwann innegehalten und den Rand des Glases unter Freds Arsch gedrückt, wäre sein Orgasmus keinem aufgefallen.

Fasziniert beobachtete Katrin, wie Freds Rosette sich im Wechsel zusammenzog und öffnete und das Ejakulat ins Glas lief. Als nicht mehr kam, trank Freds Lover es in einem Zug leer. Fred kniete bereits vor ihm und leckte gehorsam seinen Schwanz.

Wiederum sah der andere ihm fast gelangweilt zu. Doch Fred war auch nicht ohne. Ohne Vorwarnung stieß er seinen feuchten Finger in den Po des anderen und besorgte es ihm so lange, bis der Schwanz in seinem Mund wieder steif wurde. Dann wichste er den Schwanz mit aller Härte. Beim Erguss drückte er den Schwanz gegen die Wand des Tresens und verschmierte das Sperma auf ihr.

Katrin verstand die Männer nicht mehr. Zuerst war es ihr so vorgekommen, als würde Fred bei diesem Typ nicht richtig zum Zuge kommen und jetzt das. Vielleicht hemmte ihn ja auch bloß ihre Gegenwart.

Nach und nach füllten sich die Kellerräume. Wie gern wäre Katrin noch etwas geblieben und hätte die anderen Räume erkundet, doch drängten Fred und sein Lover zum Aufbruch. Hier unten bedeutete ein einzelner Mann in aller Regel Freiwild. Bisher war alles gut gegangen und sie hatte Sachen gesehen, um die sie andere Frauen bestimmt beneideten. Fred drängte, in ein anderes Lokal zu gehen, um noch etwas zu trinken und vielleicht auch zu tanzen.

Bereitwillig folgte Katrin ihnen in den Umkleideraum. Erstaunt stellte sie fest, dass die Riemen der Geschirre trotz der niedrigen Raumtemperaturen mit Schweiß getränkt waren. Der Geruch von Leder und Metall erregte sie dermaßen, dass sie im Tanzlokal erst einmal auf der Toilette verschwand und es sich selbst besorgte. Dann tanzte sie bis zur Erschöpfung. Nassgeschwitzt verabschiedete sich weit nach Mitternacht von den beiden.

Bereits im Flur ihrer Wohnung entledigte sich Katrin der ersten Kleidungsstücke. Das Intermezzo auf der Toilette des Tanzlokals hatte ihre Lust zwar bremsen, aber bei Weitem nicht stillen können. Flink streifte sie BH und Slip ab, griff in die Nachttischschublade und holte ihre Ohrclips und einen Dildo hervor. Auf dem Bett liegend, genoss sie in vollen Zügen den Druck der Klammern an ihren Brustwarzen und die Härte des Dildos zwischen ihren feuchten Beinen. Der Orgasmus überrollte sie viel zu schnell, weshalb sie den Vibrator nach einer kurzen Atempause erneut auf die Reise schickte. Er würde sie heute Nacht noch mehrmals für die vielen Schwänze entschädigen müssen, die ihr im Lokal entgangen waren.

Willenlos geil - Ungestüme Gier

Wortlos zog der junge Mann die Sportstudentin in den dämmrigen Flur der Wohnung und drückte hinter sich hastig die Tür ins Schloss. Er umschlang ihre Taille und zog sie zu sich heran. Ihr warmer Körper stand in äußerst reizvollem Kontrast zur Kühle des Flurs. Fordernd drückte er seinen Mund auf ihre vollen Lippen. Seine Zunge suchte die ihre. Angela atmete schwer. Wie ferngesteuert spreizte sie die Beine und streckte ihm lustvoll ihre Brüste entgegen.

Es war immer wieder das Gleiche: Sam brauchte sie nur flüchtig zu berühren, schon war ihre Lust entfacht. In seinen Armen wurde sie vollkommen willenlos. Ihr Verstand setzte aus und ließ sie Dinge tun, die sie nie für möglich gehalten hätte. Sie war besessen davon, seinen Schwanz zwischen den Beinen zu spüren. Von einem Moment zum anderen verlor sie die Kontrolle über sich und war einzig von dem Wunsch besessen, sich ihm tabulos hinzugeben.

Auch jetzt, nur wenige Sekunden nachdem sie seine Wohnung betreten hatte, hätte sie nicht mehr sagen können, was feuchter war, ihr Mund, in dem seine Zunge ein Feuerwerk der Lust entfachte, oder ihre Vagina, die seine Finger durch den dünnen Stoff der Hose massierten.

Sie kannten sich nun fast ein Jahr. Kein Tag war seitdem vergangen, ohne dass sie es nicht miteinander getrieben hätten. Waren sie anfangs noch in ungestümer Gier übereinander hergefallen, trat an die Stelle der puren Triebbefriedigung schon bald ein ebenso ausuferndes wie virtuoses Liebesspiel. Jeder versuchte, den anderen im Hinauszögern des Orgasmus zu übertrumpfen. Das Bedürfnis nach Steigerung ihrer Lust führte schnell zum Ausprobieren neuer Techniken, was zu guter Letzt im Einsatz aller nur denkbaren Hilfsmittel aus Leder, Gummi oder Lack mündete.

Je häufiger und tabuloser sie sich einander hingaben, desto mehr wuchs die Vertrautheit zwischen ihnen. Es erstaunte sie maßlos, sich in ihrem Lustempfinden wie unstillbarem Hunger nach Sex so ähnlich, wenn nicht sogar gleich zu sein. Ihre Lust aufeinander vergrößerte sich ständig, ohne auch nur ein einziges Mal abzunehmen. Bald schon gab es nichts mehr, was sie nicht ausprobiert hätten. Kein Winkel ihrer Körper war ihnen fremd geblieben, keine Hilfsmittel, die nicht zur Steigerung ihrer Lust eingesetzt hätten.

Auf jede nur erdenkliche Art hatten sie ihre Körpersäfte gegenseitig genossen, sich ab- oder ausgeleckt, ihren Urin getrunken oder sich mit ihren Liebessäften eingerieben. Ferner gab es keinen Ort, von der Tiefgarage über öffentliche Verkehrsmittel bis hin zu öffentlichen Toiletten, den sie zur Befriedigung ihrer körperlichen Lust ausgelassen hätten. Es erschien ihnen wie ein innerer Zwang, die Begegnungen immer exotischer ausfallen lassen zu müssen, um dadurch eine Intensivierung ihrer Orgasmen zu erreichen. Ohne sich dessen bewusst zu sein, war die Grenze zur Hörigkeit längst überschritten.

Angelas Veranlagung zu multiplen Orgasmen wie auch Sams enorme Standfestigkeit waren dabei nur begünstigende Faktoren. Keiner von ihnen wurde auf Dauer wirklich satt. Jeder Akt und verlief er noch so exzessiv, führte zu einem neuen, unstillbaren Verlangen, bedurfte der Wiederholung und Steigerung mit Ausrichtung auf einen weiteren, ultimativen Kick. Ob Arbeits- oder Alltagsbereich, alles wurde von ihrer Sexualität vereinnahmt.

Im dämmrigen Wohnungsflur hatte Angela das virtuose Wechselspiel ihrer vor- und zurückstoßenden Zungen im Nu feucht werden lassen. Sam konnte aber auch verdammt gut küssen. Allein mit der Zunge gelang es ihm, ihre Lust in ungeahnte Höhen zu treiben.

Manchmal stellte sich bei ihr unvermittelt ein Schamgefühl ein, weil sie sich ihm derart schonungslos auslieferte, ihm ihre Geilheit und ihr Verlangen so offen und unmissverständlich zeigte. Aber gegen ihre Lust kam sie einfach nicht an.

Er konnte mit ihr machen, was er wollte. In seinen Händen war sie wie Wachs. Nur seinem Wunsch, sie von hinten zu nehmen, hatte sie sich bislang widersetzt. Angelas Angst davor wurzelte nicht so sehr in der Scheu, es auf diese Art miteinander zu treiben, sondern in der Vorstellung, ihre letzte

Bastion gegen ihn aufzugeben, sich ihm dadurch vollständig auszuliefern und zu seinem ausschließlichen Besitz zu werden. Sich wie eine Hündin nehmen zu lassen, würde aus ihr eine willenlose Hure machen, ihr jegliche Persönlichkeit rauben und ihm ihre Seele schutzlos ausliefern. Bereits jetzt konnte er fast grenzenlos über ihren Körper verfügen, auch wenn sie bisher nichts, aber auch nichts bereut hatte, obwohl sie sich gelegentlich wie ein willenloses Werkzeug in seinen Händen vorkam. Sam verstand es einfach perfekt, ihre geheimsten Wünsche zu wecken. Immer wieder forderte er sie dazu auf, ihre Lust nicht nur in vollen Zügen zu genießen, sondern sie auch aktiv auszuleben, was sie manchmal vor Probleme stellte. Noch gab sich Angela ihm lieber bedingungslos hin, als dass sie selbst aktiv wurde.

Während Sam sie küsste, legte Angela ihre Hände um seinen Hals. Es gab ihr ein subtiles Gefühl von Macht über diesen Mann, mit dem sie am liebsten immer nur ficken würde. Ohne sein Zungenspiel zu unterbrechen, öffnete Sam geschickt ihre Bundhose und schob sie bis zu den Oberschenkeln herab. Liebend gern hätte sie jetzt ihre Beine gespreizt, doch das ließ weder die Stellung an der Wand noch der Sitz ihrer Hose zu.

Sams Hose spannte sich bereits gewaltig über seinem Glied. Sein Verlangen, sie zu ficken, bis zum Anschlag in sie einzudringen und die wohltuende Feuchtigkeit ihres Schoßes zu spüren, wuchs ins Unermessliche. Sie im Stehen, halb angezogen an der Wand lehnend, zu nehmen, machte ihn besonders an. Sams Hand schob sich unter den Stoff ihres hauchdünnen Slips. Mit den Fingern den durchfeuchteten Stoff ihres Slips zu berühren, geilte ihn ebenso auf wie durch ihr dichtes, seidiges Schamhaar zu fahren und zu spüren, wie ihr Lustschleim es zwischen den Schamlippen verklebte. Kein noch so teures Gleitmittel konnte sich damit messen. Wie über Samt glitten seine Finger durch ihre feuchten Schamlippen, ehe sie in ihre leicht geöffnete Vagina vorstießen und sich hier zu einem Haken krümmten. Angela stöhnte auf. Es war für sie jedes Mal wieder ein kleines Wunder, wie Sam es schaffte, sie derart feucht werden zu lassen.

Sam nahm sie gern, wie er es nannte, »an den Haken«. Dazu führte er Zeige- und Mittelfinger in ihre Vagina ein und krümmte sie. Drückte er in Richtung Anus, zog er sie runter, drückte er in Richtung G-Punkt, zwang er Angela, sich auf die Zehenspitzen zu stellen. Heute genügte es ihm, seine Finger in ihrem Schoß lediglich zu befeuchten.

Zitternd öffnete er mit vor Feuchtigkeit glänzenden Fingern den Reißverschluss seiner Hose, nestelte seinen steifen Schwanz aus der engen Unterhose und überzog die Eichel mit ihrem Schleim. Ihren Slip beiseiteschiebend platzierte er sein Glied unter ihrem dunklen Vlies. Mit leichtem Druck trieb er es zwischen ihre Schenkel. Er liebte es, zum Auftakt nicht nur ihre Schamlippen, sondern auch ihren Kitzler mit seinem Schwanz zu massieren.

Angela revanchierte sich, indem sie seinen Schaft, soweit es in dieser Stellung möglich war, bei jedem Stoß zwischen den Fingern massierte. Kurz darauf wechselte Sam die Technik. Er umklammerte ihren Po, hob ihr Becken leicht an und drang mit einem kräftigen Stoß in ihre Lustgrotte ein. Vorsichtig senkte er sie wieder ab. Angela war ganz versessen darauf, in dieser Stellung gefickt zu werden. Da ihre bis zu den Knien herabgelassene Hose ein Spreizen der Beine verhinderte, drang nur die Eichel in sie ein, stimulierte dafür jedoch umso mehr ihren Kitzler. Mehr als eine minimale Seitwärtsbewegung ihres Beckens war nicht möglich. Zudem musste sie immer darauf achten, dass seine Eichel nicht aus ihr herausglitt. Lange konnte sie jedoch nicht auf Zehenspitzen verbleiben. Bereits nach kurzer Zeit erfasste sie ein leichter Schwindel.

Sam fühlte sich in seinem Element. Mit seiner Zunge versuchte er, die Bewegungsunfähigkeit seines Gliedes ausgleichen und stieß immer tiefer in ihren Mund, den sie nur allzu bereitwillig öffnete. Er mochte es, die Feuchtigkeit ihres Körpers mit Zunge und Schwanz gleichzeitig zu erfahren.

Nie würde er das erste Mal vergessen, an dem Angela sich ihm bereits auf dem Nachhauseweg von einer durchtanzten Nacht in einem Park hingab. Die Feuchtigkeit in ihrem Schritt, schleimig und flüssig zugleich, geilten ihn damals dermaßen auf, dass er ohne jedwedes Vorspiel über sie herfiel und sich dabei wie ein tollwütiger Hund vorkam. Auf der nächtlichen Wiese ließ sie sich gleich mehrmals hintereinander von ihm nehmen. Und dennoch war es ihm auf dem Nachhauseweg kaum möglich, seine Finger von ihr zu lassen, weshalb Angela schließlich kurz entschlossen ihren Slip auszog und den Rock bis zur Hüfte hochschob.

Mit jedem Stoß drückte Sam Angela nun mehr an die Wand. Seine Hände schoben ihr dünnes T-Shirt nach oben und nahmen von ihren knabenhaften Brüsten Besitz. Er stand darauf, ihre harten Warzen zwischen die Finger zu nehmen.

Angela drückte ihn fort, tippelte mit heruntergelassener Hose zum Schuhschrank und beugte sich auf ihn herab. Auffordernd streckte sie ihm ihr Gesäß entgegen. Sam folgte ihr mit schnellen Schritten, schob erneut den feuchten Slip zur Seite und drang in sie ein. Der Anblick ihres durchtrainierten Gesäßes sowie ihrer feucht glänzenden Schamhaare, die sich bis zum Anus emporzogen, ließen seinen Schwanz noch mehr anschwellen. Wie gern hätte Sam ihre rosige Rosette entjungfert, doch war das für ihn das einzige Tabu in ihrer Beziehung.

Angelas Studium an der Sporthochschule ließen ihre Figur muskulös und durchtrainiert erscheinen, obwohl sie eigentlich eine zierliche und feminine Person war. An ihrem Körper war kein einziges Gramm überflüssiges Fett.

Während er weiterhin mit kräftigen Stößen in sie eindrang, massierte Angela ihren Kitzler voller Gier. Ein heftiges Zucken in ihrem Unterleib signalisierte ihm, dass sie kurz vor dem Orgasmus stand. Obwohl er seine Stöße verlangsamte, kam Angela unter lautem Stöhnen. Die Kontraktionen ihres Unterleibs beim Orgasmus erregten Sam immer wieder aufs Neue. Schnell zog er sein Glied aus ihrer Scheide, um nicht auch abzuspritzen.

Sam wusste, dass dies für sie beide nur der Auftakt war. Angela hatte bei Weitem noch nicht genug. Das Zittern, das nach jedem Orgasmus für einen kurzen Moment wellenartig ihren Körper durchlief, empfand er als einzigartiges Geschenk. Und spätestens nach dem dritten Orgasmus glänzte ihr ganzer Körper vor Schweiß.

Schwer atmend entledigten sie sich ihrer Kleidung und gingen Hand in Hand ins Schlafzimmer. Auf dem Bett schmiegte sich Sam an Angelas feuchten Körper. Zuerst bildeten sich feine Schweißperlen auf Angelas Oberlippe, dann folgten Brüste und Gesäß und schließlich glänzte ihr ganzer Körper. Sam schob sein Bein unter ihrem durch und drang auf der Seite liegend in sie ein. Ihr Schoß fühlte sich wunderbar eng an. Sam spürte seinen eigenen Orgasmus nahen und verlangsamte erneut seine Bewegungen. Voller Zärtlichkeit streichelte er über Angelas Arme, ihren Bauch und ihre Brüste.

Sein Blick wanderte zu ihrem Gesicht. Ihr langer Pony klebte ihr an der Stirn. Die Augen mit den langen Wimpern waren geschlossen, um den Genuss zu intensivieren. Sam legte seine Hand auf ihr dichtes Vlies. Trotz des gerade erst durchlebten Orgasmus streckte sie ihm auffordernd ihr Becken entgegen. Nie bekam Angela genug davon, sich von ihm verwöhnen zu lassen. Manchmal geriet sie dabei völlig außer sich, legte sich mit weit gespreizten Beinen vor ihn und flehte ihn an, sie mit der flachen Hand zum Orgasmus zu schlagen. Auch heute verlangte sie nach diesem Liebesdienst, ließ jedoch nicht zu, dass er sein Glied aus ihrem feuchten Schoß herauszog. Verzweifelt presste Sam seinen Unterleib fest gegen ihren Schoß. Jeder Schlag ließ nicht nur seine Hoden vibrieren, sondern auch seinen Schwanz verräterisch zucken. Wenn Angela jetzt nicht kam, war es um ihn geschehen. Sam schlug immer fester zu und endlich kündigte ein verräterisches Zucken in ihrem Unterleib an, dass es so weit war.

Beim Orgasmus krallte Angela ihre Fingernägel in seine Arme und Beine und stöhnte so laut wie noch nie. Immer noch presste Sam sich, so eng es ging, an sie, um seinem Schwanz ein wenig Erholung zu verschaffen.

Sam liebte die lustvolle Qual, seinen Orgasmus so weit wie möglich hinauszuzögern. Und heute wollte er Angela bis zum Punkt völliger körperlicher Erschöpfung treiben, wollte sie die Kontrolle über sich verlieren lassen, in der Hoffnung, endlich ihren Anus entjungfern zu dürfen.

Bezog er am Anfang ihrer Beziehung ihre schnell aufeinanderfolgenden Orgasmen noch voller Stolz auf sich, musste er sich schnell eingestehen, dass es nur ihrer Veranlagung entsprach. Jeder Mann könnte bei Angela die gleichen Kaskaden der Lust hervorrufen. Schon früh entwickelte Sam deshalb fast einen sportlichen Ehrgeiz, ihr immer mehr Orgasmen zu verschaffen, sie auf immer neue und unbekannte Gipfel der Lust zu treiben. Anders als bei seinen bisherigen Freundinnen, blieb Angelas Vagina immer feucht genug, egal wie häufig sie es miteinander trieben.

Sam löste sich von ihrem verschwitzten Körper und öffnete das Fenster. Der eindringende kühlende Lufthauch trieb Angela unter das zerwühlte Laken, wo sie sich wohlig rekelte. Zuerst tat die Verdunstungskälte Sams strapaziertem Glied gut, doch dann vermisste er geradezu schmerzhaft Angelas warmen und feuchten Schoß. Schnell kehrte er zu ihr ins Bett zurück, drehte Angela behutsam auf den Bauch, zog sie an der Hüfte hoch, bis sie auf allen vieren vor ihm kniete. Er presste sich von hinten an sie, fasste ihr mit beiden Händen wollüstig in den Schritt und ließ ihre prallen Schamlippen durch seine Finger gleiten. Abwechselnd zog er danach die linke und rechte Handkante durch ihren Spalt, bis er mit einem Aufstöhnen seinen Schwanz in ihrem Schoß versenkte.

Die warme Geborgenheit ließ in seinem Gehirn kleine Sterne explodierten. Voller Zärtlichkeit richtete er sich auf und verteilte den Schweiß auf ihrem durchgebogenen Rücken. Mit einem Mal überflutete ihn ein unbekanntes Gefühl völliger Hilflosigkeit. Es mutete ihm wie ein fernes Eingeständnis der Unmöglichkeit an, ihre gemeinsame Lust noch weiter steigern zu können. Lust und Leiden waren einfach sehr eng miteinander verwoben.

Einem vitalen Impuls folgend holte er plötzlich mit der flachen Hand aus und schlug auf ihre festen, sich ihm entgegenstreckenden Arschbacken. Angela liebte Schläge auf ihren verschwitzten Po, was ihn nur allzu häufig alle Hemmungen fallen ließ. Auch diesmal stieß er wie von Sinnen in sie hinein. Angela reagierte auf diese harte Behandlung wie elektrisiert. Zwar wand sie sich unter seinen Schlägen und drängte ihren Schoß Schutz suchend gegen sein hartes Glied, doch der dumpfe, klatschende Laut, der sich in abgemilderter Form im Aufschlagen seiner Hoden auf ihre Klitoris wiederholte, geilte sie enorm auf. Auch bei ihr öffneten sich alle Schleusen. Sie wimmerte und stöhnte, während ihre Vagina sich spürbar weitete. Bald darauf kam Angela ein drittes Mal, begleitet von einem mächtigen Aufbäumen ihres Unterleibs.

Sie wälzte sich auf den Rücken und forderte Sam auf, sich über sie zu knien, um seinen Schwanz mit den Händen massieren zu können. Der Saft ihrer Möse klebte noch auf ihm und ließ Spucke unnötig werden. Mit glänzenden Augen fixierte sie seine Hoden, denn je mehr er sich dem Höhepunkt näherte, umso heftiger zogen sie sich zu strammen Bällen zusammen. Sie spürte, dass sie sich jetzt revanchieren konnte, und schlug vorsichtig gegen die strammen Hoden. Angela ahnte, dass er sich nicht mehr lange zurückhalten konnte. Um die Heftigkeit seiner Ejakulation zu vergrößern, legte sie ihre schlanken Finger fest um seinen pulsierenden Schaft. Als sie spürte, wie das Sperma einschoss, drückte sie sein zuckendes Glied nach unten. Es war keinen Moment zu spät, denn sonst wäre der heiße Strahl an der Wand neben dem Bett gelandet. So dirigierte sie ihn genau in ihrem weit geöffneten Mund. Genießerisch verteilte Angela den Erguss in ihrem Mund, ehe sie ihn herunterschluckte. Abschließend sog sie auch noch den letzten Tropen aus ihm heraus.

Für eine Weile gestattete sie seinem schlaffen Glied, sich in ihrem Mund auszuruhen. Dann begann sie, zärtlich an ihm zu saugen und seine Eichel mit der Zunge zu verwöhnen. Unablässig kraulte sie dabei seine Hoden, um seinem Schwanz zu neuer Standfestigkeit zu verhelfen. Ihre Lust verlangte nach mehr. Nur allzu lebendig stand ihr noch das Bild seines prallen Schwanzes vor Augen, aus dem das Sperma unter hohem Druck herausspritzte. Das Bild verlangte nach Wiederholung und stachelte Angelas Geilheit enorm an. Kaum hatte sie ihr Ziel erreicht, spreizte sie auch schon bereitwillig die Beine.

Doch Sam griff nur nach ihrer Hand, zog sie vom Bett und bat sie, ihm zuliebe, so nackt und verschwitzt, wie sie war, einfach ein schlichtes Kleid überzustreifen, sich Sandalen anzuziehen und mit ihm ins Grüne zu fahren. Angela verstand die Welt nicht mehr. Sie wollte gefickt werden und er bat sie, mit ihm einen Ausflug zu machen! Doch als er ihr versprach, nicht mehr als fünfzehn Minuten auf einen wirklich großartigen und ungewöhnlichen Fick verzichten zu müssen, willigte sie ohne weitere Nachfragen ein.

Auf wackligen Beinen folgte sie ihm zum Auto und ließ sich in den Sitz fallen. Auf der Fahrt zu dem in der Nähe gelegenen Waldstück drang ihr immer wieder der ebenso verführerische wie typische Geruch aus weiblicher Vaginalflüssigkeit und männlichem Samen in die Nase. Ab und zu fuhr Sam mit seiner Hand unter ihr Kleid und zog seine Finger durch ihre Schamlippen. Der Geruch erregte ihn maßlos. Genau wie Angela trug auch er keine Unterwäsche, was dazu führte, dass sein geschwollener Schwanz sich nur allzu deutlich unter der dünnen Stoffhose abzeichnete. Angela massierte ihn mit ihren Fingernägeln, ehe sie ihn mit der Handfläche fest nach unten drückte. Sam hätte sie am liebsten noch während der Fahrt genommen.

Bald darauf parkte er neben einem Waldwanderweg und sprang aus dem Wagen. Angela folgte ihm in den Wald hinein. Kaum waren sie weit genug von der Straße entfernt, öffnete Sam seine Hose und bedeutete Angela, sich nach vorn zu beugen und sich auf ihren Knien abzustützen. Dann schob er ihr das Kleid über die Hüften und nahm sie von hinten.

Angela stieg der Duft von Gras, Fichten und feuchten Blättern in die Nase. Ein Lufthauch fuhr ihr zwischen die Beine und erregte sie. Auf einer von weichem Moos bewachsenen Lichtung kniete sie sich zuerst vor ihn, dann warf sie ihn auf den Rücken und ritt auf ihm so lange, bis es ihr kam. Immer wieder wechselten sie die Stellung, leckten sich gegenseitig und liefen tiefer in den Wald hinein.

An einem tief hängenden Ast versuchte Angela sich spielerisch in Klimmzügen, ehe Sam vor sie trat, sich ihre Beine um die Hüften legte und sie wie auf einer Schaukel nahm. Entdeckten sie in der Ferne andere Spaziergänger, versteckten sie sich hinter Bäumen oder im Buschwerk, wo sie ihr Liebesspiel ungeniert fortsetzten.

Auf einer Brücke drang Sam schließlich zum ersten Mal in ihren Arsch ein – eigentlich mehr ungewollt als beabsichtigt. Angela hielt sich am Brückengeländer fest und streckte ihm auffordernd ihr Gesäß entgegen. Lustvoll ließ sie ihr Becken kreisen, was dazu führte, dass sein Schwanz hin und wieder aus ihrem Schoß herausglitt. Und als sie einmal kräftig den Rücken durchdrückte, war es geschehen. Er drang nicht in ihre Vagina, sondern in ihren Anus hinein. Ehe Angela protestieren konnte, drückte sich Sam fest an sie und hielt sich an ihren Hüften fest. Einen Moment lang hielt Angela verdutzt inne, doch dann griff sie mit beiden Händen nach hinten und zog ihre Pobacken weit auseinander. Langsam weitete sie sich ihre Rosette. Und je mehr der Druck nachließ, umso tiefer glitt Sams Schwanz in sie hinein. Bereits nach einigen vorsichtigen Stößen versank er bis zum Anschlag in ihr.

Das Gefühl, sie in den Arsch zu ficken, unterschied sich völlig von dem, in ihre Vagina einzudringen. Ihr Darm massierte seine Eichel über die gesamte Länge. Toll war auch das Fehlen einer hinteren Begrenzung, wie es bei ihrem Muttermund in bestimmten Stellungen der Fall war. Hier gab es so etwas nicht.

Auch Angela schien das neue Gefühl zu genießen, denn immer auffordernder streckte sie ihm ihrem Arsch entgegen, während sie sich abwechselnd mit den Fingern fickte oder ihre Klitoris stimulierte. Sam Stöße wurden immer hektischer, bis er ihr mit einem lauten Aufschrei sein Sperma in den Arsch spritzte. Als hätte Angela nur auf diesen Moment gewartet, kam es auch ihr kurz darauf.

Kaum glitt Sams Schwanz aus ihrem Po, spürte Angela auch schon, wie es ihr die Beine herunterlief. So nass war sie noch nie gewesen. Sie bat Sam, sich auf eine Grasnarbe neben der Brücke zu legen und sie zu lecken. Rittlings über seinem Gesicht sitzend gab sie sich kurz darauf dem Spiel seiner Zunge hin. War Sam im ersten Moment noch irritiert, leckte er schon bald nicht nur ihre Vagina, sondern auch sein Sperma aus ihrem Po.

Auf dem Rückweg hockte Angela sich mitten auf dem Weg vor ihn hin, lächelte ihn verschwörerisch an, während sie ihr Kleid bis zur Hüfte hochschob und ihre gefüllte Blase vor seinen Augen entleerte.

»Das nächste Mal wirst du dabei unter mir liegen«, flüsterte sie ihm kurz darauf ins Ohr.

Den ganzen Rückweg über zog sie ihn am Schwanz hinter sich her. Kein einziges Mal ließ sie ihn los. Kamen ihnen Wanderer entgegen, drängte sie sich lediglich näher an ihn. Während der Rückfahrt bettete Angela ihren Kopf in seinem Schoß und bearbeitete seinen Schwanz mit dem Mund, damit er in Sams herrlich breitem Bett noch einmal die notwendige Standfestigkeit haben würde.

Quälendes Anal-Liebesspiel

Die Vorfreude auf den bevorstehenden Fick stand ihr ins Gesicht geschrieben. Nackt hockte sie mit auf die Knie gestützten Ellbogen über ihrem auf dem Boden liegenden Freund. Immer wenn sie die Schultern zurücknahm und ihm herausfordernd ihre Brüste hinstreckte, senkte sich ihr Schoß leicht ab, sodass sein zitternder Schwanz ihre Lustgrotte berühren konnte. Sie wusste genau, wie sie seine Geilheit steigern konnte. Ab und zu senkte sie ihren Schoß Millimeter für Millimeter auf ihn herab, um seine Eichel zwischen ihren Schamlippen eintauchen zu lassen. Sie wollte ihm einen Vorgeschmack von der cremigen Feuchtigkeit ihres Schoßes verschaffen, eine Vorahnung auf die Wonnen, die ihm noch bevorstanden.

Wenn sie das leichte Zittern in den Beinen richtig deutete, so würde sie es in dieser Stellung nicht mehr lange durchhalten können. Mit einem Seufzer senkte sie ihren Schoß noch etwas tiefer auf ihn herab. Erneut glitt seine Eichel zwischen ihre Schamlippen. Sie wippte mit den Beinen leicht auf und ab und verpasste ihm eine sanfte Massage.

Ihr Verständnis von ›ein bisschen Spaß muss sein‹ bestand darin, ihn möglichst lange hinzuhalten, denn sie liebte es, mit seiner Lust zu spielen und ihn zappeln zu lassen. Der feuchte Kuss ihrer Schamlippen musste ihm erst einmal genügen. Mit der Weichheit und Willigkeit ihres Schoßes wollte sie lediglich einen Fingerabdruck auf seiner Schwanzspitze hinterlassen.

Ihre Hinhaltetaktik zeigte Erfolg. Langsam hatte sie ihn dort, wo er jede noch so kleinste Zuwendung von ihrer Seite als Offenbarung empfand und begriff, dass er sie nur bei guter Führung vollspritzen durfte. Wie alle vorherigen Liebhaber war auch er in seiner Lust äußerst leicht zu steuern. Männer waren doch alle gleich. Ihn möglichst lange hinzuhalten war für sie Mittel zum Zweck, denn je geiler er wurde, desto härter und steifer wurde sein Glied. Abgesehen davon bereitete es ihr Spaß. Also warum sollte sie darauf verzichten?

Seine masochistische Neigung blieb ihr nicht lange verborgen. Seine positive Reaktion auf ihr hinhaltendes und quälendes Liebesspiel brachte sie dazu, es immer mehr zu perfektionieren und in die Länge zu ziehen. Ihre Schamlippen mit seiner Schwanzspitze nur kurz berühren zu dürfen, ließ ihn anfangs einmal unkontrolliert abspritzen. Das war ihm nicht gut bekommen, denn nach einer schallenden Ohrfeige, brach sie ihr Liebesspiel abrupt ab. Mittlerweile war er regelrecht versessen darauf, von ihr hingehalten zu werden. Gebärdete er sich allerdings zu verlangend, unterbrach sie die Behandlung, stellte sich über ihn und präsentierte ihm ihren Unterleib in aller Ausführlichkeit. Er musste zusehen, wie sie ihre Schamlippen massierte, spreizte oder in die Länge zog und sich den Finger abwechselnd in die Vagina oder den Anus steckte. Hielt er die Spannung nicht mehr aus und flehte sie an, ihn wenigstens für einen kurzen Moment in ihren Schoß eindringen zu lassen, lachte sie ihn nur aus und besorgte es sich mit einem Dildo auf schamloseste Art und Weise vor seinen Augen. Je devoter er wurde, desto mehr ließ sie ihn leiden, weshalb er mittlerweile bedingungslos ihre Grenzen und Spielarten akzeptierte. Keinesfalls wollte er auf den finalen Fick verzichten.

Er genoss das Gefühl, wenn sie mit leicht wippenden Bewegungen ihres Beckens seine Schwanzspitze zwischen ihre ausgeprägten und weit heraushängenden Schamlippen massierte. Hin und wieder befeuchtete sie seine Brustwarzen und blies leicht darüber. Die zunehmende Härte seines Schwanzes lohnten es ihr.

Ihre inneren Schamlippen waren nicht nur ungewöhnlich lang, sondern auch sehr empfindlich. Ließ die Festigkeit des Gliedes auch nur geringfügig nach, spürte sie es sofort. Sein Hoden erfuhr dann eine Sonderbehandlung durch ihre spitzen Fingernägel. Und bereits nach wenigen Sekunden stand sein Schwanz wieder wie eine Eins. Die Größe ihrer Schamlippen boten die seltene Möglichkeit, mit einem Mann intim zu werden, ohne jedoch den Schwanz in ihre Vulva eindringen zu lassen. Jeder Versuch, die von ihr gesetzten Grenzen unerlaubt zu überschreiten, wurden mit einem raschen und konsequenten Schlag auf die Hoden quittiert. Ein dumpfes

Aufstöhnen überzeugte sie stets von der schnellen Einsicht des Betroffenen, zu weit gegangen zu sein.

Erst wenn ihre eigene Lust unerträglich wurde, sank ihr Schoß tiefer auf seinen Schwanz herab. Dabei verstand sie es vortrefflich, ihn nur so weit eindringen zu lassen, dass er ihre Pforte zwar leicht öffnete, jedoch noch nicht zur Gänze weiten konnte. Für ihn bedeutete dies eine Qual der besonderen Art: so dicht vor dem Paradiesgarten zu sein und dennoch nicht eintreten zu dürfen. Aber auch sie musste sich dabei sehr beherrschen. Dennoch genoss sie die Selbstkasteiung in vollen Zügen.

Manchmal, quasi als Belohnung für sein geduldiges Ausharren, griff sie nach seinem Schwanz und ließ die Eichel wie ein Boot durch ihren feuchten Schlitz hin und her gleiten.

Auch heute fiel es ihm schwer, sich zurückhalten. Ein Versuch, nach ihren Brüsten zu greifen, scheiterte kläglich. Abrupt stieß sie ihn zurück und krallte zur Strafe ihre Fingernägel in seine prallen Hoden. Zugleich beraubte sie seinen Penis der feuchten Einbettung ihrer Schamlippen. Ziellos glitt sein feuchter Schwanz an ihrem Oberschenkel entlang.

Warum musste er gerade in diesem Augenblick den harmonischen Ablauf ihres Liebesspiels stören? In ihr keimte der Verdacht auf, dass er es vielleicht sogar darauf anlegte, von ihr bestraft zu werden. Musste sie in seiner Erziehung andere Maßstäbe setzen? Im Moment verbot ihr die eigene Geilheit weitere disziplinarische Maßnahmen. Sie lockerte den Griff ihrer Finger.

Es gab nur eine Möglichkeit, auf ihre Kosten zu kommen, ohne ihn in sich eindringen zu lassen. Mit weit gespreizten Beinen kniete sie sich über ihn, drückte seinen Schwanz auf den Bauch und nahm ihn zwischen ihre Schamlippen. Wie auf einer Schiene glitt sie auf ihm hin und her, immer darauf bedacht, seine Eichel nicht zu berühren. Er musste für sein ungebührliches Verhalten bestraft werden. Ihre Scheide war derart feucht, dass sie auf Vaseline oder Speichel verzichten konnte. Glitt sie über den Ansatz seines Schwanzes, kam die Klitoris voll auf ihre Kosten.

Das wohlige Kribbeln in ihrem Hinterkopf nahm zu. Wenn sie sich jetzt nicht zurückhielt, war es um sie geschehen. Ein Orgasmus war für sie aber nur dann wirklich befriedigend, wenn das Glied tief in ihrem Schoß steckte. Sie rutschte zurück und ließ seinen Schwanz nach oben schnellen. Dann beugte sie sich zu ihm herab und küsste ihn. Ohne die Zunge aus seinem Mund zu nehmen, hob sie ihren Unterleib an und führte sein Glied in sich ein. Ein praller Schwanz zwischen den Beinen, das war genau das, was sie jetzt brauchte. Sie nahm ihn tief in sich auf und ließ ihr Becken kreisen.

Je mehr sie sich aufrichtete und die Beine grätschte, desto tiefer drang sein Schwanz in sie ein. Stieß er bis zu ihrem Muttermund vor, bescherte ihr dies einen zusätzlichen Kitzel. In Momenten völliger Geilheit war sie auf dieses Gefühl völlig versessen. Doch noch war es nicht so weit. Sie schmiegte sich an ihn, rieb ihre Brustwarzen an seiner behaarten Brust und drückte ihre Klitoris gegen den Ansatz seines Schwanzes.

Ihre zärtliche Einlage stieß bei ihm auf wenig Gegenliebe. Gerade noch hatte er gedacht, am Ziel seiner Träume zu sein, und jetzt erfuhr sein Glied eine Zwangspause. Nervös glitten seine Hände über ihren Po. Die Stellung beließ ihm nur geringen Bewegungsspielraum, um seinen Schwanz in ihrem Schoß auf und ab zu bewegen. Doch der leichte Reiz genügte, um sie wieder ins Boot zu holen. Sie richtete sich auf, stützte sich mit beiden Händen auf seiner Brust ab und gönnte sich einen ausgiebigen Ritt. Sie liebte es, die Intensität und Schnelligkeit der Stöße selber bestimmen zu können.

Plötzlich verlor sie die Beherrschung. Ihre Stöße wurden schneller und hektischer. Die Schenkel eng an seinen Körper geschmiegt, krallte sie ihm die Fingernägel in die Brust. Er stöhnte auf und wand sich zwischen ihren Schenkeln. Das elektrisierende Gefühl in ihrer Vagina sprang auf ihren Hinterkopf über. Sie richtete sich auf, grätschte die Beine und ließ seinen Schwanz bis zu ihrer Gebärmutter vorstoßen.

Ihr Ungestüm übertrug sich auf ihn. Verlangend streckte er ihr sein Becken entgegen. Das Bedürfnis, sie aufzuspießen und vollzuspritzen, nahm überhand. Ein verräterisches Zucken in seinen Lenden kündete den nahenden Erguss an. Ihr sechster Sinn ließ sie innehalten, um seinen Orgasmus in jeder Facette mitzuerleben. Sie liebte es, seinen heißen Samen zu spüren, besonders wenn er ihn unmittelbar vor ihrem Muttermund verströmte. Das war der Moment, in dem sie sie sich mit Leib und Seele als Frau fühlte.

Kaum hatte er ihren Schoß geflutet, kam es auch ihr unter heftigen Zuckungen. Ermattet glitt sie kurz darauf von ihm herunter. Sie fiel kurz darauf in die »kleine Ohnmacht«, wie sie den wunderbaren Minutenschlaf getauft hatte, der einem ausdauernden und intensiven Akt folgte. In diesen winzigen Momenten kamen ihre Gedanken vollständig zur Ruhe, war sie frei von jeglicher Begierde, verspürte kein Vorher und kein Nachher. Diese Bruchteile echter Zeitlosigkeit waren für sie geprägt von beruhigender Friedfertigkeit und einem Gefühl von Einssein mit allem.

Nach wenigen Minuten schlug sie erfrischt die Augen auf. Stück für Stück kehrte sie in die Realität zurück, nahm benommen den nackten Körper an ihrer Seite wahr und den herben Geruch ihrer schweißgebadeten Körper. Sie drückte ihre Nase in seine Achsel. Die Feuchtigkeit hatte seine Achselhaare weich und geschmeidig werden lassen. Genussvoll rieb sie ihre Nase an ihnen, während ihr Körper nach und nach zu neuem Leben erwachte. Sie zog den Arm unter seinem Rücken hervor und stützte sich auf den Ellbogen. Eine ihrer vollen Brüste strich dabei über seinen Brustkorb. Die zarte Berührung reichte aus, um ihre Lust erneut aufkeimen zu lassen. Verlangend drückte sie ihren Schamhügel gegen seinen Oberschenkel und rieb sich an ihm. Ihr Wunsch, erneut genommen zu werden, weckte den Gedanken an eine läufige Hündin. Ohne Frage war sie bereit für den nächsten Fick.

Auch er schlug die Augen auf und streckte sich wohlig. Dankbar schob er sich zu ihrem Gesäß herunter und umschlang es mit beiden Armen. Eine Hand glitt zwischen ihre Beine und presste sich gegen ihren Schamhügel. Auch er hoffte auf einen weiteren Fick. Für sie war es beruhigend zu wissen, dass er ihr so oft zur Verfügung stand, wie sie es brauchte oder wollte. Vom ersten Augenblick an war es so gewesen. Manchmal genügte eine flüchtige Berührung und schon stand sein Glied wieder steif in der Hose. Aufgrund seiner leichten Erregbarkeit hatte es einiges an Erziehungsarbeit bedurft, um ihn erst dann kommen zu lassen, wenn sie es von ihm wünschte.

Neben ihm liegend, machte sie der ebenso typische wie eigenwillige Geruch aus Sperma und Scheidenflüssigkeit an. Je häufiger sie es miteinander trieben, umso strenger wurde er. Sie liebte es, sich damit einzureiben und anschließend von ihm lecken zu lassen.

Meist legte sie nach dem ersten Orgasmus ihre dominante Art ab und präsentierte sich ihm ganz als willige Frau. Ihre Weichheit und Zärtlichkeit überraschte und verunsicherte ihn. Doch genoss er ihren Stimmungswechsel in vollen Zügen.

Sie befreite sich aus seiner Umarmung, strich sanft über seine weichen Hoden, ehe sie nach seinem halb erigierten

Glied griff und es spielerisch zwischen ihren Fingern hin und her pendeln ließ. Den Rest besorgte ihre Zunge. Anschließend steckte sie sich seinen glitschigen Schwanz in den Mund und verwöhnte ihn nach allen Regeln der Kunst.

Vor Lust stöhnend streichelte er zärtlich ihren Rücken. Er wusste, dass sie ihm seine Passivität später doppelt und dreifach vergelten würde. Ohne seinen Schwanz freizugeben, schob sie sich auf ihn und platzierte ihre Vagina vor seinem Gesicht. Bereitwillig zog er ihre Pobacken auseinander und drängte mit seiner Zunge in ihren feuchten Schritt. An ihren Schamlippen oder ihrem Kitzler zu saugen, war für ihn immer wieder ein berauschendes Gefühl. Er wusste genau, wann sie mehr wollte. Dann nahm er ihre Knospe zwischen Daumen und Zeigefinger und rollte sie vorsichtig hin und her. War sie ihm wohlgesonnen, ließ sie ihn gewähren. Manchmal bat sie ihn sogar, sie mit den Fingern zu ficken. Gehorsam legte er dann seine Finger zu einem Dorn zusammen, während sie beide Hände nach hinten schob, sein Handgelenk umfasste und sich mit seinen Fingern wie mit einem Dildo fickte. So sehr sie seine Finger auch in sich hineinpresste, gelang es ihr doch nicht, seine Hand folgen zu lassen. Liebend gern hätte sie einen Faustfick vollzogen, doch trotz aller Feuchtigkeit ließ sich ihr Schoß einfach nicht weit genug dehnen. Sein Handrücken war einfach zu breit. Ein stechender Schmerz warnte sie jedes Mal erneut, die Dehnung ihrer Vagina nicht zu überstrapazieren.

Wenn schon nicht mit der Faust, dann wollte sie zumindest von seinem Schwanz hart rangenommen werden. Sie warf sich auf den Rücken und zog ihn über sich. Ohne fremde Hilfe drang sein Schwanz in ihre feuchte Grotte ein. Bald schon zog sie die Beine an, legte sie auf seine Schultern und genoss seine festen Stöße in vollen Zügen.

Beim zweiten Mal kam es ihr immer so vor, als würde sie seine Stöße mit größerer Gelassenheit erwarten – falls man so etwas beim Ficken überhaupt sagen konnte. Mit stark angezogenen Beinen liebte sie es, wenn er seinen Schwanz kreisen ließ und ihn immer wieder aus einer anderen Position in sie hineinstieß. Mit beiden Händen umklammerte sie dabei sein Gesäß und zog ihn immer enger zu sich heran. Zum Schluss stieß sein Schwanz fast senkrecht ohne jeglichen Widerstand in sie hinein. Das war der Moment, wo bei ihr regelmäßig alle Sicherungen durchbrannten. Wie wild schlug sie ihm mit der flachen Hand aufs Gesäß, versuchte ihre Beine noch enger an die Brust heranzuziehen und forderte ihn unter obszönen Worten auf, sie nach Strich und Faden durchzuficken. In dieser Stellung war sie ihm völlig ausgeliefert. Kein Stoß konnte ihr jetzt hart genug sein. Stieß er seinen Schwanz bis zum Anschlag in sie hinein, schlugen seine Hoden mit einem klatschenden Geräusch gegen ihre Arschbacken. Sie befahl ihm, jede Rücksicht fallen zu lassen, denn jetzt wollte sie nur noch benutzt werden und je brutaler, desto besser. Ihr lautes Stöhnen spornte ihn zum Äußersten an. Voller Geilheit krallte sie sich in seinen Arschbacken fest und wünschte, es würde niemals aufhören.

Das kribbelnde Gefühl wanderte schon bald von ihrer Klitoris in Richtung Kopf und kündigte die bevorstehende Befreiung an. Mit einem Aufschrei gelangte sie zum Höhepunkt. Jetzt wartete sie nur noch darauf, seinen Samen in ihren Schoß gespritzt zu bekommen. Zitternd schob sie ihre Hand hinter ihren Po, griff nach seinen Hoden und umklammerte sie mit den Fingern. Kurz darauf spürte sie, wie seine Hoden sich zusammenzogen und das Sperma herausschleuderten. Aufstöhnend sank er mit laut klopfendem Herzen auf sie herab. Sie streckte ihre schmerzenden Beine aus und genoss die wohltuende Entspannung in ihrem Unterleib. War das für eine Wohltat!

Warm lief ihr sein Ejakulat über die Schenkel. Bei allen weiteren Orgasmen blieb die kleine Ohnmacht merkwürdigerweise aus. Vielleicht lag es daran, dass die Wiederholung des Sexualakts in schneller Folge für sie mehr von willentlichem Verlangen bestimmt war und der Körper nicht so eruptiv mitspielte. Die Gier nach körperlicher Vereinigung war zwar immer noch bestimmend, doch irgendwie kühlerer Natur. Manchmal verspürte sie regelrecht eine Sucht nach ständiger Wiederholung des körperlichen Akts in schneller Folge. Sie war besessen von dem Wunsch, die Wollust des letzten Akts durch die des folgenden noch zu übertreffen. Eine schier endlose Spirale der Lust, der sie sich bedingungslos hingab, hätte nicht ihr Körper ihr irgendwann aus Erschöpfung die Gefolgschaft verweigert.

Auch heute verspürte sie ein unbändiges Verlangen nach Wiederholung und schrankenloser Steigerung ihrer Lust. Liebend gern wäre sie von Orgasmus zu Orgasmus geschwebt, doch verlangte ihre strapazierte Vagina immer wieder nach Pausen, die sie mit oralen Aktivitäten füllte. Ein Schwanz im Mund war zwar nicht zu verachten, doch wirklich befriedigen konnte sie nur ein Vaginalfick. Mit zittrigen Beinen stellte sie sich über ihn, zog die geschwollenen Schamlippen auseinander und präsentierte ihm offenherzig ihre lustgeschundene Weiblichkeit. Neugierig verfolgte er jeden ihrer weiteren Schritte. Durch Anspannung und Lockerung ihrer Bauchmuskulatur drückte sie den Rest seines Saftes aus ihrem Schoß heraus. Sein Ejakulat benetzte zuerst ihre Finger, ehe es auf seine behaarte Brust tropfte. Wie gern hätte er sie ausgeleckt. Ihr geschwollener Kitzler trat eindrucksvoll zwischen den auseinandergezogenen Schamlippen hervor.

Als der Strom des Lustsaftes versiegte, verstrich sie die Feuchtigkeit auf ihrem Anus. Die Ähnlichkeit zwischen der gekräuselten Rosette und einem vor Lust zusammengezogenen Hoden war wirklich frappierend. Um ihm auch wirklich kein Detail ihres engen Loches vorzuenthalten, drehte sie sich um und beugte ihren Oberkörper leicht nach vorn. Dann zog sie mit einer Hand ihre Pobacken auseinander, ließ ihren Zeigefinger ein weiteres Mal über die Rosette gleiten und versenkte ihn in ihrem Anus.

Gebannt starrte er auf ihren Finger. Bisher hatte sie ihm nur ein einziges Mal erlaubt, von hinten in sie einzudringen. Er konnte nicht wissen, dass die Schläge auf seine Arschbacken ihr Verlangen auf einen Arschfick geweckt hatten. Sein schlaffer Schwanz erwachte zu neuem Leben. Dass die Vorstellung ihn erregte, war ihr nicht entgangen. Sie vergewisserte sich kurz, dass sein Blick auch wirklich an ihrem Kleinod hing, befeuchtete ihren Finger und versenkte ihn erneut in ihrer Rosette. Sie wunderte sich immer wieder, dass ihr Anus trotz des engen Schließmuskels sehr weich und elastisch war. Vorsichtig weitete sie ihr enges Loch. Zuerst mit zwei und schließlich mit drei Fingern gleichzeitig. Als sie davon überzeugt war, ihr Loch genügend geweitet zu haben, ging sie langsam über seinem steifen Schwanz in die Hocke. Der Anblick ihrer prallen Pobacken und der leicht geweiteten Rosette geilten ihn enorm auf. Sein Blick hing gebannt an ihren Fingern, die seinen Schwanz vor der Rosette in Position brachten. Während sie ihren Schoß auf ihn herabsenkte, hielten ihre Finger seinen Schaft fest umklammert. Trotzdem knickte er bei dem Versuch, sie zu penetrieren, zweimal ab. Erst als sie ihre Hand wie einen Schraubstock um seinen Schaft legte, funktionierte es. Der Widerstand war gebrochen. Sofort versank er bis zum Anschlag in ihrem Arsch. Das Gefühl war großartig. Noch saß der Schließmuskel sehr eng um seinen Schwanz, doch dahinter war ihr Darm elastisch und weich.

Es brauchte eine gewisse Zeit, bis auch sie das Gefühl genießen konnte, von hinten genommen zu werden. Anfangs bereitete das Öffnen und Weiten ihres Schließmuskels noch ein leichtes Unwohlsein, aber später genoss sie das fremdartige Gefühl in vollen Zügen. Auf ihm sitzend verschaffte ihr ein Arschfick größere Bewegungsfreiheit. In dieser Stellung konnte sie sich an seinen Hoden wie an einem Steuerknüppel festhalten und durch geschicktes Bearbeiten mit den Fingernägeln die Härte seines Schwanzes steuern.

Mittlerweile hatte sich der Widerstand ihres Schließmuskels in Luft aufgelöst. Jeder Stoß wurde zum Vergnügen. Drückte sie ihr Becken leicht nach vorn, spürte sie, wie sein Schwanz sich in ihr leicht verkantete. Ein Gefühl von grenzenloser Freiheit erfasste sie. Auch lange Zeit nach dem Arschfick meinte sie immer noch, ihn in sich zu spüren.

So sehr sie sich auch bemühte und ihre Fantasie strapazierte, der Analfick brachte sie noch nicht einmal in die Nähe eines Orgasmus. Zur Unterstützung half auch keine noch so gewagte erotische Fantasie, sondern allein ein Dildo. Mit dem Gummischwanz in der Vagina ging bei ihr endlich richtig die Post ab. Von zwei Schwänzen gleichzeitig gefickt zu werden, daran könnte sie sich glatt gewöhnen.

Bisher hatte allein der Einsatz von Reizstrom sie dermaßen erregen können. Ein alter Modelleisenbahntransformator mit zwei Klammern an den Kabelenden verschaffte ihr ein wahres Feuerwerk der Lust. Angeschlossen an ihre empfindlichen Brustwarzen oder Schamlippen steigerte sie durch leichte Drehung des Reglers stufenlos ihr Lustempfinden. Besonders ihre Klitoris erwies sich dafür als äußerst empfänglich. Schob sie sich gleichzeitig den Dildo zwischen die Beine, erlebte sie ihren

Höhepunkt so intensiv, dass sie regelrecht auslief. Natürlich gab sie sich dem nur hin, wenn sie allein war.

Auch heute brauchte sie den Kunstschwanz nur kurz in sich hineinzustecken, um ihre Geilheit explodieren zu lassen. Vielleicht würde sie beim nächsten Mal alle Vorsicht außer Acht lassen und seinen Schwanz abwechselnd vom Anus zu ihrer Vagina wandern lassen. Der Gedanke erregte sie maßlos. Sie zog den Dildo heraus und beraubte ihn der Weichheit ihres Pos. Er sollte sie jetzt wie eine läufige Hündin nehmen. Auf allen vieren verlangte sie nach einem harten Fick. Auch wenn ihr die Unterbrechung schwerfiel, doch ohne eine Säuberung seines Schwanzes ging es nicht.

Voller Ungeduld fasste sie sich selbst zwischen die Beine. Als er endlich hinter ihr kniend und sich auf ihrem Gesäß abstützend in sie eindrang, konnte sie nicht genug bekommen. Ihr feuchter und vom Dildo geweiteter Schoß ließ ihn problemlos bis zu ihrer Gebärmutter vordringen. Er kannte ihre Vorlieben. Kaum stieß er ihre empfindliche Gebärmutter, zog er seinen Schwanz aus schon wieder aus ihrer Scheide heraus, um kurz darauf erneut in sie einzudringen. Die ständig erneute Weitung ihres Scheideneingangs liebte sie ebenso wie den Wechsel von Völle und Leere in ihrem Schoß. Um ihr einen zusätzlichen Kick zu verschaffen, schob er eine Hand um ihre Hüfte, tastete nach ihrem Kitzler und rieb ihn zwischen den Fingern. Trotz des doppelten Lustempfindens stieß sie seine Hand nach einer Weile weg und forderte ihn auf, sie nur noch zu fickten und dabei möglichst hart ranzunehmen.

Ihrem Wunsch entsprechend, griff er in ihre Haare, zog ihren Kopf zurück, stützte sich mit einer Hand auf ihrem Gesäß ab und ließ ein Stakkato von harten tiefen Stößen folgen. Stöhnend wand sie sich unter seinem Zugriff. Sie schwankte zwischen Lust und Schmerz. In dieser Stellung war sie ihm völlig ausgeliefert. Und dennoch machte sie nichts geiler, als ihm ausgeliefert zu sein und nichts entgegensetzen zu können.

Endlich war es so weit. Sie spürte, wie ihre Vagina sich heftig zusammenzog und der Orgasmus, begleitet von einem Schwall ausströmender Lustsäfte, über sie hinwegschwappte. Das Gefühl war unbeschreiblich. Und dabei kam es ihr immer noch so vor, als würde er sein Schwanz in ihrer Rosette stecken. Das starke, lustvolle Kribbeln im Kopf raubte ihr für einen Moment die Sinne. Als sie wieder klar denken konnte, steckte sein Schwanz erneut in ihrem Anus. Mit einer letzten Anstrengung zog sie immer wieder ihren Schließmuskel zusammen, um ihn so zu melken. Und tatsächlich kam er kurz darauf. Den Kontraktionen seines Schwanzes nach zu urteilen, wurde ihr Darm gerade überflutet.

Erschöpft und gesättigt schmiegten sie sich anschließend auf dem breiten Bett aneinander, begierig, den warmen Körper des anderen zu spüren. Der Druck der vollen Blase machte ihr zu schaffen, doch war sie zu erschöpft, um aufzustehen. Bevor sie einschlief, wanderten ihre Gedanken zum letzten Urlaub in den Hochalpen zurück, wo sie es im Freien auf einer Wiese getrieben hatten und sie danach ganz spontan ihre Blase über seinem erschlafften Glied entleerte. Vielleicht sollte sie doch einmal ein großes Gummilaken über das Bett spannen.

Die kniende Kollegin - Fick in der Mittagspause

An den Schreibtisch gelehnt, die Beine leicht gespreizt, stand er vor ihr. Seine Anzughose stand offen. Seine Kollegin Helena kniete vor ihm und besorgte es ihm mit dem Mund. Obwohl beide glücklich verheiratet waren, hatte es beim letzten Betriebsausflug zwischen ihnen gefunkt. Zu fortgeschrittener Stunde lösten sie die unerträglich werdende sexuelle Spannung durch einen Quickie auf der Toilette des Lokals. Diesem ersten Mal waren etliche weitere gefolgt. Ihr Kontakt blieb jedoch strikt auf die Firma beschränkt. Ergab sich die Gelegenheit, schlossen sie sich in einem der Büros ein oder verschwanden auf der Toilette. Sie benötigten nie länger als paar Minuten, um gegenseitig ihre Lust zu stillen. Ihre Beziehung blieb allein auf die körperliche Ebene beschränkt. Sich vor den Kollegen freundschaftlich aber distanziert zu geben, obwohl sie es kurz zuvor noch hemmungslos miteinander getrieben hatten, verschaffte ihnen einen besonderen Kitzel. Beide standen auf schnellen Sex ohne Vorspiel, auf die unkomplizierte Befriedigung der rein triebhaften Lust. Noch nicht einmal einen Kuss hatten sie bisher gewechselt. Nachdem sie gekommen waren, gingen sie ohne ein weiteres Wort auseinander.

Um nicht mit feuchtem Slip am Schreibtisch sitzen zu müssen, hatten sie sich darauf verständigt, dass er nur in ihrem Mund kommen sollte, auch wenn er zuvor in ihren Schoß eingedrungen war.

Auch heute war sie schnell gekommen. Kein Wunder, denn zuvor hatte sie unter dem Schreibtisch bereits ihren Kitzler massiert. Jetzt sollte er zu seinem Recht kommen. Sie strich den Rock glatt, kniete sich vor ihn und nahm sein Glied in den Mund. Seine Finger griffen in ihren blonden Haarschopf, während er seinen Schwanz zwischen ihre Lippen trieb. Ihre Hände stemmten sich gegen seine Schenkel, um die Stöße etwas abzumildern. Doch zog er sie immer wieder an den Haaren näher zu sich heran. Mit ihrer Zunge presste sie ihn gegen ihren Gaumen. Unglücklicherweise verschenkte sie dadurch den letzten Spielraum, denn schon mit dem nächsten Stoß stieß er mit seiner Eichel gegen ihr empfindliches Zäpfchen. So fest wie er sie an den Haaren zog, war ein Ausweichen kaum mehr möglich. Immer häufiger stieß er gegen ihr Zäpfchen.

Sie kämpfte mit dem Würgereiz. Ihr Versuch, ihn gegen ihre Wange zu drücken, scheiterte. Gleich würde sie sich übergeben müssen. Was fand er bloß so aufregend daran, ihr seinen Schwanz so tief in den Hals zu stecken? Sein dichtes Schamhaar vor Augen versuchte sie erneut, den Kopf zur Seite zu drehen. Quittiert wurde es mit einem weiteren heftigen Stoß.

Im Laufe ihrer Affäre fand sie heraus, dass er immer dann tief und fest in ihren Mund stieß, wenn es Ärger im Geschäft gab. Geilte er sich vielleicht daran auf, sie bewusst in eine unterwürfige Position zu bringen? So sehr sie Oralsex auch mochte und einsah, dass Sperma bei ihren Quickies besser in ihrem Mund aufgehoben war, empfand sie seine heftigen und fordernden Stöße als typisch männliche Attitüde. Ihr würde es nie in den Sinn kommen, ihn bei Ärger im Job härter ranzunehmen. Doch Männer schienen da anders veranlagt zu sein. Bei näherem Hinsehen musste sie sich allerdings eingestehen, leicht masochistisch veranlagt zu sein. Warum sonst löste heftiger Oralsex bei ihr, trotz gelegentlich auftretendem Brechreiz, unterschwellig wohlige Gefühl aus?

Seine heftigen Stöße weiterhin abfedernd, wusste sie genau, was sie tun musste, um ihn mit wenigen Handgriffen kommen zu lassen. Sie griff nach seinen Hoden und massierte sie leicht zwischen ihren Fingerspitzen. Ihre Lippen legten sich um seine geschwollene Eichel, dann sog sie an ihr. Ihr Kollege hielt inne. Jetzt sah Helena ihre Chance gekommen. Ohne im Saugen nachzulassen, drückte sie ihre Zungenspitze leicht in seine Harnröhre. Lustvoll zogen sich seine Hoden zusammen. Die Zeit drängte. Er musste abspritzen, bevor die anderen aus der Mittagspause zurückkamen. Ihre Finger tasteten unter der geöffneten Hose nach seiner Rosette. Nach einer kurzen Massage drückte sie ihm ihren Ringfinger in den Arsch. Die Hose ließ ihr wenig Spielraum. Dennoch schaffte sie es, bis zu seiner Prostata vorzudringen. Der Druck ihres Fingers auf seinem empfindlichen Organ ließ seinen Schwanz noch einmal anschwellen.

Jetzt hatte sie ihn so weit. Sie zog ihre Hand zurück und legte ihre Finger fest um seinen Schaft. Unablässig sog sie dabei an seiner Eichel. Die kurze Massage ihrer Finger war der berühmte Tropfen auf dem heißen Stein. Sein warmes Ejakulat ergoss sich in ihren Mund. Mit dem Gesichtsausdruck der Siegerin richtete sie sich auf und schluckte es herunter. Der an Kastanien erinnernde Geschmack würde sich noch eine Weile in ihrem Mund halten.

Es war höchste Zeit, um an den Schreibtisch zurückzukehren. Ein letzter prüfender Blick auf Rock und Bluse überzeugte sie, dass keine verräterischen Spuren zu sehen waren. Mit den Fingern fuhr sie sich kurz mehrmals durch die Haare, öffnete die Tür und verschwand, ohne sich noch einmal umzudrehen.

Kurz nach achtzehn Uhr liefen sie sich im Flur zufällig über den Weg. Die Büroetage war leer. Die Kollegen waren frühzeitig ins Wochenende aufgebrochen. Sie nutzte die Chance, zog ihn von der verglasten Front fort und ging ihm im hinteren Bereich an die Hose. Eigentlich wollte sie ihn nur kurz lecken, noch einmal den Geschmack ihres mittäglichen Intermezzos auf der Zunge haben, doch einem plötzlichen Impuls folgend, schob sie ihren engen Rock in die Höhe, stützte sich mit beiden Händen auf den Schreibtisch und streckte ihm aufreizend ihr Gesäß hin. Der schmale String betonte ihre festen weiblichen Rundungen. Auf dem Zwickel zeichnete sich ein dunkler Fleck ab. Ein nur allzu deutliches Zeichen, dass sie für ihn bereit war.

Helena stöhnte auf, als ihr Kollege den Steg ihres Slips zur Seite schob, seinen Schwanz an ihren feuchten Schamlippen rieb und mit einem kräftigen Stoß in sie eindrang. Begierig streckte sie ihm ihren Unterleib entgegen und parierte gekonnt seine kräftigen Stöße. So sehr Helena den unerwarteten Fick genoss, so deutlich gab ihr ein Blick auf die Schreibtischuhr zu verstehen, dass sie sich beeilen mussten. Ihr Mann erwartete sie in einem nahen Restaurant, um mit ihr seine Beförderung zu feiern. Während ihr Kollege sie mit kräftigen Stößen verwöhnte, griff sie selbstbewusst zwischen ihre Beine und massierte ihren Kitzler. Ab und zu schob sie ihre Hand ganz zwischen ihre Beine, um seinem Schwanz einen weiteren Kick zu verschaffen. Als sie vor lauter Geilheit neben seinem Schwanz auch noch ihre Finger in die Vulva stecken wollte, überschwemmte sie die Kaskade der Lust. Der Orgasmus war kurz und heftig und ließ ihren Kopf leicht werden. Aber auch ihn hatte die Berührung mit ihren schlanken, kühlen Fingern dermaßen erregt, dass er seine Zurückhaltung verlor und sie nach einigen weiteren Stößen vollspritzte.

Seine Kollegin zuckte zusammen. So war das nicht gewollt. Gerade jetzt, wo sie gleich ihrem Mann begegnen würde. Bestimmt würde auch er nach dem Restaurantbesuch mit ihr schlafen wollen. Ohne lange zu überlegen, zog sie den Tanga aus, stopfte ihn in ihre Arbeitstasche und tupfte sich trocken. Auch wenn noch etwas aus ihr herauslief, bei Ankunft im Lokal müsste alles getrocknet sein. Bestimmt würde sich später eine Gelegenheit ergeben, den Slip wieder anziehen. Wenn nicht, wollte sie es als Überraschung für ihren Mann auslegen. Er durfte sie nur nicht lecken wollen. Der Geruch von Sex ging nicht so schnell verloren. Doch bis dahin würde ihr bestimmt etwas einfallen.

OnanierFreuden - Kein Tag ohne Sex

Für Mike, einen 45-jährigen Junggesellen, war körperliches Verlangen gleichgestellt mit Essen und Trinken. Ein Tag ohne Sex und er wurde nervös und fahrig. Dabei kam es ihm nicht so sehr darauf an, sein Bedürfnis mit einem weiblichen Wesen auszuleben, sondern meist besorgte er es sich selbst.

Manche hätten ihn aufgrund seines ausgeprägten Drangs nach körperlicher Befriedigung in die Kategorie schwanzverliebter Männer gesteckt, doch wäre man ihm damit nicht gerecht geworden. Im Vergleich mit anderen Männern empfand Mike sein schlankes Glied, das zur Eichel an Durchmesser zunahm und in einer wohlgeformten Spitze auslief, als optimal und fasste sich selbst auch gern und häufiger am Tag an, doch das als schwanzverliebt zu interpretieren, war ihm fremd.

Von wenigen Ausnahmen abgesehen, besorgte Mike es sich seit Beginn der Pubertät fast täglich selbst. Manchmal begann er schon mittags, seinen Schwanz zu massieren, doch den Erguss sparte er sich stets für den Abend auf. Kurz vor dem Einschlafen einen Orgasmus zu erleben, war für ihn das Größte. Dann drehte er sich wohlig auf die Seite und rettete das Gefühl in seine Träume hinüber.

Mike liebte es, den Samenerguss möglichst lange hinauszuzögern. Seiner derzeitigen Freundin kam das sehr entgegen. Genau wie er war sie ein sexuell sehr aktiver Mensch. Einmal am Tag mit ihm zu schlafen, war für sie völlig normal. Zudem brauchte sie einen ausdauernden Liebhaber, um zum Orgasmus zu kommen. Dann kam sie jedoch gleich mehrmals hintereinander. Eine trockene oder überstrapazierte Scheide war ihr völlig fremd. Manchmal schlief Mike über eine Stunde mit ihr, bis auch er den Orgasmus nicht mehr zurückhalten konnte.

Seine Standhaftigkeit führte er auf langjährige Übung zurück. Wenn er sich auf dem Sofa sitzend Pornofilme ansah, bestand die Herausforderung darin, möglichst erst am Ende des Streifens abzuspritzen oder aber so oft wie möglich. Einmal brachte er es auf knapp zwei Stunden, ein anderes Mal versagten ihm seine Hoden nach dem zehnten Erguss den Dienst.

Bei gekonnter Massage wurde sein Glied nach einer Viertelstunde regelrecht elastisch, zogen seine Hoden sich fest zusammen und schlugen in sitzender Stellung mit leicht gespreizten Beinen angenehm gegen seine Schenkel.

Vor einiger Zeit kam er auf die Idee, sich ein Ledergeschirr anzufertigen, um seine Lust zu steigern. Das Geschirr bestand aus zwei mit Nieten besetzten dünnen Lederriemen, die um Hoden und Schwanzansatz gelegt und mit Druckknöpfen geschlossen wurden. Eine kleine, auf dem Schwanz aufliegende Lederschlaufe verband die beiden Riemen miteinander. Schon beim ersten Anlegen des Geschirrs versteifte sich sein Glied dermaßen, dass ihm das Schließen der Riemen schwerfiel. Der größere, hinter seinem Hoden liegende Riemen schob sie auf angenehme und reizvolle Art und Weise nach vorn und verlieh ihnen beim Wichsen eine angenehme Schwere. Auch seine Freundin profitierte von dem Geschirr. Es verschaffte ihr einen zusätzlichen Kick, da die Verbindungsschlaufe einen angenehmen Druck auf ihre Klitoris ausübte.

Trotz aller Luststeigerung griff er bei der Selbstbefriedigung nur selten zum Geschirr. Die Masturbation ließ seinen Schwanz einfach zu stark anschwellen, wodurch der kleine, um den Schwanzansatz sitzende Riemen ihn so sehr einschnürte, dass er bereits nach wenigen Minuten gezwungen war, das Geschirr wieder abzulegen. Der Druckknopf ließ sich nur öffnen, wenn man einen Finger unter den eng ansitzenden Riemen schob, was sein angeschwollener Schwanz aber kaum zuließ. Hatte er den Riemen gelöst, verspürte er ein Gefühl enormer Befreiung. Seine Hand flog dann wie wild über sein steifes Glied, um es erneut anschwellen zu lassen. Hielt er den leichten Druckschmerz des Riemens jedoch aus, ließ sich sein Orgasmus nicht nur länger hinauszögern, sondern sein Samen spritzte auch viel weiter heraus.

Mike bemerkte schon früh, dass die Menge seines Ergusses davon abhing, wie lange er seinen Orgasmus zurückhielt. Je länger er das Abspritzen verzögerte, umso mehr Sperma schoss aus ihm heraus. Häufig schob er sein steifes Glied einfach wieder in die Hose zurück, um die Masturbation nach einer halbstündigen Unterbrechung fortzusetzen. Je mehr Zwangspausen er sich auferlegte, desto geiler wurde er und umso geschmeidiger fühlte sich sein Schwanz an. Gelegentlich hielt er erst dann inne, wenn schon die ersten Tropfen aus seiner Schwanzspitze austraten. Durch diese Miniaturabgänge blieb leider ein Teil seiner Geilheit auf der Strecke, doch das war nicht zu vermeiden. Die ersten Tropen schmeckten wässrig. Vermutlich entbehrten sie des Samens. Erinnerungen an das erste pubertäre Onanieren wurden wach, als beim Orgasmus nur sogenanntes Blauwasser austrat.

Vor einiger Zeit kam er im Bad auf die Idee, seinen prallen Hoden mit der Handbürste zu bearbeiten. Während er mit der einen Hand seinen Schwanz stramm nach oben zog, bürstete er den Hoden mit der Bürste bis an die Schmerzgrenze. Er genoss die Wärmeschübe, die von seinen Hoden in den Unterleib ausstrahlten. Gelegentlich legte er sein Glied auf die Borsten und umspannte beides mit der Hand. Einige wenige Bewegungen genügten, um seinen Lenden mit animalischer Lust zu überfluten. Schon bald hatte er mit der Bürste eine ausgefeilte Technik entwickelt, um Hoden und Penis gleichzeitig stimulieren zu können.

Eine sanftere Variante bestand darin, seine Genitalien dick mit Vaseline zu bestreichen, um seine Hände ungebremst zwischen Hoden und Penis hin und her gleiten zu lassen. Trocknete die Vaseline ein, spuckte er einfach in die Hände, wodurch die Gleitfähigkeit über lange Zeit erhalten blieb.

Einmal besorgte er es sich über seiner Freundin stehend

selbst. Auf ihre Ellbogen gestützt, mit aufreizenden Dessous bekleidet, lag sie zwischen seinen Beinen. Sie beobachtete ihn unter halb geschlossenen Lidern. Gelegentlich griff sie nach seinen wild hin und her schwingenden Hoden und knetete sie leicht. Noch nie war es ihm so lustvoll gekommen. In mehreren Schüben schoss das Sperma aus seinem Schwanz und verfing sich in ihren Haaren, auf ihrem Gesicht und ihren von zarter Spitze umhüllten Brüsten. Er war sich dabei vorgekommen wie ein Hund, der sein Revier markiert.

Beim abendlichen Onanieren genoss er im Halbdunkel des Schlafzimmers die Stille um ihn herum. Nichts lenkte ihn ab. Er konnte sich hundertprozentig auf seinen Schwanz konzentrieren. Anfangs wischte er den Erguss noch mit einem Tuch auf, doch schon bald leckte er das Sperma einfach von seinen Fingern ab und schluckte es herunter.

Auch wenn seine Freundin sich von ihm, so oft er es wollte, vögeln ließ und für alles offen war, wollte und konnte Mike einfach nicht auf das Onanieren verzichten. Ein Fick mit seiner Freundin war einzigartig und dennoch nicht mit der Lust vergleichbar, die er sich selbst verschaffte. Bestimmt lag der Reiz beim Onanieren daran, dass er sich nicht auf einen anderen Menschen einstellen musste und sich ganz und gar seinem eigenen Rhythmus hingeben konnte. Der Schwanz in der Hand fühlte sich einfach zu gut an, um auf das Onanieren zu verzichten.

Prostitution - Anonyme Lust

Vordergründig war es die Aussicht auf einen lukrativen Nebenverdienst, die Regina und Philipp zur Annahme dieses ungewöhnlichen Zweitjobs bewogen. Hintergründig die Herausforderung, sich völlig neuen sexuellen Erfahrungen zu öffnen. Seit geraumer Zeit schon wurde im Freundeskreis hinter vorgehaltener Hand über das Angebot eines einschlägigen Clubs gesprochen. Zuerst vermuteten Regina und Philipp dahinter einen gewagten Scherz. Doch nachdem eine Freundin ihnen unter dem Siegel der Verschwiegenheit anvertraute, dass sie dort neben ihrem Studium und ihrer Rolle als alleinerziehende Mutter bereits seit Langem gutes Geld verdiene, fiel auch bei ihnen die Entscheidung. Über eine unter der Hand weitergegebene Telefonnummer bewarben sie sich.

Einige ihrer Freunde bezeichneten das Angebot schlicht als Prostitution, doch für Regina und Philipp besaß das Ganze mehr den Charakter eines Swingerclubs. Allerdings mit dem wichtigen Unterschied, dass man hier für Sex bezahlt wurde.

Das System des Clubs garantierte absolute Anonymität. Weder sah man den Kunden, noch erfuhr man jemals, mit wem man es gerade trieb. Das Kennenlernen, wenn man es denn nun so nennen wollte, beschränkte sich einzig auf den Kontakt von Schwanz zu Möse. Vom Job blieb als Erfahrung lediglich die Erinnerung an die unterschiedliche Qualität von Schwänzen und Mösen zurück, mit denen man Kontakt hatte. Die ansonsten problematische Hürde von sexueller Sympathie oder Antipathie entfiel einfach. Diese Reduktion von Sex auf anonyme Lust überzeugte Regina und Philipp. Trotz ihrer seit langem geführten offenen Beziehung waren Sympathie und Attraktivität bisher immer ausschlaggebende Kriterien gewesen, egal wie geil sie gewesen waren. Im Club durch die besonderen Umstände einmal völlig darauf verzichten zu können und jeglicher moralischen oder ästhetischen Voraussetzung entbunden zu sein, schien ungeahnte Freiräume zu versprechen.

Den Club dominierte eine große Halle mit dahinter liegenden Umkleiden, Dusch- und Ruheräumen. Alles war streng nach Kunde und Personal getrennt. Zutritt zur Halle erhielten die Kunden nur in unbekleidetem Zustand. Vom Mittelgang der schwarz gestrichenen und spärlich illuminierten Halle gingen zwanzig mit Vorhängen abgeteilte Kabinen ab. Kleine Schilder wiesen darauf hin, ob in ihnen ein Mann oder eine Frau zur Verfügung stand und welche Leistung zu erwarten war.

Frauen bedienten mit »anal«, »oral« oder »vaginal« eine Kategorie mehr, im Gegenzug gab es bei den Männern Kabinen mit kreisrunden, drehbaren Platten. Der Schwanz ragte aus einer mittig liegenden Aussparung hervor, den man sich in hockender oder kniender Stellung einverleibte. Griffstücke neben der Platte boten die Möglichkeit, sie langsam oder schnell kreisen zu lassen. Ein Drehfick der ganz besonderen Art.

Bezahlt wurde nicht nach Benutzung der Kabinen, sondern allein nach gebuchtem Zeitfenster. Man durfte sich so oft bedienen, wie es einen danach verlangte. Pro Woche war immer nur eine Buchung gestattet.

Bis auf die Kabinen mit drehbarer Platte sahen alle anderen gleich aus.

In den Kabinen mit weiblicher Besetzung stand ein länglicher, hüfthoher Kasten. Die Stirnseiten trugen kreisrunde Aussparungen. Die vordere, zum Mittelgang gewandte, ließ sich je nach Vorliebe für analen oder vaginalen Verkehr in der Höhe justieren. Die Körperzone trat aus der Aussparung plastisch hervor. Seitlich angebrachte Griffe boten den Kunden Halt bei festen Stößen. Zwei Bänke in unterschiedlicher Höhe konnten von den Kunden herangezogen werden, um Möse und Anus der Frau ausgiebig lecken zu können. Wünschte der Kunde orale Befriedigung, ging er an die rückwärtige Seite des Kastens. Die gewünschte Öffnung kennzeichnete ein aufgemalter roter Mund. Zwei seitliche Löcher kamen dem Wunsch nach manueller Befriedigung entgegen. Bis auf die Genitalzone blieb die bäuchlings unter dem Kasten auf einem Tisch liegende Frau unsichtbar.

Bei den mit Männern besetzten Kabinen boten flankierende Eingriffe die Möglichkeit, beim Analfick den Schwanz oder die Hoden der unsichtbaren Person anfassen oder massieren zu können.

Ein Topf mit Vaseline, eine Schale mit Wasser, ein Waschlappen sowie ein Handtuch zählten zur Standardausrüstung. Ebenso ein Notfallknopf im Kasten, der vor Missbrauch durch den Kunden schützte.

Der Gebrauch von Kunstgliedern in jeglicher Form war verboten. Nur einmal hatte eine Kundin versucht, eine der Frauen mit umgeschnalltem Dildo zu nehmen, doch verwies man sie nach dem Drücken des Notrufs sofort des Hauses.

Regina und Philipp fanden sofort Gefallen an dem anonymen Sex, bescherte er ihnen doch eine völlig neue Dimension der Lust. Nicht zu wissen, wer einen ficken oder wie man genommen werden würde, stachelte ihre Lust enorm an. Und nie wussten sie, ob die Zeit ausreichte, um auch sie zum Höhepunkt gelangen zu lassen. Auf der Suche nach Genussoptimierung, eilten die Kunden häufig bereits nach wenigen Stößen zur nächsten Kabine.

Soweit es der beengte Raum zuließ, gaben Regina und Philipp ihr Bestes. Virtuos schoben sie ihre Becken hin und her, spannten alle verfügbaren Muskeln an oder umspielten die Schwänze gekonnt mit Zunge und Gaumen. Der Grund war nicht ein beispielhaftes Verständnis von Dienstleistung, sondern allein der Eigennutz. Denn schnell fanden sie heraus, dass nur eine lange Kundenbindung auch ihnen die gewünschte Befriedigung brachte. Wenn alles nicht half, tröstete sie die gute Bezahlung für ihre Dienste. Schnell mussten sie sich eingestehen, dass Prostitution ein eigenartiger Kitzel anhaftete.

Eine Lichtschranke vor der Kabine zählte die Anzahl der Kunden sowie ihre Verweildauer. Beides wurde beim Erreichen einer vorgegebenen Anzahl prämiert. Das Unterschreiten einer gewissen Grenze hingegen führte automatisch zur Kündigung. Jeden Monat wies das Programm den Mitarbeiter und die Mitarbeiterin des Monats aus. Die entsprechende Kabine zierte dann eine mit Bändern bestückte Medaille. Eine im Grunde genommen zweifelhafte Auszeichnung, da nun jeder Kunde herauszufinden versuchte, was es damit auf sich habe. Der hohen Frequentierung des prämierten Mitarbeiters kam man durch eine Verkürzung der Arbeitszeit ohne Lohnabzug entgegen.

Die Kabinen wurden nach einem bestimmten Zeitplan nacheinander für den Austausch des Personals geschlossen. Unterirdische Gänge sicherten einen diskreten Ablauf. Meist kam bis dahin jeder auf sechs bis zehn Kundenkontakte. Problematisch erwiesen sich allein Gruppen, die im Rahmen von Junggesellen- oder Junggesellinnen-Abschieden den Club aufsuchten. Die Grenze der physischen Belastbarkeit lag bei zehn Kunden. Wurde man Nonstop gefickt und das auch noch von ständig wechselnden Kunden oder Kundinnen, benötigte man danach eine Pause von einigen Tagen. Frauen waren pro Woche mehrere Auftritte gestattet, Männern meist nur zwei. Beim ersten Mal konnten Männer zwischen drehbarer Platte oder Bank wählen, für das zweite Mal blieb ihnen als Option nur die Analstellung. Es lag auf der Hand, dass sich überwiegend Homosexuelle bewarben.

Neben Vaseline, die in genügender Menge bereitstand, hatte das Personal für seine körperliche Kondition selbst zu sorgen. Regina und Philipp zum Beispiel schliefen vor ihren Einsätzen stets miteinander, wobei Regina ihn zusätzlich mit einem Dildo verwöhnte. Lediglich ein Abspritzen verwehrten sie sich. Das ausgiebige Vorspiel diente ausschließlich der Weitung ihrer Körperöffnungen. Die vorherige Entleerung des Darms sowie

Einläufe mit Vaseline gehörten für sie zum Standard. Der Club empfahl das Entfernen der Behaarung rund um Vagina und Anus sowie Hoden und Schwanz. Zudem optimierte es die Gleitfähigkeit. Anfangs half sich Philipp mit einem Analstöpsel, den er über Nacht zur Dehnung trug, doch bereits nach zwei Wochen konnte er ihn weglassen.

Die Luft im Vorbereitungsraum des Clubs war stickig. Einige Paare warteten wie Regina und Philipp auf den gepolsterten Bänken auf ihren Einsatz. Alle waren nackt. Leise Musik dudelte aus einem Lautsprecher.

Reginas rechte Hand rutschte zwischen ihre schlanken Beine. Die Berührung mit ihrem neuerdings stets glattrasierten Schambereich erregte sie. Langsam glitt ihre Hand tiefer. Die äußeren Schamlippen fühlten sich fest und warm an. Spielerisch drückte sie den Zeigefinger in die feuchte Scheide. Sofort richteten sich ihre Brustwarzen auf. Philipp beobachte sie, während er seinen Schwanz durch die Finger gleiten ließ und ab und zu seinen Hoden kraulte.

Im abgedunkelten Raum störte sich keiner daran. Jeder manipulierte sich zur Vorbereitung auf eigene Art und Weise. Manche benutzten einen Dildo, Neulinge entfernten bei Aufruf ihren Analstöpsel, andere wiederum stärkten sich mit einem Glas Hochprozentigem. Ein Gong, gefolgt von Namensaufruf und Kabinennummer, verkündete, wer sich auf den Weg machen musste.

Mittlerweile kamen sich Regina und Philipp vor wie alte Hasen. Seit über einem Jahr verdienten sie hier neben ihrer Arbeit viel Geld; pro Auftritt immerhin 200 Euro pro Person. Hätte ihnen nicht ihr Körper ein Limit gesetzt, hätten Regina und Philipp gern mehr Auftritte absolviert. Aber mehr als zweimal in vierzehn Tagen war für sie einfach nicht drin. Sie brauchten die Pausen, um nicht in Routine zu verfallen, außerdem wollten sie die Lust aufeinander lebendig erhalten. Hatte die Aussicht auf einen Analfick sie früher noch angestachelt, zeigte jetzt keiner von ihnen noch besonderes Interesse daran. Auf der anderen Seite verspürten sie immer häufiger den starken Drang nach Intensivierung ihrer privaten Liebesspiele durch Züchtigungen und Fesselspiele. Die Ausgaben für entsprechende Accessoires war in den vergangenen Monaten enorm gestiegen.

Nach ihren Auftritten besuchten Regina und Philipp meist noch eine nahe gelegene Bar, um sich über das Erlebte auszutauschen. Mit großer Verwunderung stellten sie fest, dass sie bestimmte Gäste mittlerweile aufgrund der anatomischen Beschaffenheit ihrer Genitalien sowie ihrer sexuellen Eigenarten unterscheiden konnten. Bei Regina war es die Größe der Schwänze sowie die Art, wie die Kunden in sie eindrangen, was Philipp durch seine Analficks bestätigen konnte. In den Kabinen mit Drehplatte machte es Philipp an der unterschiedlichen Elastizität der Scheiden aus. Regina schwor, jeden Schwanz, der mehr als einmal von hinten in sie eingedrungen war, wiedererkennen zu können. Philipp behauptete Ähnliches von den Mösen, besonders wenn sie auf der drehbaren Platte um seinen Schwanz kreisten. Bei langsamen Drehungen sei es schwieriger, doch bei schnellen Drehungen relativ leicht, sie wiederzuerkennen.

Nach einem Jahr konnte sich keiner der beiden mehr vorstellen, auf diese Art der Sexualität verzichten zu können, wobei die erzwungene Passivität in den engen Kabinen ihnen immer wieder aufs Neue einen ganz besonderen Kitzel bescherte.

Der schwarze Liebhaber - Pralle Wollüstigkeit

Der pralle Schwanz, der durch ihre schmalen Finger glitt, ließ keinen Zweifel aufkommen, welche Höhepunkte der Lust er ihr bescheren würde. Die Frau verstärkte den Druck ihrer Finger, während sie das Glied spielerisch von einer Hand in die andere gleiten ließ.

Der ausgestreckt auf dem Sofa ihres Hotelzimmers liegende Afrikaner hatte die Augen halb geschlossen und atmete schwer. Immer wieder hob er seinen Unterkörper lustvoll an und streckte sein Glied der vor dem Sofa knienden Frau entgegen. Wie zufällig ließ sie zur Unterstützung ihrer lustvollen Handarbeit ab und zu das lange Haar, einem Windhauch gleich, über seinen prallen Hoden streichen.

Die Frau verstand sich auf ein langes Vorspiel. Sie war eine Virtuosin darin, der sexuellen Erlösung eine lange und subtile Qual voranzustellen. Art und Dauer bestimmte allein sie. Sie glich dabei einer Dompteurin der Lust. Beim ausgiebigen Spiel mit der prallen Männlichkeit kasteite sie auch die eigene Geilheit, bis ihr Verstand der Gier ihrer Schenkel nicht mehr standhielt und der Damm brach.

Lustvoll glitten ihre angefeuchteten Finger über das lange Glied des Afrikaners. Der Kontrast zwischen dem zarten Rosa seiner spitz zulaufenden Eichel und dem dunklen, ebenholzfarbenen Schaft, der majestätisch aus dem üppigen Kraushaar aufragte, entflammte ihr Verlangen und ließ das Blut in ihrer Möse pulsieren. Ihre Bemühungen trugen die ersten Früchte. Aus dem dunklen Schaft traten die ersten Lusttropfen hervor und belohnten sie für ihre Anstrengung.

Die passive und hingebungsvolle Art des Mannes stachelte sie an. Sie wollte ihm zeigen, dass sie die Klaviatur der Lust meisterhaft beherrschte. Hatte sie ihn bislang verwöhnt, war nun eine andere Gangart angesagt. Wie ein Schraubstock legten sich ihre Finger um sein Glied und führten die Eichel mit aufreizender Langsamkeit durch das entstandene Nadelöhr. Sie registrierte sofort, dass die Härte seines Schwanzes nachließ. Genauso hatte sie es gewollt. Bevor er jedoch weiter abschlaffte, griff sie mit der anderen Hand nach seinen prallen Hoden und unterzog sie mit ihren langen Fingernägeln einer Sonderbehandlung. Erneut schwoll sein Schwanz an. Weitere Lusttropfen perlten aus der samtig glänzenden Eichel. Vorsichtig verteilte sie den Saft über seine glänzende Eichel.

Die Frau stand auf beschnittene Schwänze. Schwänze, bei denen sie keine Vorhaut störte.

Ein weiteres Mal bremste sie die Lust des Afrikaners aus, indem sie ihren kleinen Finger wie zufällig in seine Harnröhre stieß, was ihn jedes Mal leicht zusammenzucken ließ. Sie bedauerte es, kein Sexspielzeug mitgebracht zu haben. Wie gern hätte sie jetzt seine Harnröhre mit einer kleinen Schlinge von innen stimuliert.

Bisher hatte sie es nur mit weißen Männern getrieben. Doch nachdem sie von ihren Freundinnen gehört hatte, dass Afrikaner nicht nur über außerordentlich kräftige Schwänze verfügten, ausdauernde Liebhaber seien und außerdem in der Lage waren, mehrmals hintereinander abzuspritzen, war sie neugierig geworden und hatte sich für diesen Urlaub entschieden.

Erst vor zwei Tagen war ihre Maschine an der Elfenbeinküste in Abidjan, am Golf von Guinea, gelandet. Kaum hatte sie das Terminal verlassen, bot ihr auch schon ein Afrikaner seine Dienste an. Er sei Chauffeur, kenne sich in der Stadt gut aus und falls sie es wünsche, würde er ihr auch gern sein Land zeigen. Der schlanke, gut aussehende Mann wirkte auf sie sehr sympathisch. Sie willigte ein. Die Fahrt zum Hotel verging wie im Flug. Sie lachten viel. Er trug ihr die Koffer aufs Zimmer. Kaum hatte er die Koffer abgesetzt, kam er auch schon zur Sache. Er fragte sie, ob sie in Deutschland einen Mann habe. Als sie verneinte, strahlte er und bot ihr sofort unverhohlen seine Liebesdienste an. Anstandshalber zierte sie sich ein wenig, ließ sich jedoch schnell umstimmen, um bereits wenige Augenblicke später mit ihm auf dem breiten Doppelbett zu liegen und sich verführen zu lassen.

Wollüstig gab sie sich seinem muskulösen Körper hin. Als er nach dem dritten Mal erneut in sie eindringen wollte, wurde es ihr jedoch zu viel. Unter dem Vorwand, nun endlich ihre Sachen auspacken und duschen zu wollen, schob sie ihn aus dem Zimmer.

Nach dem Sex wollte sie lieber allein sein, genoss es, die wohlige Entspannung in ihrem Unterleib auszukosten oder es sich noch einmal selbst zu besorgen, ehe sie sich einer ausgiebigen Körperpflege widmete.

Der Kerl hatte sie ganz schön rangenommen. Sein Schwanz hatte ihre kleine Fotze gehörig geweitet. Ihr sollte es nur recht sein, dann würden die anderen es umso leichter haben.

Auf dem Weg zur Dusche lief ihr immer noch sein Sperma die Beine herunter. Der Menge nach zu urteilen, musste der Kerl einen echten Samenstau gehabt haben. Wenn das so weiterging, sollte sie während des Urlaubs besser auf das Tragen eines Slips verzichten. Bei der Hitze wäre das eh angebracht.

Der kalte Wasserstrahl tat ihr gut. Mit dem Duschgel sparte sie nicht, denn das Gefühl, über ihre Brüste zu streichen oder zwischen den Beinen einzutauchen, war einfach zu gut.

Mit den Beweggründen für ihre Reise hatte sie keine Probleme, sah sie doch in allem eine Win-win-Situation. Jeder würde auf seine Kosten kommen. Ein Gratisfick und hier und da eine Zuwendung, darauf waren sie doch alle aus. Und ihr war es egal, auf welche Art und Weise sie dafür bezahlen musste. Ohne zu zögern, wollte sie jede sich ihr bietende Gelegenheit zu einem sexuellen Abenteuer nutzen. Je häufiger, desto besser. Der Urlaub versprach, ihre Wunschvorstellungen sogar noch zu übertreffen. Sie war noch keine vier Stunden im Land und schon hatte der erste Schwanz sie vollgespritzt. Während sie sich abtrocknete, spürte sie, dass ihre hungrige Möse nach mehr verlangte.

Gerade hatte sie den Morgenmantel umgelegt, als es an ihrer Zimmertür klopfte. Als sie den Zimmerkellner vor sich stehen sah, witterte sie eine weitere Chance.

»Benötigen Sie noch etwas?«, fragte der Hotelboy höflich.

»Mit Sicherheit«, entgegnete sie und forderte ihn auf, auf der Couch Platz zu nehmen. Dann öffnete ihren Morgenmantel. Die Augen des jungen Mannes weiteten sich. So etwas hatte er noch nie erlebt. Für afrikanische Verhältnisse besaß sie zwar keine großen Brüste und auch ihre Hüften fielen bei Weitem nicht so ausladend aus wie bei einer Afrikanerin, doch ansonsten gab der Körper der weißen Frau einiges her. Sein Blick fiel auf den üppigen Haarbusch, der ihre Scham bedeckte. Nicht nur auf dem Kopf besaßen weiße Frauen glattes und feines Haar.

Die Frau folgte seinen Blicken und zupfte mit ihren Fingern an der Schambehaarung. Dann griff sie unter ihre Brüste und drückte sie leicht nach oben. Sie wusste, wie sie ihren Körper in Szene setzen musste. Die starke Ausbeulung in der Hose des jungen Mannes sprach Bände. Er verstand ihre Wünsche auch ohne Worte. Er würde sich ihr mit Freuden hingeben.

Die Frau trat auf ihn zu, ließ den Bademantel von den Schultern gleiten und kniete sich vor ihn. Ohne zu zögern, öffnete sie seine Hose. Er verfügte über ein wahres Prachtstück an Schwanz. War schon der des Chauffeurs bemerkenswert gewesen, übertraf dieser hier all ihre Erwartungen. Wenn sie beide Hände hintereinander um seinen Schaft legte, lugte die Eichel immer noch hervor. Die Vorstellung, diesen Schwanz bis zum Anschlag in ihrer Fotze stecken zu haben, ließ sie erschauern. Zum ersten Mal in ihrem Leben hielt sie ein solches Exemplar in den Händen. Bei den Erzählungen ihrer Freundinnen hatte sie dies eher für eine Übertreibung oder als Ausdruck ihrer Wunschvorstellungen gehalten.

Die Frau genoss den Moment in vollen Zügen. Der Schwanz fühlte sich unglaublich gut und griffig an. Wie er so auf ihren Händen lag, war er hart und weich zugleich. Die Haut war samtig. Ihre Finger glitten über seine Eichel, kneteten den Schaft und fuhren über seine Eier.

Bestimmt hatten sich ihm noch nicht viel Möglichkeiten geboten, sexuelle Erfahrungen zu sammeln. Vielleicht war es für ihn auch das erste Mal. Sie beschloss, ihn nicht allzu lang auf die Folter zu spannen und es ihm erst einmal mit der Hand zu besorgen. Danach sollte der Boy voll auf seine Kosten kommen und ficken dürfen. Sie wollte ihm zeigen, zu welchen Höhen der Lust eine Weiße ihn treiben und welch ungeahnte Wonnen sie ihm bescheren konnte. Wenn er danach nicht jeden Tag an ihre Tür klopfte, hätte sie ihr Ziel verfehlt. So wäre ihrer Möse jeden Tag ein Fick sicher.

Während sie vor ihm kniete und seinen Schwanz massierte, dachte sie, wie gut es war, nach dem Duschen keinen Slip übergezogen zu haben, denn im Schritt fühlte sich alles sehr feucht an. Allerdings war sie sich nicht sicher, ob es immer noch das Sperma des Chauffeurs war, dass aus ihr heraustropfte, oder ihre eigenen Lustsäfte. Beim Anblick des prallen Schwanzes wäre Letzteres zumindest kein Wunder. Was auch immer es war, die Innenseiten ihrer Oberschenkel fühlten sich total feucht und glitschig an.

Bilder von den Hengsten auf dem elterlichen Bauernhof schoben sich vor ihr geistiges Auge, während sie mit dem Schwanz des Zimmerboys spielte und ihn vor ihrem Gesicht hin und her pendeln ließ. Vom Anblick dieses Schwanzes konnte sie einfach nicht genug bekommen. Seine enorme

Länge würde jeden europäischen Mann blass werden lassen. Kein Wunder, dass sie zuvor solche Schwierigkeiten gehabt hatte, ihn aus der viel zu engen Hose herauszuschälen.

Bereits früher hatte sie der Anblick paarungsbereiter Tiere auf unerklärliche Art und Weise erregt. Zwar lösten die erigierten Schwänze der Hengste, die in ausgefahrenem Zustand fast bis zu den Vorderläufen reichten, bei ihr damals kein sexuelles Verlangen aus, doch faszinierte sie die geballte Männlichkeit der Tiere auf erregende Art und Weise. Diese Erlebnisse waren der Grund dafür, dass später in ihren sexuellen Träumen immer wieder übergroße Schwänze auftauchten. Nie hätte sie gedacht, ihre Fantasie einmal in der Realität ausleben zu können. Geschweige denn, dass solche Schwänze überhaupt existierten.

Sie konnte es kaum fassen, an diesem Tag bereits über den zweiten steifen Schwanz verfügen zu können. Und dann auch noch einen, den sie mit zwei Händen kaum fassen konnte!

Trotz ihrer Ängste, ob ihre kleine Fotze wirklich in der Lage sein würde, diesen Schwanz in sich eindringen zu lassen, wurde sie immer feuchter. In ängstlicher Vorfreude ließ sie ihre Hüfte kreisen und rieb ihre Oberschenkel lustvoll gegeneinander.

Zum Auftakt nahm sie seinen prallen Schwanz zwischen ihren Lippen. Genussvoll glitt ihre Zunge über seine Eichel. Um ihn ganz in ihren Mund aufzunehmen, war er zu lang. Das eigentümliche Gefühl aus Lust und Angst verstärkte sich. Sie stellte sich vor, wie er ihre Möse weiten und nach den ersten Stößen ihren empfindlichen Gebärmutterhals berühren würde. Ihr Schoß würde seine pralle Männlichkeit bestimmt wie ein zu enges Hemd umschließen. Leidenschaftliche Stöße oder gar ein Ritt auf seinen Schenkeln würden wahrscheinlich ohne Schmerzen kaum möglich sein, wollte sie nicht das Einreißen ihrer Möse riskieren. Männer zwischen ihren Schenkeln zu reiten, liebte sie sehr. Hingabe war nicht so ihr Ding. Lieber übernahm sie beim Sex den aktiven Part.

Während sie seinen Schaft weiterhin mit dem Mund verwöhnte, massierte sie sanft seine Hoden. Ab und zu strich sie mit den Fingerkuppen über seine feucht glänzende Eichel. Sie wunderte sich, wie unempfindlich er im Vergleich zu ihren bisherigen Liebhabern war. Vielleicht lag es an der Beschneidung der Vorhaut? Ihre Freundinnen hatten über ähnliche Erfahrungen berichtet und die Bereitschaft für ausdauernden und mehrmaligen Sex dadurch begründet.

Die Frau wollte den jungen Mann noch etwas hinhalten. Von seinem eigenwilligen Schweißgeruch betört, blies sie zart über die feuchte Schwanzspitze. Darauf erkundete sie seine Harnröhre mit ihrer Zunge. Sein Schwanz glitt mittlerweile immer leichter zwischen ihre geöffneten Lippen. Berührte er ihr Zäpfchen, war noch nicht einmal ein Drittel seines Schwanzes in ihre Mundhöhle verschwunden. Lange würde sie ihn jedoch nicht mehr lutschen können. Bereits jetzt schmerzten die Kiefergelenke. Sie begnügte sich damit, seine Eichel mit den Zähnen zu bearbeiten und mit ihrer Zunge an seinem Schaft entlangzustreichen. Sein Schwanz reagierte dankbar auf alles, was sie mit ihm tat. Unmerklich legte er jedes Mal etwas an Härte zu.

Die Behandlung zwischen ihren Zähnen und mit der Zunge gefiel ihm. Als sie jedoch an seiner Eichel wie an einem Strohhalm sog, schleuderten ihr seine prall gefüllten Hoden einen ersten heißen Strahl Sperma in den Mund. Die Frau zuckte zurück. So war das nicht vorgesehen. Schnell presste sie ihre Zungenspitze auf seine Harnröhre, um den Austritt weiterer Liebessäfte zu verhindern. Anders als bei ihren bisherigen Liebhabern, die auch dann ihren Erguss nicht zurückhalten konnten, zuckte er nur leicht zusammen. Der Fluss des Spermas versiegte, ohne dass sein Glied schlaff wurde. Erleichtert atmete die Frau auf.

Bei ihren amourösen Abenteuern in Europa provozierte sie gern einen ersten schnellen Samenerguss. Die Männer sollten möglichst schnell in ihrem Mund oder zwischen ihren Händen kommen. Dafür konnten sie sie beim zweiten Mal umso ausdauernder ficken. Bisher hatte sie keinen Mann kennengelernt, der in schneller Folge zweimal hintereinander abspritzen konnte. Zwar hatte sie der Chauffeur eines anderen belehrt, doch war er jedes Mal ausdauernd genug gewesen, um auch sie auf ihre Kosten kommen zu lassen.

Mit dem Zimmerboy war es etwas anderes. Er schien seinen Orgasmus wirklich noch in letzter Minute zurückhalten zu können. Der Frau kam eine Idee. Wenn es ihr gelingen könnte, seinen Orgasmus mehrmals hintereinander zu verhindern, müssten seine bis zum Bersten gespannten Hoden bei der final gewährten Erleichterung das Sperma gleich einer Fontäne herausschießen lassen.

Der Anfang war vielversprechend. Für den Zimmerboy war Sex mit einer Weißen es etwas vollkommen Neues. Zwar stiegen viele alleinstehende Frauen aus Europa hier ab, doch ihre Willigkeit war ihm bisher verwehrt geblieben. Vielleicht war er auch einfach nur zu jung gewesen. Besonders seine älteren Freunde schwärmten von dem Sex mit Touristinnen, besonders wenn es danach auch noch ein üppiges Trinkgeld oder Geschenke gab. In der Höhe hingen diese meist vom schlechten Gewissen der Frauen ab.

Doch bei dieser Weißen schien alles anders zu sein. Obwohl er sie gar nicht kannte, gab sie sich ihm völlig ungezwungen hin. Sex mit ihr war etwas Spielerisches, etwas Befreiendes. Ihr Körper war weich und weiß, seiner dunkel und muskulös. Auch ihre weichen Haare sowie die zarten Tönungen ihrer

Brustwarzen waren etwas völlig Neues für ihn, ebenso ihre Art zu küssen. Geschmeidig eroberte ihre Zunge seinen Mund. Ob sie es ihm erlauben würde, sie zu ficken?

Erfahrung auf diesem Gebiet besaß er kaum. Nur einmal hatte ihn eine entfernte Cousine rangelassen. Ein weiteres Mal überredete ihn einer seiner Freunde zum Sex mit einer Nutte. Doch großen Spaß hatte das nicht gemacht.

Diese Weiße schien Sex als ein stetes Bedürfnis zu betrachten. Ohne Frage hatte nicht nur er Spaß daran. Sie schien über ein reiches Repertoire an Erfahrung zu verfügen, fantasievoll zu sein und ein langes Vorspiel zu lieben. Er war sich sicher, dass für sie nicht er, sondern ihre Lust im Vordergrund stand. Aber egal, aus welchem Beweggrund sie es tat, sie verschaffte ihm Lust und das allein zählte.

Nach einer kurzen Pause beendete die Frau das orale Spiel. Stattdessen befeuchtete sie ihre Handflächen mit Spucke und rollte seinen Schwanz wie eine Zigarre zwischen ihnen hin und her. Das Gefühl, das sein Schwanz zwischen ihren Handflächen hervorrief, erinnerte sie an die Nachmittage, an denen sie auf dem heimatlichen Hofe die Kühe molk. Als Teenager hatte sie sich in ihren gewagtesten Träumen immer vorgestellt, wie es sein müsste, die Kuhzitzen in sich einzuführen.

Langsam nahm der Wunsch, ihn zu reiten, in ihrem Kopf einen immer größeren Raum ein. Sie verspürte eine unvorstellbare Gier, endlich seinen Schwanz in sich eindringen zu lassen, sich der Wonne des vollkommenen Ausgefülltseins hinzugeben, bis sein heißer Saft ihren Gebärmuttermund umspülen würde. Trotz der Hemmungslosigkeit, die sich wie eine Eruption plötzlich ihres Körpers bemächtigte, disziplinierte sie sich und erinnerte sich an ihr Vorhaben, ihn erst einmal zwischen ihren Händen kommen zu lassen. Aufseufzend nahm sie seine Eichel erneut in den Mund und sog kräftig an ihr.

Danach bearbeitete sie wie wild seinen Schaft. Und schon im nächsten Moment spritzte es in hohem Bogen aus ihm heraus. Immer wenn sie meinte, dass es die letzte Ladung war, zuckte sein Glied erneut und schleuderte einen weiteren heißen Strahl über ihre Hände. Erstaunlich, wie viel Samen aus ihm herausschoss. Endlich versiegte der Strom und nur noch ein paar letzte Tropfen quollen hervor.

Die Hände der Frau waren über und über von Sperma bedeckt. Zuerst wollte sie es vor seinen Augen genüsslich auflecken, doch dann kam ihr eine andere Idee. Sie setzte sich ihm gegenüber auf einen Stuhl und verrieb seinen Saft genussvoll zwischen ihren Beinen. Abschließend steckte sie die noch feuchten Finger in ihre geöffnete Lustgrotte und besorgte es sich vor seinen Augen selbst.

»Keine Bange«, stöhnte sie, »gleich darfst du deinen Schwanz in mich reinstecken. Aber erst einmal muss ich mich für dich geschmeidig machen.«

Der Zimmerboy nickte freudig.

Beide zuckten zusammen, als heftig an die Zimmertür geklopft wurde. Die Frau streifte sich mit klopfendem Herzen schnell den Bademantel über und lief zur Tür, während er seinen Schwanz in der Hose verstaute. Der eintretende Hotelmanager erfasste die Szene mit einem Blick. Mit einer harschen Bemerkung komplimentierte er den schuldbewusst nach unten blickenden Zimmerboy hinaus.

Als der aufgebrachte Manager dazu ansetzte, der Frau mit bebender Stimme die Meinung zu sagen, ließ sich die Frau mit gesenktem Kopf auf den Bettrand nieder und vergoss einige Krokodilstränen. Vielleicht gelang es ihr auf diese Weise, den Manager umzustimmen. Nicht auszudenken, wenn er die Reiseleitung informieren und sie des Hotels verweisen würde. Zum Glück beruhigte er sich. Mit einer schauspielerischen Glanzleistung tat die Frau so, als wolle sie aufstehen, doch nur um ihren Morgenmantel für einen kurzen Moment wie zufällig aufspringen zu lassen, damit der Manager einen Blick auf ihren nackten Körper werfen konnte. Mit leicht gespreizten Beinen ließ sie sich auf die Bettkante zurückfallen. Dem Manager klappte der Mund herunter. Der Schoß der Frau glänzte feucht, ihre rosigen Schamlippen schienen ihn aufzufordern, sich zu bedienen. Wortlos steckte ihm die Frau mit einem bittenden Blick den Arm entgegen.

Der Manager überlegte nicht lange und schloss die Tür. Das durfte er sich nicht entgehen lassen. Es bedurfte keiner weiteren Worte. Er stellte sich vor die Frau hin und öffnete seine Hose.

Sein Schwanz war bei Weitem nicht so lang wie der des Zimmerboys, doch im Durchmesser brauchte er den Vergleich nicht zu scheuen. Wie gut, dass ich schon so feucht bin, schoss es der Frau durch den Kopf. Sie erhob sich vom Bett, drehte sich um, schob den Morgenrock über ihre Hüften und bot sich ihm bereitwillig dar. Hoffentlich würde er sich etwas Zeit nehmen, sonst würde sie in den nächsten Tagen auf etliche Ficks verzichten müssen. Lustvoll spreizte sie ihre Beine. Eine elektrisierende Vorfreude überflutete ihren Körper, als er sein Glied langsam gegen ihre Lustgrotte drückte. Erleichtert atmete sie auf, als er die Eichel erst einmal zurückzog und sie mehrmals durch ihre Schamlippen gleiten ließ. Dann drückte er erneut gegen ihre Pforte. Die Frau griff zwischen ihre Beine und zog ihre Schamlippen, so weit es ging, auseinander. Der Manager verstärkte den Druck auf ihre Lustgrotte und stieß zu. Für einen Moment kam es ihr so vor, als würde der Stoß ihr die Luft rauben, doch dann entspannte sie sich. Noch war er allerdings nicht in sie eingedrungen. Die Frau atmete tief und kräftig durch.

Bisher hatte das immer geholfen. Wenn sie jetzt nur nicht einriss! Der Afrikaner bearbeitete ihre Vagina mit kurzen Stößen. Bei jedem Stoß weitete sich ihre Fotze ein wenig mehr. Hoffentlich war sie nicht zu eng für ihn!? Sie langte nach ihren Arschbacken und zog sie weit auseinander. Vielleicht half das!?

In einem letzten Versuch schob der Manager seine Hände unter ihre Hüfte, hob sie leicht und verstärkte den Druck auf ihre Lustgrotte. Plötzlich durchzuckte ein heftiger Schmerz ihren Unterleib, der jedoch bereits im nächsten Moment wieder verebbte und einer tiefen Entspannung ihres Körpers Platz machte. Was für ein Gefühl! Sein Schwanz steckte bis zum Anschlag in ihrem Schoß. Sie spürte die enorme Dehnung ihrer Schamlippen, doch schienen sie wie durch ein Wunder nicht eingerissen zu sein. Langsam ließ sie ihre Hüften kreisen. Ein Lustgefühl ungeahnten Ausmaßes überflutete sie und bemächtigte sich jeder Zelle ihres Körpers.

Nach und nach weitete sich ihre Möse unter den sanften Stößen des Managers. Zog er ihn etwas heraus, kam es ihr durch die Länge seines Schwanzes endlos vor. Stieß er in sie hinein, vermeinte sie zu platzen. Vergleichbar nur mit dem Gefühl, das sie in bestimmten Stellungen erlebte, wenn ihre Liebhaber gegen ihren Muttermund stießen. Um seine schnellen und tiefen Stöße etwas abzufedern, griff sie zwischen ihren Beinen hindurch und schloss die Finger um seinen Prachtschwanz. Er fühlte sich herrlich warm und pulsierend an. In dieser Stellung genügte eine leichte Drehung ihres Beckens, um ihn zu allen Stellen ihrer Lust zu führen. Je mehr sich das Druckgefühl verflüchtigte, umso geiler wurde sie. Endlich erlaubte ihm ihr extrem geweiteter Schoß kräftigere Stöße. Sie zog ihre Hand zurück und genoss es, aufgespießt zu werden. Jeder Stoß entlockte ihr einen spitzen Schrei.

Was für ein berauschendes Erlebnis, von einem Schwanz dermaßen ausgefüllt zu werden. Neugierig geworden, schob sie ihre Hand zwischen die Beine und betastete die bis zum Bersten gespannten Schamlippen. Wie eine zweite Haut lagen sie an seinem Schaft an. Jeder Stoß verursachte in ihrer Möse ein gurgelndes Geräusch. Zum Glück verhinderte sein Schwanz ein Austreten ihre Lustsäfte, denn die wurden als Gleitmittel dringend benötigt. Die Vorstellung, dass sein Schwanz in ihrer Fotze badete, stachelte sie an. Gierig erwiderte sie seine Stöße. Es wunderte sie sehr, dass die Berührungen an ihrem empfindlichen Gebärmuttermund keine Schmerzen verursachten. Im Gegenteil empfand sie diese als lustvolle Qual. Ihr gesamter Körper bebte vor Geilheit. Sie stöhnte hemmungslos. Dennoch halte ich das nicht mehr lange aus, dachte sie. Wenn er nicht gleich abspritzt, werde ich zum ersten Mal Muskelkater zwischen den Beinen haben. Vielleicht sollte ich mich von solchen Schwänzen lieber in den Arsch ficken lassen?

Dafür hätte sie jedoch vorher einen Einlauf vornehmen müssen. Jetzt war es zu spät. Allein der Gedanke, von ihm in den Arsch gefickt zu werden, raubte ihr schier die Sinne. Voller Geilheit streckte sie sich ihm entgegen und ließ unkontrolliert ihr Becken kreisen.

Das war ein Fick, wie sie ihn sich immer gewünscht und in ihren kühnsten Träumen vorgestellt hatte. Er weckte ihre animalischen Instinkte. Nie war sie bei ihren bisherigen Männern jemals so erregt gewesen, geschweige denn, dass sie es geschafft hätten, ihre tiefsten Begierden zu stimulieren. Im Gegenteil, ihre Schwänze hatten sie meist kaum richtig ausgefüllt. Nur durch ihre Fantasie war sie bisher auf ihre Kosten gekommen. Hier aber kam sie zum ersten Mal voll auf ihre Kosten. Die Realität übernahm die Rolle der Fantasie!

Die Frau bettelte förmlich um jeden weiteren Stoß, was der

Manager mit lustvollen Schlägen auf ihren Hintern quittierte. Afrikanische Frauen waren da anders, dachte er. Nie würden sie sich ihm so lustbetont hingeben.

Voller Erstaunen stellte die Frau fest, dass ihre Fotze das Unvorstellbare geschafft und sich noch ein weiteres Mal geweitet hatte. Jetzt setzte jeder Stoß einen Schwall Lustwasser frei, der ihre Schenkel benetzte.

»Komm. Spritz mich voll«, flehte die Frau, »wenn ich bei jedem Stoß auslaufe, hast du mich bald trocken gefickt. Das halte ich nicht mehr lange aus. Nimm keine Rücksicht auf mich. Fick mich einfach so, wie es dir gefällt. Wenn du gekommen bist, will ich mich mit deinem Sperma eincremen. Bitte spritz mich endlich voll.«

Verwundert kam der Manager ihrer Aufforderung nach und schon bald tanzten ihr nur noch Sterne vor den Augen. Fast schon in Trance nahm sie wahr, wie seine Hoden bei jedem Stoß gegen ihre Arschbacken schlugen, was fast einem Trommelrhythmus glich. Längst hatte sie jede Vorstellung von Raum und Zeit verloren. Kein Gedanke mehr an ihren empfindlichen Muttermund. Im Gegenteil, der leichte Schmerz steigerte ihr Verlangen nach zusätzlichen Reizen. Schließlich zog sie, unter Aufbietung ihrer letzten Kräfte, noch einmal ihre Arschbacken auseinander, um ihm ihre klaffende Vulva in aller Schamlosigkeit und Schutzlosigkeit darzubieten. Mit kräftigen, tiefen Stößen reagierte er auf ihre unmissverständliche Aufforderung. Ihr Stöhnen war mittlerweile in ein lustvolles Wimmern übergegangen.

Nach einer Serie weiterer heftiger Stöße, die ihr wie eine Ewigkeit vorkamen, zog er sein Glied aus ihrer wunden Scheide, drehte sie um, warf sich auf sie und drang erneut in sie ein. Alle ihre Widerstände waren verflogen. Sie genoss es, von ihm benutzt zu werden und völlig passiv sein zu können.

In der neuen Stellung ging er dazu über, ihre Arschbacken zu kneten und sein dichtes krauses Schamhaar an ihrer geschwollenen Klitoris zu reiben. Die minimale Reibung genügte, um das Fass zum Überlaufen zu bringen. Während ihres ebenso heftigen wie lang anhaltenden Orgasmus richtete die Frau ihren Oberkörper auf, warf den Kopf zurück und schrie ihre Lust hinaus. Nun kam es auch dem Manager. Mit einer heftigen Entladung pumpten seine Hoden den heißen Saft in ihren bebenden Unterleib. Dabei drückte er sich fest an ihren Körper, um zu verhindern, dass sein Sperma zu schnell aus ihrer Möse herausfloss.

Umschlungen fielen sie beide zur Seite. Heftig atmend griff er nach ihren verschwitzten Brüsten. Spontan reagierten ihre Nippel auf seine rauen Handflächen und richteten sich auf. Sein Glied war nach dem Orgasmus zwar erschlafft, steckte jedoch immer noch in ihrer Möse. Bevor die Frau in einen kurzen und tiefen Schlaf fiel, spürte sie noch, wie sein Glied zu neuem Leben erwachte. Sanfte Stöße wiegten sie in den Schlaf.

Tief im Hals - Bis zum Anschlag

Vor einigen Jahren hatte ihre Freundin Anna ihr den Tipp gegeben, es doch mal mit Yoga zu versuchen. Seitdem besuchte Marga einmal in der Woche in der nahe gelegenen Turnhalle einen Yogakurs für Frauen. Yoga, betonte die versierte Lehrerin immer wieder, diene nicht nur der Fitness des Körpers, sondern auch dem Auffinden der inneren Mitte. Einige der Asanas genannten Figuren fielen Marga anfangs sehr schwer, so zum Beispiel das Krokodil oder der Hund. Wäre nicht ihre Freundin Anna gewesen, sie hätte bereits nach der zweiten Stunde das Handtuch geworfen. Doch nach und nach wurde ihr Körper lockerer und geschmeidiger. Mit der Zeit gesellten sich Spaß und Freude hinzu und großes Bedauern, wenn mal eine Stunde ausfiel.

Schon bald verspürte sie ein Bedürfnis, auch andere Formen des Yoga kennenzulernen. Marga wechselte von Hatha- zu Vinyasa-Yoga, einer mehr dynamischeren Form, bei der die verschiedenen Asanas nahtlos ineinander übergingen. Atem und Körper zu koordinieren, verlangte eine hohe Konzentration.

Anna, die bereits eine echte Yogini war, unterstützte sie auf diesem Weg. Marga verschlang derweil unzählige Bücher über Yoga. Infolge der neuen Erkenntnisse sowie dem Hinweis ihrer Lehrerin, dass Alkohol und schweres Essen nicht gut für die Praxis seien, stellte Marga ihre Ernährung auf leichtere Kost um. Eine letzte Bastion betraf die yogische Körperreinigung. In einigen Bücher wurde das Vorgehen detailliert beschrieben. Vor allem faszinierte Marga dabei die Reinigung der Speiseröhre mit einem dünnen, leicht angefeuchteten Tuch.

Natürlich reizte sie bei der Körperreinigung auch noch etwas anderes. Etwas, das ganz und gar nichts mit Yoga zu tun hatte. Das Interesse war profaner Natur und hing mit dem Pornofilm *Deep Throat* zusammen, den sie zum Erstaunen ihres Freundes vor Kurzem in einer benachbarten Videothek ausgeliehen hatte. Die Handlung des Films war denkbar einfach: Eine Frau befriedigt über fünfzehn Minuten einen Mann mit dem Mund. Spektakulär daran war, dass sein langer, schmaler Schwanz dabei immer wieder vollständig in ihrem Hals verschwand. Mit hochroten Köpfen diskutierten sie danach den Film. Marga nahm den Standpunkt ein, dass so etwas nicht machbar sei. Wie sollte es möglich sein, den Würgereiz zu unterdrücken? Ihr Freund sah es genauso. Bestimmt, so warf er ein, lag es an der geschickten Kameraführung, da der Kopf der Frau immer nur von der Seite zu sehen war. Aber die Vorstellung, dass es vielleicht doch so sein könnte, geilte sie dermaßen auf, dass sie sich nicht allzu lang mit der Theorie aufhielten.

Von dem Film inspiriert steckte Marga sich das Glied ihres Freundes in den Mund und verpasste ihm einen Blowjob der feinsten Art. Sie stand darauf, ihn oral zu verwöhnen und manchmal auch sein Sperma zu schlucken. In Anlehnung an die Pornodarstellerin zog sie ihn an den Hüften ganz nah zu sich heran, um ihn tief in ihren Mund eindringen zu lassen. Doch kaum berührte seine Eichel ihr Zäpfchen, würgte sie so heftig, dass sie das Experiment schnell beendete. Zwischen ihren Fingern und durch den gekonnten Einsatz ihrer Zunge kam er kurz darauf. Genüsslich schluckte Marga seinen Erguss herunter.

Was für ein Gefühl musste es sein, dachte sie, das Sperma direkt in den Hals gespritzt zu bekommen. Marga lief ein Schauer über den Rücken. Flink entledigte sich der Kleider, um sich mit diesem Gedanken im Kopf von ihm durchficken zu lassen. Zum Glück war ihr Freund sehr ausdauernd und konnte mehrmals nacheinander kommen.

Nach der nächsten Yogastunde besprach Marga das Thema bei einem Glas Wein mit ihrer Freundin Anna. Natürlich stellte sie dabei nicht den Sex in den Fokus, sondern allein die Vertiefung der yogischen Praxis. Anna wunderte sich über den Eifer der Freundin, doch erklärte sie bereitwillig, wie sie ihr gelungen war, das Tuch zu schlucken und es einige Sekunden später wieder aus ihrem Hals herauszuziehen. Mit geröteten Wangen hing Marga an ihren Lippen. Als Erstes galt es, sich morgens und abends mit einem Zungenspatel die Zunge zu säubern. Besonders morgens konnte man einen kräftigen Belag abkratzen. Nach und nach wurde der Zungenspatel bis zum Zäpfchen herangeführt. Mit der Zeit – Anna berichtete von einem Zeitraum von zwei bis drei Monaten – würde dieser Bereich unempfindlicher. Nun sei es an der Zeit, die Sensibilität der Öffnung der Speiseröhre zu minimieren. Anna empfahl den Griff des Zungenspatels, doch würden einige auch – und hier lachte sie verschmitzt – Frankfurter Würstchen bevorzugen. Das Würstchen lässt sich zudem nach erfolgreicher Desensibilisierung aufessen, wodurch es den Weg durch die gesamte Speiseröhre nähme. Nach einiger Zeit könne man es mit einem feuchten Tuch versuchen.

Marga wäre nicht Marga, wenn sie nicht zwei Monaten später den Zungenspatel beiseitegelegt und Versuche mit Würstchen unternommen hätte. Bis der Würgereiz allerdings überwunden war und sie die schmale Wurst problemlos in den Hals einführen konnte, vergingen noch einmal einige Wochen. In dieser Zeit kam es Marga durch den ungewohnten Reiz so vor, als bekäme sie eine Erkältung. Als sich das unangenehme Kratzen verlor, versuchte Marga es mit einem Dildo. Leider führte es nicht zum gewünschten Erfolg. Das Kunstglied aus schwarzem Latex war für den Zweck einfach zu hart. Bereits nach den ersten Stößen schmerzte ihr Rachen, abgesehen davon, dass ihre Speiseröhre eine zu starke Dehnung erfuhr und ihr für Stunden unangenehme Schluckbeschwerden bescherte. Erst nach dem Kauf eines Dildos aus Weichplastik setzte sie ihre Versuche fort. Das für Analstimulation vorgesehene Teil eignete sich hervorragend für ihre Zwecke und gab bereits beim kleinsten Widerstand nach. Mit ihm verliefen die Fortschritte im Eiltempo. Schon bald gelang es ihr, sich mit dem Dildo für einige Minuten in den Hals zu ficken. Der lang anhaltende Reiz in ihrem Hals erinnerte sie an den ersten Analverkehr. Auch hier war es ihr so vorgekommen, als würde der Schwanz ihres Freundes noch Stunden später in ihrem Arsch stecken.

Für das kommende Wochenende stand die Einladung in ein gutes Restaurant an. Als Dank würde sie ihren Freund danach mit einem Mundfick überraschen. Marga fieberte dem Moment entgegen, es endlich mit einem richtigen Schwanz auszuprobieren. Würde sie spüren, wenn sein Sperma ihr den Hals herunterlief?

Bis zum Samstagabend wollte sie weiterhin mit dem Gummischwanz üben. Es klappte zwar immer besser, doch immer noch traten ihr automatisch Tränen in die Augen, wenn sie nicht vorsichtig genug zu Werke ging und an eine bestimmte Stelle im Rachen stieß. Marga beschloss, die Schminke vorsichtshalber wegzulassen.

Im Restaurant konnte sie an nichts anders mehr denken. Bewusst schnitt sie die Speisen nicht allzu klein, um bereits einen Vorgeschmack auf das zu bekommen, was sie zu Hause erleben würde.

Der Abend wurde ein voller Erfolg. Im Vergleich zum Dildo war es mit ihrem Freund nicht ganz so leicht, aber sein Schwanz war ja auch um einiges dicker. Das erste Mal rief bei ihm ungläubiges Staunen hervor. Er konnte es kaum fassen, dass sein Schwanz immer weiter in ihren Mund hineinglitt, problemlos den Rachenring passierte und schließlich bis zum Anschlag in ihr steckte. Für einen kurzen Moment drückten ihre Lippen sich gegen sein Schamhaar, dann gab sie ihn mit einem Ruck frei, um befreiend nach Luft zu schnappen. Immer wieder ließ sie ihn in ihren Hals vordringen. Ihr Freund konnte einfach nicht genug davon bekommen. Voller Faszination streckte er ihr mit steifen Hüften den Schwanz entgegen. Als Marga dann auch noch seine Hoden knetete, war es um ihn geschehen.

Im Nachhinein war sich Marga allerdings nicht sicher, ob sie den heißen Strahl seines Samens wirklich im Hals gespürt hatte oder es nur ihrer Einbildung entsprang. Trotzdem raubte ihr der Erguss für einen Moment im wahrsten Sinne des Wortes den Atem.

Marga war stolz auf sich. Vielleicht sollte sie es demnächst mal mit einem Tuch versuchen, um auch bei der yogischen Reinigung einen Schritt weiterzukommen.

Der Fick hatte ihren Freund dermaßen aufgegeilt, dass sein Glied sofort wieder stand. Als er Anstalten machte, ihr den Schwanz erneut in den Mund zu stecken, legte Marga nur beschwörend ihren Zeigefinger auf die Lippen. Mit der anderen schob sie ihren Rock hoch, hakte die Finger hinter den Slip und präsentierte ihm auffordernd ihre feuchte Fotze. Jetzt war sie an der Reihe. Sie hatte es sich redlich verdient.

SAUNAGANG - GEILE FRAUENHÄNDE

Silvia lehnte sich an die von der Hitze ausgelaugte Holzwand. Mit einer trägen Geste wischte sie sich den Schweiß von der Stirn, warf einen Blick auf die Sanduhr an der gegenüberliegenden Wand und stöhnte auf. Der feinkörnige Sand im oberen Glaskolben schien kaum weniger geworden zu sein. Der Anblick ihres über und über mit feinen Schweißperlen bedeckten Körpers schien die Sanduhr Lügen zu strafen. Die hohe Luftfeuchtigkeit in der finnischen Aufguss-Sauna setzte ihr jedes Mal sofort zu.

Silvias Augen folgten den Schweißperlen, die sich zwischen ihren leicht geröteten Brüsten zu winzigen Rinnsalen verbanden, rund um den Nabel in einer Bauchfalte sammelten und über den Schamhügel ihren Weg fortsetzten, bis sie einen Sekundenbruchteil später im Dunkel ihres stark behaarten Deltas verschwanden. Ihr tief liegender Bauchnabel glich bereits einem Miniatursee, während ihr dunkles Vlies sich nach und nach in ein funkelndes Diadem verwandelte. Silvia streckte sich. Das untergelegte Handtuch war jetzt schon ziemlich durchfeuchtet. Ein weiteres Mal wischte sie sich den Schweiß von Gesicht, Armen, Brust und Beinen. Doch nur eine Minute darauf glänzte ihr Körper erneut vor Schweiß.

Silvia beugte sich nach vorn und ließ den Kopf leicht hin und her pendeln. Das entspannte die Nackenmuskeln. Auf ihre Brüste war sie stolz, auch wenn die Elastizität durch die einjährige Stillphase nach der Geburt ihres Sohnes gelitten hatte. Dafür schien die Größe ihrer Brustwarzen durch das Saugen zugenommen zu haben. Die Veränderung störte sie nicht. Allein die Feuchtigkeit, die sich bei aufrechtem Sitz unter ihren vollen Brüsten sammelte, empfand sie als unangenehm. Ganz im Gegensatz zum Schweiß auf ihren Brustspitzen, der, bevor er abtropfte, ein feines Kribbeln hervorrief. Alles in allem war Silvias mit ihrer immer noch recht jugendlich wirkenden Figur sehr zufrieden.

Silvia sah sich um. Die meisten Gäste saßen mit geschlossenen Augen vornübergebeugt auf den Bänken, die anderen lagen. Keiner schien sie zu beachten. Das Kribbeln in den Brustspitzen nahm zu. Silvia stütze ihre Ellbogen auf die Knie, griff unauffällig nach den Brustwarzen und rollte sie zwischen Daumen und Zeigefinger leicht hin und her. Trotz der Hitze machte sie das an. Verlangend glitt ihr Blick zwischen die feuchten Schenkel.

Silvia legte großen Wert auf ein gepflegtes Äußeres. Stets war sie modisch gekleidet und ebenso adrett frisiert wie perfekt geschminkt. Ihr Hang zu erlesenen, hauchzarten Dessous setzte eine entsprechende Intimpflege voraus. Schon als Jugendliche bereitete ihr der ausgeprägte, dichte Haarwuchs im Schritt Kummer. Doch heute sah sie es anders, denn dichter Haarwuchs ließ gestalterischen Freiraum und sorgte gestutzt für eine gute Optik. Viele ihrer Freundinnen beneideten sie darum. Mit großer Sorgfalt rasierte sich Silvia spätestens jeden vierten Tag den Intimbereich und einmal im Monat war Haarschneiden angesagt. Die Beschäftigung mit ihrem Körper erregte sie. Nur die Entfernung der Haare rund um den Anus verlangte einiges an Verrenkung.

Die Abfolge von Shampoonieren, Rasieren und anschließender Pflege mit Körperöl war immer dieselbe und schloss auch den Einsatz eines Vibrators ein. Silvia schwor darauf, dass die Rasur mit einem Kunstglied im Anus oder in der Vagina einfach mehr Spaß machte und zudem auch leichter zu bewerkstelligen war. Bis zum Ende der Intimpflege hatte sie es sich in der Regel gleich mehrmals hintereinander besorgt.

Das fertige Werk konnte sich in der Tat sehen lassen: Der ihren ausgeprägten Venushügel krönende, zwei Finger breite Haarstreifen lief in Richtung Bauchnabel in einer Spitze aus, während er im Delta ihrer Schenkel nur so weit zurückgestutzt war, dass er den Blick auf ihre glatt rasierten Schamlippen mit den violetten Rändern nicht beeinträchtigte.

Seit Silvia vor einigen Jahren in Begleitung einer Freundin ein traditionelles türkisches Badehaus besucht und miterlebt hatte, wie sich die Frauen gegenseitig rasierten, widmete auch sie der Pflege ihres Intimbereichs einiges an Zeit. Die türkische Komplettrasur war allerdings nicht ihr Ding. Lieber stutzte sie ihre üppige Pracht auf optisch reizvolle Art und Weise. Leider stand ihre Freundin dieser hygienischen Handreichung ablehnend gegenüber. Auf sich selbst gestellt, nervte Silvia besonders, dass bestimmte Körperpartien nur unter Verrenkungen oder Zuhilfenahme eines Spiegels zu erreichen waren. Nicht nur deshalb sehnte sie sich nach zarten Frauenhänden, sondern auch, weil sie seit einigen Jahren wusste, dass Frauen sie ebenso erregen konnten wie Männer. Bis sich wieder eine solche Chance auftat, musste sie sich halt mit einem Dildo trösten.

Silvia ließ von ihren Brustspitzen ab und sah sich erneut im Halbdunkel der Sauna um. Auf der obersten Bank lag ausgestreckt ein älterer Mann auf seinem Handtuch mit geschlossenen Augen. Unter ihr saß ein Pärchen und unterhielt sich im Flüsterton. Silvia spürte, wie die leichte Erregung unmissverständlich in Geilheit überging. Einen Augenblick lang erwog sie, die Sauna zu verlassen und es sich auf der Toilette oder in der Ankleide selbst zu besorgen, doch dann schob sie verstohlen eine Hand zwischen die Schenkel. Unter dem dunklen Vlies tasteten ihre Finger nach ihrem Kitzler und massierte ihn sanft. Niemals hätte sie es für möglich gehalten, bei dieser Hitze Lustgefühle zu entwickeln. Ungeachtet des Schweißes, der ihr in Strömen über den Körper lief, spürte sie zwischen ihren Schamlippen eine andersgeartete Feuchtigkeit austreten. Ihre Geilheit nahm zu. Immer mehr verstieg sie sich in die Idee, es sich hier zwischen all den schwitzenden Menschen selbst zu besorgen. Das Einzige, was sie davon abhielt, war ihr Herzschlag, der eine verdächtig hohe Frequenz aufwies. Vielleicht wäre ein kurzer Gang auf die Toilette doch sinnvoller.

In diesem Moment betrat eine junge Frau die Sauna und vereitelte ihr Vorhaben. Unauffällig zog Silvia ihre Hand zurück.

Kurz darauf verließen der ältere Mann und das Paar die Sauna. Wie zufällig drehte Silvia sich zu der jungen Frau um, die hinter ihr Platz genommen hatte. Mit Erstaunen nahm sie wahr, dass diese sie ohne Scheu ansah.

»Sie fielen mir gleich von draußen beim Blick durch das kleine Fenster auf«, flüsterte ihr die Fremde zu. »Nur wegen Ihnen bin ich reingekommen.« Sie lächelte vielsagend.

Silvia fuhr der Schreck in die Glieder. Hatte die andere sie etwa bei ihrem misslungenen Versuch, sich zu befriedigen, beobachtet? Die Fremde bemerkte den schuldbewussten Anflug auf Silvias Gesicht. So als wäre es ihr ganz oben doch zu heiß geworden, setzte sie sich direkt hinter Silvia auf die Bank. Trotz der Hitze richteten sich Silvias Körperhaare wie elektrisiert auf. Kurz darauf spürte sie die Finger der Fremden auf ihrem Rücken. Silvia zuckte zusammen. Ein Schauer der

Lust durchflutete sie. Gerade wollte sie zu einem halbherzigen Protest ansetzen, als die kühlen Finger der Fremden sich auf ihre Schulter legten und den Schwung ihres Halsansatzes nachzeichneten.

»Ich könnte mir vorstellen«, flüsterte ihr die Frau von hinten ins Ohr, »dass für die Feuchtigkeit zwischen ihren Schenkeln nicht nur die Hitze in der Sauna verantwortlich ist?« Die Fremde zog ihre Finger zurück. Dafür fuhr sie mit ihren Zehen durch Silvias Gesäßfalte. Kaum hörbar fügte sie hinzu: »Es kam mir so vor, als hätten Sie vor wenigen Sekunden noch daran gedacht, es sich hier in der Sauna vor allen anderen selbst zu besorgen.«

Silvia wagte nicht, sich zu bewegen. Sie schwieg. Trotz ihres erklärten sexuellen Wunsches, es mit einer Frau zu treiben, war sie mit der Situation völlig überfordert.

Die Fremde ließ nicht locker. »Was den Umgang mit der Lust anbelangt, bin ich ein wirklicher Profi, darauf können Sie sich getrost verlassen. Ich spüre genau, was Sie wollen, also überlassen Sie sich am besten einfach meinen Händen.«

Die Fremde strich ihr die Schweißperlen vom Rücken. Der leichte Druck ihrer Fingernägel erregte Silvia. Tief durchatmend entschied sie beherzt, den Widerstand aufzugeben. Was sprach dagegen, sich der Fremden hinzugeben? Lange genug hatte sie auf eine solche Chance gewartet. Und in der Sauna konnte ihr erst einmal nichts passieren.

Die Berührung auf dem Rücken war wohltuend und elektrisierte sie auf eine eigenwillige Art und Weise. Langsam arbeiteten die Finger der Fremden sich an ihren Rippen entlang. In einem unbeachteten Moment fuhren sie nach vorn und umspannten kurz ihre Brüste. Die kurze Berührung genügte, um Silvias Brustwarzen fest hervortreten zu lassen. Immer noch waren die Hände der Fremden angenehm kühl. Silvia verspürte ein prickelndes Gefühl zwischen den Beinen. Voller Wonne schloss sie die Augen. Das Herz schlug ihr vor Aufregung bis zum Hals. Sie betete inbrünstig, dass keine andere Person in der Sauna dieses Spiel bemerken würde. Wie ferngesteuert öffnete Silvia einen Spalt breit ihre Beine.

Die Fremde schien dies als Einladung zu betrachten. Sie setzte sich nun direkt neben sie. Niemand in der Sauna nahm davon Notiz. Dass man nach und nach von der oberen Bank nach unten zog, war allen vertraut. Erst einmal schien die Fremde Silvia nicht weiter zu beachten. Nach und nach leerte sich die Sauna, bis nur noch Silvia und die Fremde auf den Bänken saßen. Unvermittelt schob ihr die Fremde die Hand zwischen die Beine. Bisher war Silvia noch nie von einer Frau intim berührt worden. Die Berührung empfand sie jedoch weder als peinlich noch als unangenehm, sondern auf eine eigentümliche Art vertraut. Für einen kurzen Moment schmiegten sich die schlanken Finger um Silvias Venushügel, ehe sie mit aufreizender Langsamkeit tiefer wanderten. Unmerklich schob Silvia ihr Becken vor, während Zeige- und Mittelfinger ihre Schamlippen teilten, vor der Öffnung ihrer Vagina abknickten und in sie eindrangen.

Silvia stöhnte heftig auf. Sie rutschte auf der Bank nach vorn und öffnete bereitwillig ihre Beine. Jetzt konnten die Finger tief in ihre Lustgrotte vorstoßen. Die Feuchtigkeit, die aus jeder Pore ihres Körpers drang, erleichterte das dreiste Spiel der Fremden. Mühelos glitten ihre Finger in Silvias Schoß.

Als Frau kannte die andere jede geheime Stelle des weiblichen Körpers. Silvia zitterte trotz der Hitze am ganzen Körper. Sie warf einen Blick auf den Körper der Fremden. Ihr Busen war wohl proportioniert, wenn er auch nicht allzu groß ausfiel. Auch ihre Brustwarzen standen fest hervor. Vorhöfe und Brustwarzen waren hellrosa. Zwischen ihnen konnte sie keine

Haare ausmachen. Vermutlich war sie komplett rasiert. Im Gegensatz zu ihren schmalen Hüften schienen die Schultern ausgeprägt zu sein. Ausgesprochen weiblich wirkten allein ihre langen braunen Haare.

Mit einem Mal ließ die Fremde von ihr ab, stand auf, griff nach ihrem Handtuch und zog Silvia hinter sich her zur Tür. Mit wackligen Beinen folgte Silvia ihr aus dem Raum. Auf dem Gang begegneten ihnen andere Saunagäste, die freundlich nickten, ihnen aber ansonsten keine weitere Beachtung schenkten. Silvia war nur froh, dass bei den Saunagängen ein roter Kopf normal war. So gelang es ihr, die starke Erregung gut zu verstecken.

Die Fremde zog sie in den hinteren Bereich zum türkischen Dampfbad. Ein kleiner, dunkler Raum, in dem die hohe Luftfeuchtigkeit Nebel erzeugte. Das Dampfbad war leer und bestand aus einzelnen mit Sitznischen versehenen Kammern, die auf eine Art Springbrunnen ausgerichtet waren. Silvia wurde in eine der Kammern gedrängt. Kaum saß sie, kniete die Fremde sich vor sie hin, spreizte ihr die Beine und führte den Fingerfick fort.

Bereitwillig gab sich Silvia den Fingern hin. So geil war sie schon lange nicht mehr gewesen. Mittlerweile fickte die Fremde sie mit drei Fingern. Um ihr die Stöße zu erleichtern, zog Silvia die Beine hoch, stellte ihre Füße auf die Kacheln der Sitzkante ab und schob ihr wollüstig das Becken entgegen. Der Fick mit den Fingern tat ihr unglaublich gut. Kurz bevor es Silvia kam, zog die Fremde die Finger aus ihrem Schoß heraus und vergrub ihr Gesicht zwischen Silvias Beinen. Zuerst bearbeitete sie die Vagina mit der Zunge, dann saugten ihre Lippen an Silvias empfindlichem Kitzler. Der ungewöhnliche Ort, das Gefühl, zum ersten Mal im Leben von einer Frau geleckt zu werden, sowie die Angst vor der Entdeckung forderten ihren Tribut.

Silvia kam unter heftigen Zuckungen. Selten hatte sie einen so intensiven und lang andauernden Orgasmus erlebt. Sie spürte förmlich, wie die Lustsäfte zwischen ihren Schamlippen herauslief. Jetzt hatte Silvia nur noch das Bedürfnis, in den Ruheraum zu wanken und sich hinzulegen.

Doch die Fremde gönnte ihr keine Ruhepause. Schon zog sie sie hoch, platzierte sich selbst auf der Sitzbank und drängte Silvia zwischen ihre weit geöffneten Schenkel. Silvia überlegte nicht lange, überwand ihre letzte Scheu und leckte kurz darauf zum ersten Mal in ihrem Leben die Vagina einer Frau. Die Fremde war glattrasiert. Ihre Schamlippen waren dick und fest. Ihre Spalte schmeckte nach Schweiß und Salz. Begierig sog Silvia den eigenwilligen Geruch auf und ließ ihre Zunge immer tiefer in den Schoß der Fremden vorstoßen.

Nie hätte sie gedacht, dass sie zu so etwas imstande gewesen wäre. Doch war es ganz einfach und verursachte ihr selber einen gewaltigen Kitzel zwischen den Beinen. Als Silvia wie eine Ertrinkende an dem geschwollenen Kitzler sog, kam es der Fremden in mehreren Schüben. Zum ersten Mal schmeckte Silvia die Lustsäfte einer Frau.

In diesem Moment öffnete sich die Tür und andere Saunagäste betraten das Dampfbad. Silvia schreckte hoch und setzte sich schnell neben die Fremde. Der Nebel hatte sie gerade noch lang genug geschützt. Wer weiß, wie lange Silvia den fremden Schoß ansonsten noch bearbeitet hätte.

Plötzlich verspürte Silvia einen leichten Schwindel. Die Hitze und die Aufregung waren einfach zu viel für sie gewesen. Die Fremde bemerkte es, hakte sich behutsam bei ihr unter und führte sie aus dem Dampfbad. Draußen legten sie sich beide im hinteren Außenbereich auf die Liegen und genossen die Entspannung an der frischen Luft.

Silvia nickte für einen winzigen Moment ein. Als sie wieder

zu sich kam, war die Fremde weg. Auf der Liege der Fremden lag lediglich ein kleiner Zettel, auf dem mit zierlicher Schrift neben einer Telefonnummer geschrieben stand: »Bis bald?!«

Schamlos - Die intime Perlenkette

Robert war entsetzt. Was er sah, verschlug ihm die Sprache. Mit hochgeschobenem Rock und weit gespreizten Beinen saß seine Freundin Konstanze auf dem Klodeckel. Die lange Perlenkette, die er ihr zum Geburtstag geschenkt hatte, steckte zur Hälfte in ihrer Vagina.

Sie musste gehört haben, wie sich die Tür zum Badezimmer öffnete, doch schreckte sie weder auf, noch ließ erkennen, dass sie die Anwesenheit einer weiteren Person als unschicklich oder störend empfand. Unbeeindruckt setzte sie ihr Tun fort. Mit einer Hand hielt sie die Kette auf Spannung. Konzentriert verfolgte sie mit gesenktem Kopf, wie unter leichtem Druck Perle um Perle zwischen ihren rosa Schamlippen hervorsprang und dabei ihren Kitzler reizte. Als ihre Vagina die letzte der feucht schimmernden Kugeln samt Verschluss freigab, ließ sie die Kette, ohne den Kopf zu heben, vor ihrem Gesicht hin und her pendeln. Spielerisch versuchte sie, die Kette mit ihrer langen Zunge einzufangen.

Erst als es ihr gelang, richtete Konstanze sich auf und schaute ihm mit unschuldigem Blick in die Augen. Mit provozierender Langsamkeit ließ sie die Kette Perle für Perle über ihre weit herausgestreckte Zunge gleiten. Von einem koketten Augenaufschlag begleitet, leckte sie scheinbar genüsslich den weißlichen Liebessaft von ihnen ab.

Robert war wütend. In einer solchen Situation hätte er zumindest ein Gefühl von Scham dafür erwartet, dass er sie bei ihrem unsittlichen Spiel ertappt hatte, oder wenigstens ein schuldbewusstes Herunterziehen des Rocks. Doch nichts von allem. Im Gegenteil. Durch ihr provozierendes Verhalten signalisierte Konstanze ihm, dass sie nichts Anstößiges an ihrem Tun fand und das Vorgefallene für sie normal zu sein schien.

Roberts war sprachlos. Er fand Konstanzes Verhalten ungeheuerlich, auch wenn ihr hemmungsloses Treiben ihn zugleich im höchsten Maße erregte und dunkle, nie ausgesprochene sexuelle Wünsche in ihm aufstiegen. Er senkte den Kopf, um ihrem provozierenden Gesichtsausdruck zu entfliehen, doch fiel sein Blick nur wieder auf ihr aufreizendes Venusdelta, das ihr Minirock aus schwarzem Leder und ihre halterlosen schwarzen Strümpfe auf so unverschämt vorteilhafte Art und Weise umrahmten. Widerwillig bemerkte er, wie ihn der Anblick aufs äußerste erregte. Nur allzu perfekt korrespondierten die breiten, mit Spitze verstärkten Abschlüsse der halterlosen Strümpfe mit ihrem leicht gekräuselten Schamhaar, das sie stets kurz geschnitten und auf einen fingerbreiten Streifen zurechtgestutzt trug. Die rosaroten Schamlippen bildeten einen reizvollen Kontrast zum dunklen Streifen ihrer Schamhaare. Noch nie hatte Robert bei einer Frau derart lange Schamlippen gesehen.

Schon seit Längerem hatte Konstanze sie sich piercen lassen wollen, doch das Studio hatte ihr davon abgeraten. Ihre äußeren Schamlippen waren zwar sehr ausgeprägt, für ein Piercing jedoch zu dünn.

Als Robert Konstanze vor einigen Wochen kennenlernte, hatte ihn ihr unkonventionelles Verhalten gleichermaßen angezogen, wie abgestoßen. Obwohl er sich innerlich nicht bereit fühlte, ließ er sich von Konstanze bereits am ersten Abend überreden, ihr in die kleine Mansardenwohnung zu folgen, wo sie ihn nach allen Regeln der Kunst verführte. Noch äußerst lebhaft erinnerte er sich daran, wie es ihn schockte, dass sie ihre sexuellen Wünsche vor ihm direkt auf den Punkt brachte.

Kaum schloss sich die Wohnungstür hinter ihnen, steckte sie ihm auch schon die Zunge in den Mund. Kurz darauf fasste sie ihm zwischen die Beine, holte sein Glied heraus und ließ es in ihrem Mund verschwinden. Dass sie keinen Slip trug, kam ihm damals schon sehr ungewöhnlich, verdorben und unzüchtig vor. Robert hatte bis dahin noch nicht erlebt, dass Frauen sexuell so fordernd sein konnten.

Ihr Venusdelta zog Roberts Blick noch immer magisch an. Zwischen ihren leicht geöffneten Schamlippen glitzerte der weißliche Liebessaft. Konstanze folgte seinem Blick, schob lasziv ihr Becken auf dem Klodeckel nach vorn und zog ihre Schamlippen auseinander. Während sie mit einer Hand nach der Ausbeulung in seinem Schritt tastete, verwöhnte sie sich mit der anderen. Immer wieder befeuchtete sie ihre Finger zwischen den Schamlippen, um ihren geschwollenen Kitzler besser massieren zu können.

Robert Empörung über ihr Verhalten wich einer zunehmenden Erregung. Noch konnte er seine verletzten Gefühle nicht abschalten. Es war gerade erst zwei Stunden her, dass sie miteinander Sex gehabt hatten. Was fiel ihr ein, es sich auf dem Klo seines Appartements kurze Zeit später selber zu besorgen, während er in der Küche das gemeinsame Abendessen vorbereitete? Am liebsten hätte er sie geohrfeigt, doch die unbekannte Lust, die sich seiner bemächtigte, schob nach und nach alle rationalen Einwände beiseite.

Mit einem Mal kam er sich plump und schwerfällig vor, wie er so vor ihr stand, ihr voller Lust zwischen die Beine stierte und sie seinen Schwanz durch den Stoff der Hose knetete. Er fühlte sich hilflos und ohnmächtig. Die Situation entglitt ihm. Warum musste sie ihn auch immer derart in Verlegenheit bringen? Erst vorgestern hatte sie ihm, während sie an der Theke eines überfüllten Lokals standen und ein Bier tranken, einfach das Glied aus der Hose geholt und es so lange massiert, bis er in ihrer Hand gekommen war. Zum Glück stand er mit dem Rücken zum Raum und konnte sich an der Theke und dem Bierglas festhalten.

Mittlerweile hatte Konstanze den Reißverschluss seiner Hose geöffnet und sein steifes Glied herausgeholt, ohne darin nachzulassen, ihre Vagina mit zusammengelegtem Daumen, Zeige- und Mittelfinger zu ficken. Wollüstig zog sie ihn am Schwanz zu sich heran und steckte ihn sich in ihren Mund.

Vor Konstanze hatte ihn noch nie eine Frau geleckt. Das Gefühl war einfach unbeschreiblich und ganz und gar nicht mit der Penetration ihrer Vagina zu vergleichen. Dass sie seinen Schwanz so in sich aufnahm, erfüllte ihn mit Stolz. Konstanze blieb nicht verborgen, dass das Gefühl für ihn absolut neu war und er sich deshalb kaum beherrschen konnte. In ihrem Mund abspritzen durfte er nicht, sodass sie ihm den Genuss der oralen Befriedigung stets nur für kurze Augenblicke gönnte.

Auch heute stieß sie ihn plötzlich von sich. Ohne sich weiter um sein zitterndes, feucht glänzendes Glied zu kümmern, konzentrierte sie sich auf den Fingerfick. Sie wusste genau, mit der abrupten Abweisung würde sie seine Lust enorm anstacheln. Nach dem Vorfall mit der Perlenkette wollte sie ihn wie einen kleinen Jungen verführen. Zuerst wollte sie ihn reiten. Das verschaffte ihr Bewegungsfreiheit und schränkte seine auf ein Minimum ein. Konstanze dirigierte Robert auf den Klodeckel und setzte sich rittlings auf ihn. Mit geübtem Griff steckte sie sein steifes Glied in ihren feuchten Schoß und massierte es allein durch eine leichte Verlagerung ihres Beckens sowie die Anspannung ihrer Beinmuskulatur. Robert stöhnte. Er bat sie, mit ihm ins Bett gehen.

Konstanze lachte nur über seinen Vorschlag und verstärkte

die kreisenden Bewegungen ihrer Hüfte. Als sie kurz darauf ihre Zunge tief in seinen Mund stieß, war es um ihn geschehen. Voller Geilheit zogen sich seine Hoden zusammen und katapultierten den Samen in ihren Schoß. Ohne sich von seinem Mund zu lösen, hob Konstanze ihr Becken an, schob eine Hand zwischen ihre Schenkel und fing das heraustropfende Sperma auf. Dann lehnte sie sich etwas zurück, um im nächsten Augenblick lachend ihre gemeinsamen Lustsäfte in seinem Gesicht zu verschmieren.

Angewidert wich Robert zurück und schloss die Augen. Ein leichter Ekel stieg in ihm hoch, doch schon spürte er Konstanzes fordernde Zunge über seine Wangen und Nase gleiten. Dann küsste sie ihn mit einer Heftigkeit, dass ihm schier der Atem wegblieb. Als sie sich von seinem Mund löste und ihm stattdessen ihre verschmierte Hand zum Ablecken hinhielt, wagte er es nicht, sich ihrem Wunsch zu widersetzen.

Unter dem Ansturm ihrer Frivolität und Geilheit lösten sich seine Prinzipien und Widerstände in Luft auf. Er war nicht mehr weit davon entfernt, ihr Lustsklave zu werden. Sie machte mit ihm, was ihr in den Sinn kam. Wo sollte das noch hinführen?

Doch ließ ihm Konstanze für weitere Überlegungen keine Zeit. Sie kniete sich geschwind vor ihn und leckte seinen Schwanz auf eine Art und Weise, dass ihm Hören und Sehen verging. Im Nu erwachte Roberts Glied zu neuem Leben. Schon bald meinte er zu platzen. Konstanze bestimmte, dass es Zeit für einen weiteren Ritt war und setzte sich erneut auf ihn. Aber diesmal würde sie ihm das Abspritzen verwehren. Konstanze genoss es, wie gierig er in sie eindrang. Sie gönnte ihm einige wenige ungezügelte Stöße, ehe sie durch den Druck ihrer Schenkel und der Kraft ihres Beckens das Tempo des Ritts wieder an sich riss.

Robert schien ihr der geeignete Kandidat zu sein, um ihn zu ihrem willenlosen Liebhaber zu erziehen. Zwar regte sich noch Widerstand in ihm, doch schon bald würde er sich ihren Wünschen bedingungslos unterwerfen, da war sie sich ganz sicher. Sie brauchte seine Gier nur noch enger an ihren Körper zu binden und sicherzustellen, dass ihm der Geruch von zügellosem Sex nicht aus der Nase wich. Sie würde ihn über kurz oder lang hörig machen, das war ihr Ziel.

Um ihm einen entsprechenden Vorgeschmack zu geben, beendete sie den Ritt, stellte sich vor ihn und besorgte es sich vor seinen Augen mit den Fingern. Dann wichste sie ihn, bis auch er kam. Ausgelaugt wie er war, durfte er sie anschließend endlich auf dem Bett vögeln. Sie würde voll auf ihre Kosten kommen, denn in seinem Zustand war mit einem weiteren Samenerguss erst einmal nicht zu rechnen. Und für eventuelle Schwächeanfälle hatte sie bereits eine kleine Lederpeitsche neben das Bett gelegt. War sie satt, dürfte er sich ausruhen – vorher nicht.

Die Escort-Agentur - Geile Diskretion

Bis auf den Lichtkegel einer Schreibtischlampe lag der Raum im Dunkeln. Gedämpft drangen die Geräusche der Straße hinauf. Der hinter dem Schreibtisch sitzende Mann studierte einige Klappkarten, die ein Bote am frühen Abend in einem verschlossenen Kuvert vorbeigebracht hatte. Absender war eine Escort-Agentur der besonderen Art. Immer wieder griffen die wohlgeformten Hände des Mannes nach einer der Klappkarten und führte sie unter den Lichtkegel. Mit jeder ließ er sich viel Zeit. Heute fiel ihm die Auswahl schwer. Auf den Klappkarten hatte die Geschäftsführerin der Escort-Agentur in schwungvoller Handschrift die wichtigsten Merkmale ihrer Mitarbeiterinnen notiert. Diesmal klang alles sehr vielversprechend. Alle Frauen kamen aus gut bürgerlichem Hause. Einige arbeiteten als Selbstständige, andere wiederum bekleideten gehobene wirtschaftliche Positionen und bei einer handelte es sich um einen echten Exoten. Sie war Flugkapitänin bei einem renommierten Carrier. Die Einträge auf den Klappkarten schlossen neben den üblichen Maß- und Gewichtsangaben, dem favorisierten Kleidungsstil, Vorlieben für bestimmte Speisen und Getränke, auch das jeweilige Arbeitsumfeld der Frau mit ein.

Jeder Klappkarte lagen eine Ganzkörperaufnahme und ein Porträtfoto bei. Der interessante Teil verbarg sich hinter einer blickdichten Schutzfolie im Innern der Karte. Riss man die Folie ab, erfuhr man alles über die körperlichen Besonderheiten der jeweiligen Frau inklusive ihrer sexuellen Vorlieben. In schamloser Offenheit stand hier alles von der Größe ihrer Schamlippen, der Länge und Weite ihrer Vagina, über Intimrasuren, vorhandene Genitalpiercings, die Aufgeschlossenheit für bestimmte sexuelle Praktiken bis hin zur Veranlagung zu multiplen Orgasmen. Letzteres schätzten die Kunden sehr und es schlug mit einem Aufpreis zu Buche. Ebenso die Besonderheit eines vorhandenen Milchflusses.

Gerade das hatte bei Christian, so hieß der Mann, beim letzten Mal den Ausschlag gegeben. Das Erlebnis, mit einer reifen Frau zu schlafen und beim Druck ihrer empfindlichen Brüste einen dünnen Milchstrahl austreten zu sehen, war einfach fantastisch gewesen. Während er ihre Milch trank, war es ihm gekommen.

Am liebsten hätte Christian die Folien sofort entfernt, doch das wollte gut überlegt sein. Allein für die eintägige Überlassung der fünf Karten, die per Bote gebracht und auch wieder abgeholt wurden, berechnete die Agentur eintausend Euro. Für jede geöffnete Folie fielen fünfhundert Euro an. Und es war noch zu keinem einzigen Treffen gekommen. Dem wiederum war eine diskrete Besichtigung vorgeschaltet, für welche die Agentur weitere dreihundert Euro verlangte. Selbst wenn man nur eine Karte öffnete, fielen bis zum Treffen immerhin eintausendfünfhundert Euro an. Das Treffen selbst verschlang noch einmal die gleiche Summe. Nur wenige konnten sich den elitären Standard der Escort-Agentur leisten.

Angaben zum Ort und entsprechende Verhaltensinstruktionen für die diskrete Besichtigung erhielt der Kunde nach Zahlungseingang. Alles, auch der Geldtransfer, erfolgte ausschließlich über Boten. Wer sich hinter der Escort-Agentur verbarg, wusste keiner. Die Mobilfunknummer für den Erstkontakt gab man nur hinter vorgehaltener Hand weiter und dann auch nur bei Zusicherung höchster Diskretion. Die Besichtigung, welche die Agentur bis ins Kleinste organisierte, war in der Branche einzigartig. Wo bekam man schon die Chance, die ausgewählte Frau für eine oder auch mehrere Stunden diskret in ihrem Arbeitsumfeld beobachten zu können, ohne dass sie auch nur das Geringste davon ahnte. Pikant war es vor allem deshalb, weil der Kunde bis ins Detail über ihre sexuellen Vorlieben und körperliche Beschaffenheit informiert war und die Frau daher bereits beim Besichtigungstermin mit den Augen des zukünftigen Liebhabers verschlang.

Nach dem Besichtigungstermin und anschließenden Treffen, das beide Seiten frei gestalten konnten, die sexuelle Dienstleistung jedoch immer beinhaltete, schlossen die Statuten der Escort-Agentur ein zweites Treffen rigoros aus. Dazu mussten sich alle Beteiligten verpflichten. Selbst der Austausch von Telefonnummern wurde mit direktem Ausschluss geahndet. Dahinter stand der Anspruch der Agentur auf Einzigartigkeit. Die Vorfreude, vermittelt und geschürt durch die Klappkarte und diskrete Besichtigung, gipfelten in der körperlichen Vereinigung. Alles sollte für den Kunden einzigartig sein. Und genau das war das Geheimnis der Agentur. Keine Ausgabe, kein Aufwand wurde gescheut. Selbstverständlich legte man großen Wert auf gesellschaftlichen Status, sichere Umgangsformen sowie ein gutes Allgemeinwissen. Jede der vermittelten Frauen lebte in geordneten Verhältnissen, sei es als Single, verheiratete Frau oder vereinzelt auch alleinerziehende Mutter. Großzügig unterstützte die Agentur ihre Damen mit Kleindarlehen zum Kauf entsprechender Kleidung, insbesondere edler Dessous.

Die Kunden schätzten nicht nur die Qualität der Escort-Agentur, sondern auch die Zusicherung einer hundertprozentigen Diskretion. Mit diesem Punkt erklärte sie auch die Auflage, jede Frau nur einmal buchen zu können. So behielt ein Treffen in der Öffentlichkeit immer den Charakter der Zufälligkeit und der Belanglosigkeit, was durch eine Wiederholung gefährdet worden wäre.

Die Agentur brachte die Frauen zum vereinbaren Treffpunkt und holte sie auch wieder ab. Für den sexuellen Teil verpflichteten sich die Damen zum Tragen einer Gesichtsmaske, sodass sie nie mit absoluter Sicherheit hätten sagen können, ob der Betreffende mit ihnen schlief oder ob sie nicht doch im letzten Moment einem anderen Mann zugeführt bekam. Ein Sicherheitsaspekt, der besonders Kunden aus dem öffentlichen Leben sehr gelegen kam.

Die Agentur vermittelte weltweit. Für eine vierstündige Begegnung zahlte der Kunde in der Regel eintausend Euro ohne anfallende Reisekosten. Die Telefonnummer der Escort-Agentur hütete jeder wie seinen Augapfel und ihre Inanspruchnahme setzte, neben einem brillanten Einkommen, besondere Beziehungen voraus.

Christian hatte sie nach einem millionenschweren Deal von einem Geschäftsfreund zum Dank erhalten. In seinem

Londoner Hotelzimmer ging er zum vierten Mal die Karten durch: eine Marketingleiterin, eine Geschäftsführerin, eine Vorstandssekretärin sowie die Ehefrauen zweier stadtbekannter Anwälte.

Die schlanke und hochgewachsene Marketingleiterin besaß knabenhafte Züge und trug ihr rötlich getöntes Haar kurz geschnitten. In ihrem eleganten, klassisch geschnittenen Kostüm wirkte sie unnahbar. Ihr Gesicht bestimmten hohe Wangenknochen und ein scharf gezeichneter, dünner Mund. Die Geschäftsführerin neigte zur Korpulenz und trug ihre langen braunen Haare zu einem dicken Zopf geflochten. Sie wirkte auf Christian trotz des schwarzen Hosenanzugs eher mütterlich. Das rundliche Gesicht dominierten große braune Augen und ein kleiner, aber voller Mund. Die Vorstandssekretärin wäre ihm im normalen Leben vermutlich gar nicht aufgefallen. Alle Merkmale tendierten zu dezent und unauffällig. Ihre Bluse spannte etwas unter der geöffneten Kostümjacke und ließ auf einen üppigen Busen schließen. Die beiden Ehefrauen wirkten jugendlich und trugen sportlich-elegante Kleidung. Das Porträt der Älteren offenbarte einen leicht ordinären Zug, der jedoch durch ein gekonntes Make-up abgeschwächt wurde.

Christian öffnete den Reißverschluss seiner Hose, schob die Hand unter den Slip und massierte seinen Schwanz, während er weiterhin auf die Fotos starrte. Aus irgendeinem unerklärlichen Grund drängten sich die Vorstandssekretärin und die jüngere Anwaltsgattin am stärksten in sein Blickfeld. Sein Glied war mittlerweile beachtlich angeschwollen. Christian entfernte die Folie der ersten Karte. Die Anwaltsgattin, so war zu lesen, stand auf Analverkehr und war vollständig rasiert. Ihr Genitalpiercing kam dadurch besonders vorteilhaft zur Geltung. Sie stand auf Sex an ungewöhnlichen Orten. Ihr Piercing, ein Kugelstab, der oberhalb der Klitoris die Ansätze der inneren Schamlippen verband, lag mit den Enden auf einem flachen ringförmigen Schild auf. Die durch das Loch straff nach oben gezogenen Schamlippen pressten den Stab fest auf den ringförmigen Schild. Das an eine Brosche erinnernde Schmuckstück verdeckte ihre Klitoris auf äußerst reizvolle Art. Laut Karte war der Genitalschmuck nicht nur schmückendes Beiwerk, sondern auch ein Schutz für ihre äußerst empfindliche Klitoris. Ein Treffen mit ihr war ausschließlich in den Vormittagsstunden möglich. Unter der Vorliebe für Analverkehr war der Wunsch vermerkt, beim Akt gern etwas härter rangenommen zu werden. Zudem liebte sie Fesselspiele. Ihr Ehemann, so las Christian weiter, hatte für sie im gemeinsamen Haus ein komplettes Studio samt Gynäkologenstuhl eingerichtet, das keine Wünsche offenließ. Der Kunde solle bei Bedarf entsprechende Accessoires mitbringen. Christian masturbierte mittlerweile immer heftiger.

Abschließend war ihrer Klappkarte zu entnehmen, dass sie, vorausgesetzt der Schild saß fest über ihrer Klitoris, gern geleckt wurde, doch Zungenküssen und zärtliche Berührungen ablehnend gegenüberstand. Die Entfernung des Klitorisschildes obliege allein ihrem Mann, dafür gelange sie aber auch anal zum Orgasmus. Ihr äußerst knackiger und reizvoller Po gerate bei härteren Gangarten schnell in Zuckungen. Als Nachsatz war vermerkt: Tendenz zum Frigiden, aber von großem Reiz für alle, die das Unnahbare und den Analverkehr (EakA) lieben. EakA war ein Kürzel und stand für ›Enger aber äußerst kontraktiler Anus‹.

Christian verspürte ein verräterisches Zucken in den Lenden und ließ schnell seinen Schwanz los. Er legte die Klappkarte beiseite und riss die Folie der nächsten Bewerberin ab.

Die Vorstandssekretärin entpuppte sich als das ganze Gegenteil zu einer grauen Maus. Trotz zweier schulpflichtiger

Kinder waren ihre Brüste immer noch voll und fest und hätten jede Heranwachsende mit Stolz erfüllt. Was Christian dann las, elektrisierte ihn von einem Moment auf den anderen. Seit dem letzten Kind war ihr Milchfluss nicht vollständig versiegt. Eine Spezialität von ihr sei es, ihre Sexualpartner nach einem ausgiebigen Liebesspiel zwischen den Brüsten zum Orgasmus zu bringen. Es befriedige sie zutiefst, den Samen zwischen ihren Brüsten aufzufangen und ihn nicht nur mit der aus ihren Brüsten herausquellenden Milch zu vermischen, sondern die Melange anschließend auch genussvoll zu schlürfen. Der Ganzkörperaufnahme entnahm er, dass von ihrem üppigen, dunklen Schamhaar nur ein schmaler Streifen verblieben war. Bereits als Jugendliche hatte sie mit großer Sorgfalt alle Haare unterhalb des Kinns mit Wachs entfernt. Sie liebte die Nacktheit zwischen den Beinen, die ihr eine gesteigerte Empfindlichkeit bescherte. Eines ihrer Hobbys war, sich mit ihrem Mann gemeinsam Pornofilme anzuschauen und die Szenen anschließend mit ihm umzusetzen. Mit Ausnahme der Wintermonate verzichtete sie auf das Tragen von Unterwäsche, um ihren Körper intensiver zu spüren und ihre Lust permanent wachzuhalten. Dank ihrer festen Brüste konnte sie sich das erlauben. Lediglich bei halterlosen Strümpfen mache sie eine Ausnahme, ansonsten sei ihr jede Form von Einengung zuwider. Als ihre Lieblingsstellung war der Reitersitz vermerkt. Ansonsten errege sie der Verkehr in jeder Stellung und nichts sei ihr fremd.

Was nun folgte, ließ Christian ungewollt und viel zu früh abspritzen.

Er las: Tendenz zur Nymphomanin. Steht darauf, jede Körperöffnung mit allen zur Verfügung stehenden Mitteln ausgiebig bearbeitet zu bekommen. Hingebungsvoller Typ, ausgeprägte Neigung zur Unterwerfung. Küsst und leckt gern und ausgiebig. Unter körperlichen Merkmalen waren die Kürzel ›GS‹ und ›WV‹ angegeben, was für ›Große, ausgeprägte Schamlippen‹ und ›Weite Vulva‹ stand.

Christian stöhnte heftig auf. Verstohlen wischte er mit seinem Taschentuch das Sperma von der Schreibtischkante. Wohlig streckte er sich auf dem Drehstuhl. Dann schob er die Klappkarten zusammen. Der Bote musste gleich da sein. Seine Favoritin war die Vorstandssekretärin. Ein weiteres Mal auf eine Frau mit Milchfluss gestoßen zu sein, ließ ihn nicht mehr los. Jetzt fieberte er der diskreten Besichtigung entgegen.

Die Begegnung fiel auf einen Nachmittag und fand in einem der großen Londoner Tagungshotel statt. Es war eine Aktionärsversammlung, die ihm ausgiebig Zeit gab, die Frau unauffällig zu beobachten. Die Eintrittskarte war ihm zuvor per Boten zugestellt worden. Er verfolgte mit lüsternen Blicken, wie sie zwischen dem Vorstand auf der Bühne und einem der Tagungsbüros hin und her lief. Ihr weit ausholender Gang erregte ihn. Ihr Rock schmiegte sich eng um ihre Hüften. Er endete über den Knien, blieb in seiner Länge jedoch in schicklichen Grenzen. Von seiner Position in der dritten Reihe vor der Bühne aus sah er, dass sie Seidenstrümpfe und flache Schuhe trug. Unter der kurz geschnittenen und ebenfalls eng anliegenden Jacke, die ihre Taille vorteilhaft zur Geltung brachte, drängte eine weiße, schlichte Bluse hervor. Es erregte ihn, sich ins Gedächtnis zu rufen, dass sie unter Kostüm und Bluse ja nackt war. Und das in dieser konventionellen, von Geschäftigkeit und Nüchternheit geprägten Atmosphäre! Gebannt verfolgte er, wie sich ihre volle Brust bei jedem Schritt hob und senkte. Mit Sicherheit würden ihre Brustwarzen erigiert sein und vielleicht auch schon den einen oder anderen feuchten Fleck auf der gestärkten Bluse hinterlassen haben. Nur zu gern hätte er ihr jetzt die Jacke aufgeknöpft, um das zu kontrollieren.

Sein Schwanz wurde steif und drückte gegen die Hose. Kaum zu glauben, dass diese Frau sich ihm schon bald bereitwillig darbieten würde. Mit einem Mal spürte er ein unbändiges Verlangen, sie stöhnen zu hören, in ihrem weichen Schoß zu versinken oder ihr einfach nur die Finger zwischen die Beine zu schieben, wo ihn, wie er wusste, kein Stückchen Stoff stören würde. Seine Fantasie ging mit ihm durch. Ob aus ihren Brustwarzen Milch quoll, wenn er ihr gestatten würde, ihn wild zu reiten? Er wusste nur eins, ihr Treffen konnte er nicht mehr auf die lange Bank schieben.

Das Treffen fand zwei Wochen später zur Mittagszeit an einem regnerischen Tag in seiner Wohnung am Stadtrand statt. Christian hatte sich sorgfältig darauf vorbereitet, sich ausgiebig geduscht, sein Schamhaar kurz geschnitten und mit Weichspüler behandelt. Zum Abschluss kam die Hautcreme an die Reihe, überlagert vom Parfüm. Punkt zwölf klingelte der Chauffeur am schmiedeeisernen Tor seiner Villa, die zur Straße hin ein breiter Baumgürtel abschirmte. Christian öffnete das Tor über Funk. Eine schwarze Limousine schob sich den Zufahrtsweg hoch und hielt vor dem Eingangsportal. Servil öffnete der Fahrer den hinteren Wagenschlag und nahm der Frau die Augenbinde ab, die man ihr angelegt hatte, damit sie nicht sah, wohin die Fahrt ging. In einen dunklen Mantel gekleidet, schwang die Vorstandssekretärin ihre Beine aus dem Wagen. Christian kam ihr entgegen, ergriff ihre Hand und führte sie über die breite Freitreppe ins Haus.

Im Salon bot er ihr ein Glas Wein an und bat sie, auf dem Sofa Platz zu nehmen. Grazil legte sie die Beine nebeneinander, drückte den Rücken durch und streckte ihm auffordernd ihren Busen entgegen. Der Hauch von Kleid setzte mehr in Pose, als er verbarg. Der seidige Stoff teilte sich um ihre vollen Brüste, lag wie eine zweite Haut um ihre Taille und betonte, indem er zwischen ihre Schenkel fiel, ihren flachen Bauch und den Schamhügel. Nackt hätte sie nicht reizvoller aussehen können.

Sie erwies sich als interessante und charmante Gesprächspartnerin. Beständig folgte sie seinen Blicken und setzte den Teil des Körpers, den er fokussierte, bewusst in Szene. Sah er auf ihre Brüste, beugte sie sich nach vorn, drehte unmerklich den Oberkörper, um sie leicht hin und her schwingen zu lassen. Oder fuhr mit dem Unterarm beim Ansetzen des Glases mehrmals über ihre Brustwarzen, bis sie sich unter dem Tuch deutlich abzeichneten. Mehrmals rutschte sie zur Kante des Sofas, wohl wissend, dass ihr Kleid sich hochschob und den Abschluss ihrer halterlosen Strümpfe seinen Blicken preisgab. Nichts war anstößig, doch voll knisternder Erotik.

Als sie aufstand, um Christian ins Obergeschoss zu folgen, bemerkte er einen kleinen feuchten Fleck vor ihrer Brust. Sofort schwoll sein Schwanz in der Hose an. Er führte sie in einen kleinen, mit rot-grüner Tapete ausgekleideten Raum, in dessen Mitte ein kreisrundes Bett stand, und bat sie, sich auszuziehen und die Gesichtsmaske anzulegen. Er würde ins Nachbarzimmer gehen und sofort wieder zurück sein.

Die Zeit drängte. Christian hatte noch gut zwei Stunden zur Verfügung, ehe der Bote mit seiner Limousine wieder vor dem Portal stehen würde. Christians Herz schlug heftig. Er war nervös und spürte, wie sich der Schweiß in seinen Achselhöhlen sammelte. Schnell zog er sich aus, ließ jedoch aus falscher Scham seinen Slip an. Mit zitternder Hand öffnete er die Verbindungstür.

Vor dem bodentiefen Fenster zeichnete sich die Silhouette ihres Körpers im dämmrigen Licht des Raums ab. Die Frau kehrte ihm den Rücken zu. Der Anblick versetzte ihn in einen wollüstigen Rausch. Schwungvoll fiel das offene Haar über ihre breiten Schultern. Die schmale Taille ging mit einem reizvollen Schwung in die weiblich gerundeten Hüften über. Die halterlosen Strümpfe akzentuierten ihre hoch sitzenden strammen Pobacken optimal. Der Ansatz ihrer langen Beine berührte sich nicht und schuf ein Dreieck, in dem sich ihre Schamlippen als Schattenriss abzeichneten. Die Füße steckten in hochhackigen Pumps.

Er verschlang sie mit den Augen, trat lautlos hinter sie und ließ seine Finger zärtlich über ihren Rücken gleiten. Ihre Haut war auffallend samtig und erinnerte ihn an eine Afrikanerin, die er vor langer Zeit geliebt hatte. Der Hauch eines teuren Parfüms stieg ihm in die Nase. Kennerhaft fuhr er über ihr Gesäß, ging in die Hocke und streichelte über ihre von Seidenstrümpfen bedeckten Beine. Sie unablässig streichelnd, arbeitete er sich langsam wieder zu ihren Hüften empor.

Die Frau gab keinen Laut von sich und ließ ihn gewähren. Seine Hände schoben sich nach vorn und fuhren über die leichte Vorwölbung ihres Bauches. Sein Finger glitt kurz in ihren Bauchnabel. Dann schob er die Hände nach oben, bis sie unter ihren Brüsten lagen. Ein leichtes Nachschwingen signalisierte ihm Festigkeit und Schwere. Christians Zungenspitze glitt über ihre Schultern. Sanft blies er über die feuchten Stellen, während seine Handflächen über ihren Brustspitzen schwebten. Immer dichter ließ er sie über ihre aufgerichteten Brustwarzen gleiten. Freudig erregt stellte er fest, dass sie seinem Druck standhielten. Ihre Brustwarzen waren groß und fest. Er zitterte vor Geilheit. Er klemmte ihre üppigen Knospen zwischen seine gespreizten Finger und rollte sie sanft hin und her. Die Massage entlockte der Frau ein wohliges Stöhnen.

Jetzt wollte endlich ihr Gesicht sehen. Behutsam fasste er sie an den Schultern und drehte sie zu sich herum. Die schmale, mit Pailletten besetzte Augenmaske unterstrich vorteilhaft ihr feingliedriges Gesicht und ließ ihre schmale gerade Nase über dem vollen Mund optimal zur Geltung kommen. Um ihren schlanken Hals hatte sie ein breites, mit Nieten besetztes Lederband gelegt. Die Form ihrer vollen Brüste erinnerten ihn an Igelschnauzen. Selbstbewusst reckten sie sich ihm entgegen. Ihre tiefbraunen Brustwarzen konnten es in Länge und Umfang fast mit einem Glied seines kleinen Fingers aufnehmen. Ihre violett-braunen Vorhöfe hoben sich reizvoll von dem Elfenbeinton ihrer Haut ab. Er sollte später feststellen, dass ihre Farbe sich, je nach Erregungszustand, wie die Haut eines Chamäleons veränderte.

Christian war vom Anblick ihrer Brüste völlig fasziniert. Immer wieder griff er nach ihnen, hob sie leicht an, um sie im nächsten Augenblick auch schon wieder fallen zu lassen. Ihr elastisches Wippen erregte ihn auf merkwürdige Art und Weise.

Er trat zur Seite, um sie genauer zu betrachten. Dann legte er ihr seine Hände auf Gesäß und Scham. Ihr Po stand ihren Brüsten in Festigkeit und Elastizität in nichts nach. Seide hätte sich nicht schmeichelnder anfühlen können. Christian schob eine Hand zwischen ihre Pobacken. Seine Finger berührten ihren Anus. Ihm blieb nicht verborgen, dass sie sich auf alle Eventualitäten sorgfältig vorbereitet hatte. Die dezent eingecremte Rosette fühlte sich geschmeidig an.

Mit einer Hand stimulierte Christian sanft ihren Anus, während er mit der anderen ihr Schamhaar erkundete. Die Haare waren auffallend weich und glatt. Ihre scharf gezeichnete dunkle Linie verlor sich zwischen den Beinen und lenkte seinen Blick auf das Geheimnis, das sich in ihrem Schritt verbarg. Ein erregendes Gefühl durchströmte ihn, als er am Ansatz der fleischigen Schamlippen auf ihren hervorstehenden Kitzler stieß.

Erneut entrang sich dem leicht geöffneten Mund der Frau ein Stöhnen. Nach wie vor stand sie gerade und aufrecht vor ihm, ohne sich auch nur einen Zentimeter bewegt zu haben. Weder reagierte sie auf seine Hand, noch spreizte sie die Beine. Christian fühlte sich gekränkt. Unvorstellbar, dass sie darauf nicht entsprechend reagierte. Sollte er vielleicht andere Seiten aufziehen müssen? Grob stieß er seine Hand zwischen ihre Schenkel. Die Frau fuhr zusammen. Sofort spreizte sie ihre Beine. Christian beruhigte sich. Ihre rasierten Schamlippen fühlten sich wie Samt an. Immer wieder zog Christian seine Hand zwischen ihnen hindurch, um ihre Feuchtigkeit auf dem Schamhaar zu verteilen.

Schließlich konnte er sich nicht mehr zurückhalten. Ohne Vorwarnung drängten seine Finger in ihre Körperöffnungen. Vulva und Anus gleichzeitig geweitet zu bekommen, schien der Frau zu gefallen. Beide entbehrten eines nennenswerten Widerstandes. Die Vulva kam ihm dermaßen weich und weit vor, dass er meinte, ohne Weiteres alle Finger auf einmal in sie hineinstecken zu können. Und auch ihre geschmeidige Rosette fühlte sich alles andere als eng an. So etwas hatte Christian noch nie erlebt. Erst Wochen später offenbarte ihm eine gute Freundin die Lösung des Geheimnisses. Sie bestand darin, sich bereits Stunden vor dem Treffen einen Analstöpsel einzuführen.

Während Christian die mittlerweile heftig stöhnende Frau mit beiden Händen bearbeitete, drückte sie ihren Oberschenkel gegen sein steifes Glied. Doch Christian wollte die Erlösung so lange wie möglich hinauszögern. Ohne ihren Unterkörper aus dem Sattelgriff zu entlassen, vergrub er sein Gesicht in ihren Haaren, sog begierig den Duft aus erstem Schweiß und Parfüm in sich auf, stieß ihr seine Zunge ins Ohr, ehe er ihre Nasenflügel erkundete und schließlich in ihrem geöffneten Mund versank. Sie schmeckte genauso gut, wie sie roch. Vermutlich hatte sie zuvor, wie es in Indien zum Beispiel üblich ist, Gewürzkräuter gekaut, um den Atem zu aromatisieren.

Das einmalige Schlagen der Standuhr riss Christian aus den Gedanken. Ihm verblieb nur noch eine Stunde Zeit. Vorsichtig löste er seine Finger aus ihrem Schoß und drängte sie zu dem kreisrunden Bett, auf dessen Kante er sich breitbeinig niederließ. Er zog sie zwischen seine Beine und bedeute ihr, sich hinzuknien. Mit hocherhobenem Kopf und einem schwer deutbaren Lächeln befreite sie sein geschwollenes Glied in Sekundenschnelle aus seinem Verlies und führte es dem weichen Delta ihrer Brüste zu. Die anschließende Massage, für die sie so gerühmt wurde, hatte es in sich. Es brachte ihn fast um den Verstand, ihr zuzusehen, wie sie aus ihren Brüsten die Milch presste, wenn die Gleitfähigkeit nachließ. Fast kam es ihm vor, als läge er zwischen zwei dicken Schwänzen, die ihr Sperma über ihn verteilen. Ab und zu drängte sie sich ganz eng an ihn, sodass er senkrecht zwischen ihren Brüsten hindurch gleiten konnte. Zeigte sich die Spitze seines Gliedes in ihrem Dekolleté, blies sie sanft darüber. Das Gefühl, danach wieder in die feuchte Wärme ihrer ausladenden Weiblichkeit abzutauchen war einfach nur göttlich.

Seine Geilheit wuchs. Als hätte sie gespürt, dass die Weichheit ihrer Brüste ihm keine weitere Luststeigerung mehr verschaffen konnte, nahm sie ihn plötzlich in den Mund und leckte ihn nach allen Regeln der Kunst. Hin und wieder stieß ihre Zunge in den Eingang seiner Harnröhre, was das Aufsteigen seiner Körpersäfte enorm anregte. Ihre langen Haare verschafften seinen Hoden dabei eine sanfte Massage. Je wollüstiger er in ihren Mund hineinstieß, desto fester zog sie ihre Lippen über die Zahnkränze. Nichts sollte seinen Genuss mindern.

Das Gefühl für Christian war unbeschreiblich. Warm, weich und ohne den Druck auf seinen Schaft zu vernachlässigen umspielte ihre Zunge gekonnt sein Glied, bis es plötzlich auch ihn danach verlangte, sie zu lecken.

Christian schob sie sanft fort, erhob sich und legte sich aufs Bett. Dann dirigierte er ihren Schoß über sein Gesicht und bat sie, ihn weiter zu lecken. Immer wieder unterbrach er die Erkundungstour seiner Zunge, um zwischen ihren Beinen und Brüsten hindurch zu beobachten, wie sie mit ihrem Mund seinen vibrierenden Schwanz bearbeitete. Umso lustvoller drang danach seine Zunge in ihre Vulva ein, um ihren Lustschleim zu lecken. Besonders ihr Kitzler begeisterte ihn, der fest und hart zwischen dem Ansatz ihrer Schamlippen hervortrat. Lustvoll massierte Christian ihn mit der Zungenspitze. Durch die Massage schien er noch einmal an Größe zuzulegen. Schließlich griff er nach ihren Schamlippen und spreizte sie, soweit es ging. Jetzt sprang ihr Kitzler wie eine Erbse zwischen ihnen hervor. Der Anblick faszinierte ihn. Für einen Moment vergaß Christian seine eigene Lust. Erst die einsetzende Fingermassage der Frau brachte ihm ins Gedächtnis, dass die Härte seines Schwanzes nachließ.

Christian wollte sie ficken. Er schob sie von sich herunter und kniete sich hinter sie. Zwar wäre er noch gern zwischen ihren Beinen verblieben, doch die Zeit ließ ihm keine andere Wahl. Er griff nach ihrem festen Po und stieß voller Lust zu. Bereits beim ersten Stoß versank er bis zum Anschlag in ihrer feuchten Grotte. Die Weichheit und Elastizität ihrer Vagina war einfach unbeschreiblich.

Christian wollte sich jetzt nur noch den Verstand aus dem Kopf vögeln. Geschickt erwiderte die Frau seine Stöße, spannte ihre Gesäß- und Scheidenmuskulatur an und drehte ihr Becken leicht hin und her. Mit einem Mal zog sie sein Glied aus ihrer Vagina heraus und führte es mit ihren kühlen schlanken Fingern zu ihrem Po. Problemlos öffnete sich ihre Rosette und ließ seinen Schwanz in ihre dunkle Pforte abtauchen. Ihr Anus war etwas enger als ihre Vulva, doch nicht weniger feucht und geschmeidig. Weitete sich Ihr Anus unter seinen Stößen zu sehr, steckte sie seinen Schwanz sofort wieder in ihre Vulva.

Der ständige Wechsel zwischen Vulva und Anus stimulierte Christian unglaublich. Ungestüm krallten sich seine Finger in ihre Pobacken. Seine Stöße wurden immer unkontrollierter. Er konnte kaum noch unterscheiden, ob er sie in die Möse oder ihren Arsch fickte.

Christian beugte sich vor. Mit einer Hand griff er der Frau in den Mund und zog ihren Kopf am Unterkiefer nach hinten. Ihr Speichel lief über seine Finger. Mit einem Mal entwand sie sich laut aufstöhnend seinem Zugriff und legte sich auf den Rücken. Völlig enthemmt zog sie die Beine eng an die Brüste heran und bot ihm ihren Schoß in seiner ganzen Nacktheit und Wehrlosigkeit dar. Der Anblick zog ihn nahezu magisch an und trieb ihm das Blut in die Schläfen. Zwischen den an die Brust gezogenen Schenkeln, die ihre von Milch beschmierten Brüste zusammenpressten, klafften die geschwollenen Schamlippen weit auseinander, über denen der Kitzler wie eine Perle thronte. Christian kniete sich vor sie und stieß mit aller Kraft in sie hinein. Die Frau zuckte und wand sich unter seinen Stößen, bis ein erlösender Orgasmus über sie hinwegschwappte.

Christian hielt in seinen Stößen inne und starrte gebannt auf ihr vor Lust verzerrtes Gesicht. Die Frau senkte schwer atmend ihre Beine neben seinen Hüften ab. Aus ihren Brustspitzen quoll die schimmernde Milch als feines Rinnsal. Gierig drückte er seinen Mund auf ihre Brustwarzen und trank sie aus. Nie hätte Christian derartige Gefühle für möglich gehalten. Dies hier war ein echtes Geschenk und jeden Cent seines Geldes doppelt und dreifach wert.

Über dieses Ereignis hatte Christian völlig die Zeit vergessen und erschrak gewaltig, als die Uhr mit starken Schlägen das Ende ihres Treffens verkündete. Er wollte die Frau, die sich spontan vom Bett erhob, festhalten, doch zog sie ihn nur hoch und drängte ihn auf die Bettkante. Die abgelaufene Zeit ließ ihr keinen großen Spielraum. Vor ihm kniend widmete sich noch einmal äußerst professionell seinem Schwanz und den bis zum Bersten gespannten Hoden. Schon wenige Sekunden später entlud er sich unter hohem Druck zwischen ihren vor Feuchtigkeit glänzenden Brüsten.

Christian wollte noch etwas sagen, doch schon im nächsten Moment hatte die Frau ihr Kleid von der Stuhllehne genommen und übergestreift. Sie bat ihn, sie nach unten zu führen, damit sie die Maske ablegen und ihren Mantel anziehen konnte. Der Chauffeur durfte nicht warten. In diesen Dingen war die Agentur sehr streng. Ein Überziehen der Zeit wurde nicht geduldet.

Von dem Geschehenen noch völlig benommen, begleitete Christian sie zur Limousine. Noch Stunden später hatte er das Gefühl, ihren Körper spüren zu können. Ihr Geruch haftete noch für einige Zeit an der Bettwäsche, doch als auch der verflog, blieb ihm nur noch die Erinnerung. Nur allzu gern hätte er mit ihr eine Fortsetzung erlebt.

Als Christian einige Monate später beschloss, die Regel der Agentur zu umgehen und einen Freund zu bitten, die Vorstandssekretärin für sich zu buchen, hieß es, die Betreffende sei sehr kurzfristig ins Ausland verzogen und stünde der Agentur leider nicht mehr zur Verfügung. Man bedauere dies sehr. Die Kosten für die geöffnete Klappkarte würden selbstverständlich zurückerstattet. Christian ärgerte sich, seinen Freund nicht früher um diese Hilfestellung gebeten zu haben. Solch eine Bitte war nicht ungewöhnlich, denn es kam häufiger vor, dass Geschäftspartner sich untereinander mit der Buchung einer Frau für ein Geschäft bedankten, wobei sie sich erst nach dem Anlegen der Gesichtsmaske diskret zurückzogen, um sie dem anderen zu überlassen. Nicht nur aus diesem Grund war die Gesichtsmaske ein Garant für Diskretion.

Erregende geile Blicke

Für die frühe Abendstunde war das Café mit Blick auf das Rheinufer gut besucht. Rolf hatte es für sein erstes Treffen mit der Internetbekanntschaft gerade deshalb ausgewählt. Ein schöner Blick auf den illuminierten Fluss, die unverfängliche Atmosphäre, gedämpftes Licht und bequeme Sitzgelegenheiten würden ihm das Kennenlernen erleichtern. Von der Straße aus warf er einen Blick durch die bodentiefen Scheiben des Cafés, doch konnte er keine Frau mit blonden Haaren entdecken.

In dem Internetportal, das die Möglichkeit auf ein sexuelles Abenteuer versprach, hatte sie sich als Juliette vorgestellt. Siebenundfünfzig Jahre alt, gebildet, noch im Beruf stehend und verheiratet. Ein Bild fehlte. Nach einigen witzigen Chats bat er sie um Zusendung einer Ganzkörperaufnahme oder zumindest eines Porträtfotos. Das Resultat überraschte ihn. Sie wirkte jünger, war blond, besaß einen üppigen Busen und eine sehr weibliche Figur. Ihr verhangener Blick hatte etwas Träumerisches, der geschwungene Mund ließ auf eine ausgeprägte Sinnlichkeit schließen. Auf der Abbildung trug sie nichts weiter als ein seidiges Tuch im Leopardenlook, das um die Hüften geschwungen war. Die aufreizende Pose erregte ihn so stark, dass er es sich mit Blick auf das Foto in den nächsten Tagen häufiger selbst besorgte.

Heute Abend trafen sie sich zum ersten Mal. Rolf betrat das Café. Sein Blick schweifte über die Gäste. Im vorderen Bereich saßen zwei Frauen und eine Gruppe junger Leute. Die beiden Frauen wirkten recht bieder. Eine von ihnen war zwar blond, doch trug sie eine Brille und passte auch sonst nicht so zu dem Foto von Juliette. Suchend schaute er sich um. Vielleicht war er zu früh. Sie hatten sich für achtzehn Uhr verabredet und bis dahin waren es noch knapp zehn Minuten. Rolf stand auf Pünktlichkeit und der Verkehr in der Stadt war abends nicht zu unterschätzen.

Er nahm an einen kleinen Tisch im hinteren Bereich Platz und bestellte einen Milchkaffee. Die Uhr der nahen Kirche schlug sechs. Immer noch keine Spur von Juliette. Ob sie ihn versetzt hatte? Rolf griff nach einer Zeitung. Während er sie durchblätterte, sah er immer wieder zum Ausgang.

Eine der beiden Frauen, die er als bieder eingestuft hatte, weckte sein männliches Interesse. Grund war die Rückenpartie ihres langärmligen T-Shirts. Der Ausschnitt reichte von den Schultern fast bis zum Gürtel der Hose herunter. Die nackte Rückenpartie akzentuierte ein drei Finger breites Band aus durchbrochener, schwarzer Spitze. Der Anblick erregte ihn. Bei genauerem Hinsehen entpuppte sich der ihre Wirbelsäule verdeckende Streifen als Teil eines gewagten BHs, der ein um den Hals und oberhalb der Hüfte verlaufendes Band aus gleicher Spitze besaß.

Wer hätte das gedacht? Bei all der Biederkeit plötzlich diese exhibitionistische Ambition. Rolf entdeckte auf ihrem Rücken zudem zwei Tätowierungen. Eines zierte ihren Nacken, das größere ihre linke Schulter. Das Tattoo auf der Schulter sah man nur, wenn ihr T-Shirt etwas verrutschte, was hin und wieder der Fall war. Rolf wurde immer neugieriger. Wie sah sie wohl von vorn aus? Er erinnerte sich nur an ein graues T-Shirt, eine Brille und hochgesteckte Haare.

Er hatte die Zeitschrift beiseitegelegt und starrte unverhohlen in ihre Richtung. Mittlerweile war es Viertel nach sechs und Juliette immer noch nicht erschienen. Der in seine Blickrichtung sitzenden Frau war sein Starren nicht entgangen. Die beiden tuschelten eine Weile, dann drehte sich ihre Freundin um und sah in seine Richtung. Kurz darauf schob sie ihren Stuhl zurück und erhob sich. Endlich konnte er sie von vorn sehen. Der Faltenwurf des Oberteils ließ auf einen nicht allzu großen Busen schließen. Ihre tief sitzende Hose endete unter dem Bauchnabel. Hüfte und Beine zeigten leichte Ansätze von Fettpolstern. Ihr Gesicht wirkte alltäglich. Dennoch ging von ihr ein eigentümlicher Reiz aus. Sie sagte noch etwas zu ihrer Freundin, dann ging sie zur Toilette.

Rolf folgte ihr wie unter einem inneren Zwang. Er wollte wissen, wie sie sich bewegte oder roch. Über eine lange Treppe ging es in den Kellerbereich. Gebannt hing sein Blick an ihrem Rücken und den leicht schwingenden Hüften. Sie musste es bemerkt haben, denn vor dem Eingang zur Toilette drehte sie sich plötzlich um. Rolf stockte. Was sollte er bloß sagen? Wortlos sah sie ihm in die Augen. Was sein Mienenspiel verriet, schien sie zu ermuntern. Wortlos ging sie zwei Schritte auf ihn zu, legte ihren Finger auf seine Lippen und zog ihn in die Frauentoilette.

Als er kurz darauf leicht benommen, doch mit körperlichem Hochgefühl, die Treppen hinaufstieg, kam ihm das Erlebte wie ein Traum vor. In der Toilette hatte die Frau ihn auf die Kloschüssel gedrängt, sich von Hose und Slip befreit und ohne ein Wort zu sprechen, sein steifes Glied in sich eingeführt. Lautlos hob und senkte sich ihr Unterleib. Es dauerte nicht lange, bis er sich in ihrem Schoß verströmte. Unmittelbar darauf gelangte auch sie zum Orgasmus. Erneut legte sie ihm den Finger auf den Mund, stand auf und schob ihn aus der Toilette.

Juliette wartete bereits am Tisch auf ihn. Die Kellnerin hatte sie auf Nachfrage zu dem verwaisten Platz geführt. Auf der Autobahn war sie zuerst in einen Stau geraten und dann auch noch in eine Verkehrskontrolle. Mit einem Augenzwinkern versprach sie, es wieder gut zu machen. Während sie sich unterhielten, fiel es Rolf schwer, sich vom Anblick des Rückens der Frau lösen, mit der es gerade noch auf der Toilette getrieben hatte. Falls der Abend mit Juliette weiterhin so gut verlief, würde er heute bestimmt noch ein weiteres Mal gefordert werden.

Geheime sexuelle Phantasien - Der Gummischwanz

Das konnte doch nicht wahr sein! Monique, die neue Freundin seines besten Freundes war doch gehbehindert! Und nun sah er sie lachend Arm in Arm mit einer Freundin über den Ku'damm schlendern. Wie war das möglich?

Gerade wollte Gustav sich über die Straße hinweg bemerkbar machen, als ein Bus ihm im dichten abendlichen Verkehr die Sicht versperrte. Kurz darauf fuhr das Fahrzeug weiter, doch die Frauen waren verschwunden. Hatte er sich vielleicht getäuscht oder waren sie in einem der Nobelgeschäfte verschwunden? Gustav sah sich nach einem Fußgängerüberweg um und überquerte die Straße. In keinem der umliegenden Geschäfte wurde er fündig. Er nahm sich vor, seinen Freund Paul bei ihrem nächsten Treffen darauf anzusprechen. Bestimmt würde sich eine Erklärung für Moniques geheimnisvolle Behinderung finden.

In den vergangenen Wochen hatten sie ihn häufiger zu sich zum Essen eingeladen. Egal wann er kam, jedes Mal saß Monique bereits am Tisch. Kein einziges Mal verließ sie während ihrer vergnügten Runden den Platz und selbst bei der Verabschiedung blieb sie sitzen. Deshalb hatte Gustav angenommen, sie sei gehbehindert. Wenn dem so war, wollte er ihr die Peinlichkeit ersparen, darüber sprechen zu müssen. Gustav ging davon aus, dass einer der beiden ihm das schon irgendwann von sich aus erklären würde.

Monique war ohne Frage eine bildhübsche Frau, doch insgeheim bemitleidete Gustav seinen Freund. Das Nachtleben, Kinobesuche oder Wanderungen durch den Spreewald mussten für ihn zwangsläufig flachfallen. Monique war eine brillante Köchin und charmante Gastgeberin, die bei Tisch die lockere Kommunikation perfekt beherrschte, doch wog es das auf? Als Gast konnte man sich bei ihr einfach nur wohlfühlen. Bei ihren Gesprächen außerhalb des Hauses hatten Gustav und Paul das Thema bisher ausgeklammert. Paul schien in der Beziehung sehr glücklich zu sein und das allein zählte. Noch zwei Monate, dann wären sie ein Jahr zusammen.

Kein Monat verging, ohne dass Paul nicht mindestens einmal zum Essen bei ihnen war. Den wahren Grund für die Einladungen hielten Monique und Paul geheim. In seinen wildesten Fantasien wäre Gustav nicht darauf gekommen, warum die beiden ihn immer wieder einluden.

Paul und Monique lernten sich über eine Kontaktanzeige kennen. Gesucht war eine Frau, die Pauls Vorliebe für außergewöhnliche erotische Abenteuer teilte. Mit Monique fand Paul mehr als die Erfüllung seiner Träume. Bereits nach der ersten Woche erschien sie ihm als die ideale Partnerin. Zum ersten Mal in seinem Leben konnte er seine geheimsten sexuellen Fantasien verwirklichen. Wer von ihnen allerdings auf die Idee mit der Essenseinladung gekommen war, konnten sie nicht sagen. In ihrer von Leidenschaft bestimmten Beziehung war er der fantasievollere, während sie sich kompromisslos über Grenzen oder Tabus hinwegsetzte.

Alles fing mit einem japanischen Tanzslip an, den er ihr kurz nach dem Kennenlernen schenkte. Im Zwickel der schwarz glänzenden Latexhose saß innen, von einer breiten Manschette gestützt, ein naturalistisch geformter Gummischwanz. Ein wenig Talkum erleichterte das Anziehen. Der hüfthohe Gummislip schmiegte sich eng um das Becken der Trägerin und verhinderte ein Verrutschen des tief in ihr steckenden Gummischwanzes. Jedes Bücken, jeder Schritt oder jedes Treppensteigen wurde zum sexuellen Ereignis. Monique fand so großen Gefallen an dem Tanzslip, dass sie ihn anfangs zu allen möglichen Anlässen trug. Paul bewunderte sie für ihre Disziplin, den Orgasmus stets so lange zurückzuhalten, bis sie allein waren. Das konnte ein Baum nach dem Verlassen eines Geschäfts, ein Hauseingang, ein Fahrstuhl in einem Bürogebäude oder der eigene Wagen sein. Dann gab es für Monique kein Halten mehr. Kaum fühlte sie sich unbeobachtet und allein, warf sie sich Paul an den Hals und küsste ihn, während der Orgasmus ihr für einen winzigen Augenblick die Sinne raubte.

Danach begaben sie sich umgehend nach Hause, wo Paul ihr auf dem breiten Bett den Slip von den feuchten Hüften rollte und das Kunstglied Stück für Stück aus der verschleimten Scheide zog, wobei er es genüsslich ableckte. Das war der Moment, in dem Monique keinerlei Aufschub mehr duldete und nur noch gefickt werden wollte. Wie eine läufige Hündin bot sie sich ihm ohne Vorbehalte an. Er sollte sich einfach bedienen. Ihr gerötetes und geweitetes Loch verlangte nach ihm. Endlich öffneten sich auch bei ihm die Schleusen. Bisher hatte ihn seine masochistische Neigung die lange Vorfreude und schmerzhafte Schwellung seines Gliedes genießen lassen, die Monique immer wieder unauffällig überprüfte. War sie mit dem Ergebnis unzufrieden, half sie in einer Umkleidekabine, einem Hausflur oder im Park hinter Büschen schon einmal mit den Fingern oder mit dem Mund nach. Aber in ihrem jetzigen Zustand gab es kein Halten mehr. Er fickte sich die Seele aus dem Leib und mehr als einmal verströmte er sein Sperma in ihrem Schoß.

Obwohl sie ihr Spiel in unzähligen Variationen genossen,

kam es auch hier unausweichlich zur Gewöhnung. Immer wieder verlangte es sie nach einem neuen, größeren Kick. Mittlerweile hielt das Kunstglied der starken Beanspruchung kaum noch stand. Nach und nach löste sich die Verklebung der Gummimanschette. Das war der Augenblick, wo sie auf die Idee mit der Essenseinladung kamen. Anstoß gaben ein langer Spaziergang und das übliche Prozedere mit Herunterrollen des Gummislips, Ablecken des Gummischwanzes und anschließendem Fick. Erschöpft saßen sie danach am großen Esszimmertisch auf den mit Kunststoff bespannten Stühlen. Sperma wie Lustsäfte ließen sich leicht mit einem feuchten Tuch entfernen, besonders wenn Moniques Scheide sein Sperma mit Verzögerung preisgab. Waren es größere Mengen, forderte Monique ihn auf, die Sitzfläche sauber zu lecken. Und genau da entwickelten sie ihre neue lustvolle Variante.

»Was meinst du«, sagte Paul, »ist es nicht besser, den Gummischwanz auf einer der Sitzflächen zu befestigen?«

Moniques fragender Blick sprach Bände. »Verstehe ich nicht«, antwortete sie. »Willst du unsere Gäste mit erotischer Kunst quälen?«

»Nein, ganz und gar nicht«, entgegnete er, »ich denke da mehr an …«

Paul unterbreitete ihr seine Idee, die beide so sehr erregte, dass sie ein weiteres Mal ins Bett stiegen und es so lange miteinander trieben, bis sie nebeneinander erschöpft einschliefen.

Zur ersten Essenseinladung war alles vorbereitet. Vulgär ragte der Gummischwanz von der Sitzfläche eines Stuhles senkrecht nach oben. Die mit einem Spezialkleber befestigte Manschette hielt ihn unverrückbar im ersten Drittel der Sitzfläche. Monique trug einen weiten geblümten Rock. Abgesprochen war, dass sie sich kurz vor dem Eintreffen des Gastes oder der Gäste auf den Gummischwanz setzen und erst wieder erheben sollte, wenn der Besuch gegangen war. Um ihre Vagina feucht und geschmeidig zu machen, würde Paul sie vorher nehmen und vollspritzen. Wichtig erschien ihnen, den Zeitpunkt richtig abzustimmen, denn Paul sollte erst in dem Moment abspritzen, wenn es an der Haustür klingelte. Monique sollte so tun, als könne sie aus irgendeinem Grund schlecht oder gar nicht laufen. Falls gefragt wurde, was sie habe, würde ihnen schon etwas Passendes einfallen. Die Vorstellung, vor Gästen auf einem Gummischwanz aufgespießt zu sein, erregte sie beide maßlos.

Die Umsetzung ihrer Idee bereitete ihnen viel Spaß, besonders wenn die Gäste Monique mit versteckten sorgen- oder mitleidsvollen Blicken bedachten. Keiner traute sich, Moniques ungewöhnliches Verhalten zu hinterfragen. Jeder ging wie selbstverständlich davon aus, dass Monique gehbehindert sei. Am schwersten fiel es Monique, sich trotz zunehmender Geilheit nicht auf dem Stuhl zu bewegen. Trotzdem bereite ihr der Gummischwanz große Wonnen. Beugte sie sich leicht vor, um zum Beispiel eine Schale mit Kartoffeln zu sich herüberzuholen, glitt der Schwanz zuerst etwas aus ihrer Vagina hinaus und anschließend beim Setzen wieder in sie hinein. Liebend gern hätte Monique die Schale zwanzigmal hin und her geschoben. An diesen Abenden musste sie höllisch aufpassen, ihre Lust im Zaum zu halten und auf ihr Mienenspiel zu achten. Nachdem der Besuch gegangen war, schob Paul die Gläser und Teller beiseite und nahm sie noch auf der Tischplatte.

Ein weiteres Mal war Gustav von Monique und Paul zum Essen eingeladen worden. Wie so oft erschien er allein, denn seine Freundin bekam häufig unverhofft Migräneattacken. Monique, die ihn wie immer bereits am Tisch sitzend begrüßte, bedauerte es sehr und bat Paul doch kurz bei Gustavs Freundin anzurufen und sich nach ihrem Zustand zu erkundigen.

Während Paul im Flur telefonierte, nahm Gustav sich ein Herz und sprach sie auf seine Beobachtung vor knapp zwei Wochen auf dem Ku'damm an, wo er meinte, sie mit einer Freundin gesehen zu haben. Sofort bekam Monique einen roten Kopf. Sie holte tief Luft, ehe sie antwortete.

»Du hast richtig gesehen. Das war ich. Ich war mit einer Freundin unterwegs. Sie wohnt in dem Haus, vor dem du uns gesehen hast.«

Jetzt war Gustav an der Reihe, rot zu werden. »Aber ich dachte …«, stotterte er und ließ den Satz unvollendet im Raum stehen.

»Ich glaube«, antwortete Monique und rang nach Luft, »es ist an der Zeit, dir ein Geheimnis anzuvertrauen.« Monique blickte in Richtung Flur. Von Paul war immer noch nichts zu sehen.

Im Telegrammstil weihte sie Gustav in die Geschichte mit dem Gummischwanz aus dem japanischen Tanzslip ein, der nun auf dem Stuhlkissen klebte, auf dem sie saß. Gustavs Augen wurden größer und größer. Zuletzt rutschte er unruhig auf seinem Stuhl hin und her und bekam einen ganz trockenen Mund. »Du willst sagen«, er schluckte heftig, »dass du, wenn wir oder ich zu Besuch waren, immer einen Schwanz zwischen den Beinen stecken hattest?«

»Ja«, erwiderte Monique und gewann einen Teil ihrer Selbstsicherheit zurück, »genau wie heute auch.«

Gustav stand auf, kam um den Tisch herum und sagte mit belegter Stimme: »Das glaube ich nicht.«

Gerade als Monique sich von ihrem Platz erhob und der feucht glänzende Gummischwanz mit einem schmatzenden Geräusch aus ihrer Vagina glitt, betrat Paul das Zimmer.

»Was geht denn hier vor?«, entfuhr es ihm. Paul traute seinen Augen nicht. Gustav stand immer noch fassungslos vor dem Stuhl und starrte auf den mit Schleim verschmierten Gummischwanz.

Monique lief auf Paul zu, schlang die Arme um seine Hüfte und sagte lachend: »Ich habe ihm lediglich unser kleines Geheimnis verraten.«

»Warum hast du …?« Immer noch konnte Paul nicht fassen, was er hier sah.

»Dein Freund sah mich vor zwei Wochen in der Stadt und sprach mich darauf an. Da dachte ich …«

Doch Paul wäre nicht Paul, wenn er die Situation nicht in kurzer Zeit zu seinem Vorteil verwandelt hätte. Mit treuherzigem Blick wandte er sich an Gustav: »Du wärst wohl lieber selber gern der Gummischwanz, oder?«

Gustav, dessen mächtige Erektion nicht zu übersehen war, stammelte: »Ich, ich … ich wollte eigentlich nur wissen, ob sie es wirklich war, die ich damals gesehen habe.«

»Na ja, jetzt hast du direkt zwei Geheimnisse aufdecken können«, brachte sich Monique ein. »Bestimmt etwas verwirrend für dich, doch wenn man es genau betrachtet …«, und damit deutete sie auf die Ausbeulung in seiner Hose, »… dann kann es ja nicht ganz so schockierend gewesen sein.«

»Ich. Ich … ich kann es kaum glauben, dass immer, wenn ich bei euch eingeladen war, du dieses Ding zwischen den Beinen stecken hattest«, stammelte Gustav. Heftig Luft holend fuhr er fort: »Abgesehen davon, welchen Mann würde das nicht anmachen?«

Monique und Paul wechselten einen schnellen Blick. Als Monique nickte, schlug Paul seinem Freund vor, ob er nicht Monique in der Küche zur Hand gehen wolle?

Glücklich darüber, der peinlichen Situation entkommen zu können, nickte Gustav, nicht ahnend, dass Monique ihn gleich zwischen Kühlschrank und Herd verführen würde. Danach bugsierte sie Gustav ins Schlafzimmer, wo Paul sie bereits nackt erwartete. Er kannte Monique lange genug, um zu wissen, dass sie es sich auf keinen Fall entgehen lassen würde, einmal von zwei Männern gleichzeitig gefickt zu werden. Eine ›Ménage-à-trois‹ stand schon lange auf ihrem Programm.

Auf diesen Abend zu dritt folgten viele weitere, bis Gustav seine Freundin davon überzeugen konnte, doch einmal zu viert ins Bett zu steigen. Allen gefiel das so gut, dass sie einige Wochen danach beschlossen, einen weiteren Stuhl zu präparieren, um anschließend andere Paare zum Essen einzuladen.

Die lustvolle Reiterin - Obszöner Ritt

Die hüglige, mit kleinen Wäldern überzogene Landschaft im Südwesten Englands war ein Paradies für Naturfreunde aller Art. Wanderer liebten den Wechsel von Wiesen und schattenspendenden Hainen, in welche die alten Steinhäuser eingestreut waren. Jeder kam hier auf seine Kosten. Reitern bot sich die seltene Chance, lange Strecken im Galopp zurücklegen zu können. Für Erfrischung sorgten die Pubs in den malerischen kleinen, von Steinmauern umfassten Dörfern.

In gestrecktem Galopp flog ein schwarzer Hengst mit seiner Reiterin über die weite, grasbewachsene Ebene. Es schien, als wäre die schlanke Frau mit dem Tier verwachsen. In gleichmäßigem Rhythmus hob und senkte sich ihr Körper und verschmolz in perfekter Harmonie mit den weit ausholenden Bewegungen des Pferdes.

In einiger Entfernung verharrte ein Wanderer am Waldrand. Die harmonische Einheit zwischen Mensch und Tier faszinierte ihn. Neugierig verfolgte er die Reiterin mit seinem Fernglas. Ein Künstler hätte das Bild nicht besser gestalten können. Der Wind, der über die Ebene strich, verfing sich in ihren Haaren und dem Schweif des Pferdes. Zur eng geschnittenen, taillierten Jacke trug die Reiterin einen weiten Rock und matt glänzende schwarze Reitstiefel. In der linken Hand schwang sie eine Gerte, die allerdings mehr der Komplettierung ihres Outfits diente. Gelegentlich fuhr der Wind unter ihren knielangen Rock, bauschte ihn auf und drückte ihn für einen kurzen Moment gegen ihre Brust.

Was er im nächsten Augenblick sah, ließ seinen Mund trocken werden, denn eine Windbö entblößte nicht nur ihre wohlgeformten Oberschenkel, sondern auch ihr Gesäß. Doch das allein hätte seine Hände nicht zittern lassen, sondern die Feststellung, dass die Reiterin unter dem Rock nackt war. Gebannt hielt er den Atem an, presste das Fernglas an die Augen und wartete auf den nächsten Windstoß. Diesmal verwirbelte der Wind den Rock auch über den Rücken. Dank der ausgezeichneten Gläser seines Fernglases blieb ihm kein Detail verborgen. Ihre geröteten Arschbacken hoben und senkten sich über dem Sattel. Irgendetwas stimmte jedoch mit dem Sattel nicht. Was konnte das sein? Erneut justierte der Mann die Schärfe des Fernglases und richtete es genau auf den Sattel. Gerade noch rechtzeitig, denn kurz darauf bedeckte der Rock schon wieder ihr Gesäß. Der kurze Moment genügte, um ihm zu verdeutlichen, dass die Mitte des Sattels wie ein Dorn in ihren Schoß hineinzuwachsen schien. Leider verfiel das Pferd jetzt in einen leichten Trab, was den Rock unten hielt.

Der Wanderer wischte sich den Schweiß von der Stirn. Was er sah, erregte ihn in höchstem Maße. Träumte er oder vollzog sich vor seinen Augen ein ungewöhnlicher Akt?

In diesem Moment lenkte die Frau ihr Pferd durch einen leichten Schenkeldruck in Richtung des Waldstücks. Schnell zog sich der Wanderer hinter einige Tannenbäume zurück. Aus einem Versteck heraus beobachte er mit klopfendem Herzen, wie sie näherkam. Als sie nur noch einen Steinwurf von ihm entfernt war, gab sie dem Pferd die Sporen und stob im gestreckten Galopp an ihm vorbei. Und nun sah er es ganz deutlich. Auf dem Sattel ragte ein Gummidildo empor, der bei jedem Aufschlag der Pferdehufe tief zwischen ihren gespreizten Schenkeln verschwand.

Die kräftige Erektion sorgte in der weit geschnittenen Cordhose des Wanderers für Spannung. Am liebsten hätte er sich sofort selbst befriedigt, doch die Neugierde siegte. Er beschloss, der Reiterin zu folgen. Gebückt hastete er ihr zwischen den Bäumen hinterher. Zu seinem Glück zügelte sie am Ende des Waldstücks ihr Pferd. Sich im Sattel aufrichtend verharrte sie für einen Moment und sah sich um, so als wolle sie überlegen, wohin sie jetzt reiten soll. Dann schwang sie sich vom Rücken des Hengstes und führte ihn zu einem nahen Bachlauf. Obszön schwang der feucht glänzende Dildo auf dem Sattel hin und her. Während das Pferd gierig trank, schöpfte die Frau mit beiden Händen etwas Wasser aus dem Bach und betupfte ihr Gesicht. Anschließend band sie die Zügel des Pferds an einen Baum und hockte sich auf einen Felsen am Rand eines Baches.

Prüfend sah sie sich nach allen Seiten um. Als sie sicher war, allein zu sein, zog sie in Sichtweite des Wanderers ihre Stiefel aus, raffte ihren Rock und hockte sich in das niedrige Wasser. Das kühle Nass tat ihrer geschwollenen Vagina gut. Anschließend entleerte sie geräuschvoll die Blase.

Nur allzu gern hätte der Mann sein Versteck verlassen. Seine Geilheit war unerträglich geworden. Vorsichtig holte er sein Glied aus der Hose. Dann flogen seine Finger über den prallen Schaft. War das ein Gefühl und eine Erleichterung! Mittlerweile saß die Reiterin wieder im Sattel, das Kunstglied fest zwischen ihren Schenkeln. Der Anblick, wie sie in den Steigbügeln stehend mit einem geübten Handgriff das Kunstglied in Position brachte und sich mit einem wohligen Stöhnen darauf niederließ, war für den Wanderer zu viel. In hohem Bogen klatschte sein Sperma auf den Stamm der Tanne, hinter der er stand, während die Reiterin bereits wieder ihrem nächsten Orgasmus entgegengaloppierte.

Unschuldige Geilheit - Das erste Mal

Kaum zu glauben, dass sie bereits in zwei Tagen wieder die Heimreise antreten würden. Abwechslung pur hatte die Zeit wie im Flug vergehen lassen.

Darte und seine Freunde genossen jede Minute ihres Aufenthalts an der italienischen Mittelmeerküste zwischen Strand und Diskothek, bei viel Spaß, gutem Essen und üppigen Trinkgelagen. Bisher war der Urlaub ganz nach ihren Wünschen verlaufen.

Nur in einer Sache war Darte nicht auf seine Kosten gekommen. Er war gerade achtzehn Jahre alt und während seine Freunde mit ihren amourösen Abenteuern prahlten, hatte sich ihm noch nicht einmal der Hauch einer Chance geboten.

Yvonne, die kleine kraushaarige Französin, in die er sich gleich am ersten Tag des Urlaubs verguckt hatte, blockte jeden seiner Annäherungsversuche mit dem Hinweis ab, sie würde sich nur dem Mann hingeben, den sie auch zu heiraten gedenke. Darte trennte sich deshalb am dritten Abend kurz entschlossen von ihr, um noch am selben Abend in einer Disco eine äußerst lebendige und attraktive Düsseldorferin aufzureißen. Doch trotz eng umschlungener Tänze ließ sie sich nicht ein einziges Mal von ihm küssen. Zu allem Überfluss verriet ihr einer seiner Freunde, dass er noch Jungfrau war, was ihr Interesse von einem Moment auf den anderen erkalten ließ.

Darte betäubte seinen Frust mit Unmengen Rotwein. Ein anschließendes Bad im Meer, ganz ohne Badehose, blieb leider von der Strandpolizei nicht unbemerkt. Zum Glück beließen die Beamten es bei einer mündlichen Verwarnung.

Am nächsten Abend lief es schon besser. Eine Engländerin ließ sich von ihm zwar bereitwillig auf die Tanzfläche ziehen, kehrte jedoch leider nicht mehr von der Toilette zurück. Vielleicht hatte sie ihre Freundinnen getroffen und war mit ihnen weitergezogen. Irgendwie war für Darte plötzlich der Drive raus. Lustlos hing er in der Disco herum, ohne irgendeinen weiteren Anlauf zu starten. Er entschied sich, es am nächsten Tag noch einmal zu versuchen. Die Zeit drängte. In zwei Tagen würden sie wieder im Flieger nach Hause sitzen.

Am nächsten Tag sprachen Darte und seine Freunde wahllos Frauen, denen sie auf der belebten Einkaufsstraße des kleinen Fischerdorfes begegneten, an, um sie zu einer abendlichen Strandparty einzuladen. Erstaunlicherweise stellten sich fünf der Angesprochenen auch am vereinbarten Treffpunkt ein. Darauf hätten die Freunde nicht zu hoffen gewagt.

Eine zierliche Schwedin mit ausgeprägtem Vorbau erregte sofort Dartes Interesse. Einer seiner Freunde musste sie eingeladen haben, denn sonst wäre er bereits am Nachmittag mit ihr auf die Piste gegangen. Ihr Outfit gefiel ihm. Zu einem schlichten, bauchfreien Top trug sie eine enge Hüfthose mit breitem Gürtel. Die auffällige Schnalle wirkte verführerisch und lenkte seinen Blick zwischen ihre Schenkel, wo sich unter dem dünnen Stoff der Hose ein ausgeprägter Schamhügel abzeichnete.

Auf dem Weg zum Strand bemühte sich jeder der Jungs, sich von seiner besten Seite zu zeigen. Michael trug den großen Korb mit dem hochprozentigen, aber billigen Fusel. Darte hatte ein paar Decken unter den Arm geklemmt und bemühte sich intensiv um die Schwedin. Ungeniert hakte sie sich bei ihm ein und plapperte munter drauf los. Der Abend begann vielversprechend. Sonja, so hieß die Schwedin, reizte Darte nicht nur durch ihr gutes Aussehen, sondern auch durch ihre selbstbewusste Art des Auftretens. Auf dem Weg zum Meer fischte sie ein Zigarettenetui aus der Tasche und bot ihm lächelnd eine Zigarette an. Darte lehnte dankend ab. Sie steckte sich die Zigarette an und inhalierte den Rauch mit tiefen Zügen. Keine von Dartes Freundinnen hatte es bisher gewagt, auf der Straße zu rauchen.

Noch bevor sie die kleine sandige Bucht am Rande des Ortes erreichten, lag ihr Arm wie selbstverständlich um Dartes Hüfte. Ihm schlug das Herz bis zum Hals. Wie blöd, dass er die Decken tragen musste.

Der so locker anlaufende Abend erhielt durch die plötzlich auftauchende Strandpolizei eine unverhoffte Wendung. Das kleine Lagerfeuer mussten sie sofort löschen und ihr Gettoblaster wurde konfisziert. Sie könnten ihn sich morgen auf der Wache abholen, so die Beamten und dann auch gleich die Geldstrafe für unerlaubtes Entfachen eines Feuers am Strand entrichten.

Einen Moment lang standen sie wie begossene Pudel da. Was sollten sie tun? Keiner wollte sich die Stimmung verderben lassen. Der restliche Alkohol wurde unter den Tretbooten deponiert und die nächstliegende Disco angesteuert. An diesem Abend spielte die Liveband langsame Stücke. Darte genoss es, Sonjas Körper an seinem zu spüren. Der leichte Druck ihrer festen jungen Brüste verfehlte die Wirkung nicht. Er spürte, dass sein Schwanz steif wurde. Forsch wechselte er von lässiger Tanzhaltung zu Klammerblues. Sonja schmiegte sich willig an ihn. Mit einem Mal hob sie ihren Kopf und bot ihm ihre Lippen zum Kuss dar. Kurz darauf sah er nur noch

Sterne. Sie knutsche wie eine Weltmeisterin. Darte verlor die letzten Bedenken und drängte mit seinem Knie zwischen ihre Schenkel. Spielerisch hielt sie sein Bein jedes Mal für einen winzigen Moment zwischen ihren fest, ehe sie es mit einem vielsagenden Augenaufschlag wieder freigab. Sein Herzschlag nahm drastisch zu.

Sonja schien in allem erfahrener zu sein als er. Sie führte ihn am Rand der Tanzfläche in eine dunkle Nische, schlang ihren Arm um seinen Nacken und steckte ihm erneut lustvoll die Zunge in den Mund. Darte erschauerte. Ihr leichter Schweißgeruch erregte ihn. Darte setzte alles auf eine Karte und presste fordernd seinen Unterleib gegen ihr Becken. Sonja erwiderte seinen Druck und zog ihn näher zu sich heran. Mit einem Mal wurde Darte ganz heiß.

Als die Musik verstummte und die Paare von der Tanzfläche strömten, schlenderten sie zur Bar, wo seine Freunde mit ihren Mädchen standen. Peter, der Älteste von ihnen, hatte eine kleine Engländerin aufgegabelt. Lässig lag sein Arm über ihrer Schulter. Immer wieder berührte er wie zufällig ihre Brust, genau dort, wo sich unter dem dünnen T-Shirt die Konturen ihrer Brustwarzen abzeichneten. Auch Peter gelang es nur schwer, seine Erektion zu verbergen. Schließlich griff er in seine Hosentasche, tat so, als würde er sein Feuerzeug suchen, und schob schnell sein steifes Glied zurecht. Sonja kam mit zwei Caipirinhas zurück, die Darte und sie eng umschlungen tranken. Dabei ließ sie spielerisch ihre Hand unter sein Hemd gleiten und strich zärtlich über seinen Rücken. Ein äußerst wohliger Schauer erfasste ihn. Heute Abend musste er sie unbedingt flachlegen. Bestimmt würde auch sie es wollen, da war er sich hundertprozentig sicher. Eine Weile blieben sie noch scherzend an der Bar stehen, doch Darte traute sich nicht, sie hier vor den Augen seiner Freunde zu küssen.

Als in der Disco zum letzten Tanz aufgefordert wurde, waren sie sich einig, den Abend im Hotel bei einer Flasche Sangria ausklingen zu lassen. Alle, auch die Mädchen, hatten dem Alkohol kräftig zugesprochen. Nur langsam kamen sie voran, da abwechselnd auf das eine oder andere Paar gewartet werden musste, das knutschend oder schwer fummelnd stehen geblieben war.

Darte teilte sich ein Zimmer mit Peter. Es gelang ihnen, die Mädels unbemerkt am Nachtportier vorbeizuschleusen. Kichernd fielen sie auf die Hotelbetten, streiften ihre Schuhe ab und setzten die Knutscherei fort.

Sonja erwiderte Dartes Annäherungsversuche und half ihm sogar beim Öffnen des Büstenhalters, nachdem sie das ärmellose Top abgestreift hatte. Leise stöhnend gab sie sich der Erkundungstour seiner Finger hin. Darte war im siebten Himmel. Die festen Brüste fühlten sich himmlisch an und passten genau in seine Hand. Ihre strammen Brustwarzen verursachten einen angenehmen Kitzel auf seinen Handflächen. Gerade als er an ihnen sog, meldete sich ihre Freundin vom Bett auf der anderen Seite des Raums. Sie fragte Sonja, ob sie mit auf die Toilette gehen würde. Sonja stand seufzend auf und folgte ihr. Bad und die Toilettenräume befanden sich auf dem Flur.

Kaum waren die Mädels aus dem Zimmer, raunte Darte seinem Freund zu: »Stell dir vor, Peter, sie will es!«

»Pass gut auf, mein Lieber, dass du das richtige Loch triffst«, tönte es vom anderen Bett.

»Was meinst du mit ›dem richtigen Loch?‹«, erwiderte Darte verwirrt.

»Na Mensch, hast du etwa in Anatomie nicht aufgepasst?«, gab Peter zurück. »Jede Frau besitzt drei Löcher.«

Weiter kam er nicht, da die Zimmertür aufging und die

Mädchen zurückkehrten. Darte wurde es mit einem Mal ganz anders. Doch schon bald nahmen Sonjas hingebungsvolle Küsse und vor allem ihre nackten Brüste ihn wieder gefangen. Jetzt zog auch er sein T-Shirt aus. Ihre Brüste auf seiner nackten Haut zu spüren war fantastisch. Immer wieder griff er nach den harten Knospen, massierte sie oder nahm sie in den Mund. Sehr zu seinem Leidwesen sparte Sonja bei ihrem zärtlichen Tun die heftige Ausbeulung in seiner Hose aus und widmete sich lieber seinen Schenkeln, seinem Rücken oder Hals. So blieb Darte nichts anderes übrig, als selbst die Initiative zu ergreifen. Beherzt schob er seine Hand unter ihren Hosenbund. Sonja zog den Bauch ein, um seiner Hand das Vordringen zu erleichtern. Er drängte zwischen ihre Beine. Durch den Slip spürte Darte ihren feucht-warmen Schoß. Ihre eng sitzende Hose verhinderte jedoch weitere Aktionen.

Darte verfluchte seine Ungeschicktheit, zog seine Hand zurück, um dann erneut zu ihrem Venusdelta vorzustoßen. Jetzt glitt er mit seinen Fingern unter den Slip. Ihre Schamhaare fühlten sich wunderbar seidig an. Endlich berührten seine Finger ihre feuchten Schamlippen. Was für eine Wonne! Die Berührung seiner Finger bewirkten Wunder. Sonja öffnete flink Gürtel und Reißverschluss, um ihn danach umso heftiger zu knutschen. Darte nutzte die Chance und schob ihr die Hose bis zu den Knien hinunter. Mit den Füßen half er ihr beim Abstreifen der Hose. Die Weichheit ihres Schoßes faszinierte ihn. Immer wieder glitten seine Finger über ihre Schamlippen oder versanken in ihrem Spalt. War das ein Gefühl! Fühlte sich ihre Vagina von außen schon samtig an, so glich das Gefühl in ihrem Schoß einem Wolkenhimmel. Fest und elastisch schloss sich ihre Vagina um seine Finger. Die Feuchtigkeit überstieg jedes bis dahin bekannte Wonnegefühl. Hastig streifte er auch er seine Hosen herunter, dann zog er sich und ihr den Slip aus.

Von der anderen Seite des abgedunkelten Raums vernahm er verhaltenes lustvolles Stöhnen. Peter schien bei seinem Mädel bereits zum Zug gekommen zu sein. Darte fragte sich, ob der Schweiß, der ihm über Gesicht und Körper lief, mit seiner Angst vor dem ersten Mal zu tun hatte oder ob es im Raum wirklich so heiß war. Sein Körper war völlig verkrampft. Sonjas Körper wirkte dagegen willig, weich und entspannt. Darte nahm seinen ganzen Mut zusammen, legte sich auf sie, hob sein Becken leicht an und griff nach seinem Schwanz. Unsicher führte er ihn zwischen Sonjas Beine und drückte zu. Sonja hob ihr Becken nur etwas an und schon glitt sein Schwanz ganz ohne Schwierigkeiten in sie hinein.

Das Gefühl war unbeschreiblich. Kein Vergleich mit Onanieren! Alles war weich, samtig und übte einen wunderbaren Druck auf sein Glied aus. Er stützte sich auf die Arme, sah auf Sonjas pralle Brüste und stieß vorsichtig immer wieder in sie hinein. Sonja gab keinen Laut von sich, zog jedoch mit einem Mal ihre Beine an, um seinem Schwanz die Möglichkeit zu geben, tiefer in sie einzudringen. Darte war völlig verzaubert. So schön und so leicht hätte er sich seinen ersten Fick nicht vorgestellt. Gefühle unbekannten Ausmaßes bemächtigten sich seines Herzens.

Einmal zog Sonja ihn im Strudel ihrer Leidenschaft ganz eng zu sich heran, schloss die Beine hinter seinem Rücken, während ihre Hände sich fest in seine Pobacken krallten. Darte wollte sich bereits vor Schmerz aufrichten, als sie ihn auch schon wieder losließ. Auf Sonjas Stirn zeichneten sich kleine Schweißperlen ab und ihre Brust hob und senkte sich heftig. Darte dachte, dass er sie vernachlässigt hätte, und trieb sein Glied noch tiefer in ihren Schoß, doch sofort hielt ihn Sonja fest und verhinderte jede weitere Bewegung. Darte war verwirrt und senkte sich auf ihren Oberkörper herab. Ihr warmer Atem drang an sein Ohr. Er zog ihren Kopf zu sich heran und setzte ihr in einem aufflackernden Impuls einen Knutschfleck auf den Hals. Er wünschte sich, sie würde dieses Zeichen ewig tragen.

Sonja war erschöpft und gesättigt und schob ihn von sich herunter. Sein Schwanz, ihres feuchten Schoßes beraubt, fühlte sich an, als sei er eingecremt. Erst jetzt fiel Darte auf, dass er, ohne es gespürt zu haben, einen Orgasmus gehabt haben musste, denn sein Schwanz verlor zunehmend an Größe. Vorsichtig verstrich er die gemeinsamen Säfte auf Sonjas Schoß und nahm begierig den fischigen Geruch in sich auf. Nie in seinem Leben würde er diesen Augenblick vergessen.

Nymphomanische Lust - Ausgeleckt

Unter den Hüften ein dickes Kissen lag sie mit angezogenen und weit gespreizten Beinen nackt und mit geröteten Wangen auf dem breiten Bett und ging ihrer Lieblingsbeschäftigung nach. Gerda besorgte es sich selbst.

Im Vergleich zu ihren Freundinnen kam sie sich fast wie eine Nymphomanin vor, denn ihr sexuelles Verlangen war ebenso unerschöpflich wie ihre Neugierde auf neue, ungewöhnliche Reize.

Ihrem derzeitigen Freund, den sie vor knapp zwei Wochen in einer Disco kennengelernt hatte, gab sie sich nach noch nicht einmal drei Stunden auf einem Parkplatz im Schutz eines Lastwagens hin. Heute hatten sie die Disco ausfallen lassen, um es ausgiebig in allen nur erdenklichen Stellungen zu treiben. Ihre geschundene Vagina verlangte nach Pause und Abkühlung. Da war ihr die zündende Idee gekommen.

Gerda bat ihren Freund, aus dem Kühlschrank einen Joghurt zu holen, während sie in der Nachttischschublade nach einem Klistier suchte. Um alles im Detail mitverfolgen zu können, bestand Gerda darauf, einen Spiegel auf der Kommode zu platzieren, die neben dem Bett stand. Bereits die zweite Ladung Joghurt wartete auf sie. Die erste füllte bereits ihre Vagina. Die Kälte verursachte ein eigenwilliges Kribbeln. Um ein frühzeitiges Herauslaufen zu verhindern, hatte Gerda einen Kopfstand vorgeschlagen, doch ein Kissen unter ihrem Becken tat es wohl auch. Bevor ihr Freund ihr die zweite Ladung verpasste, zog er die breite Spitze des Klistiers mehrmals durch ihre Schamlippen. Das kalte Metall erregte sie. Gebannt verfolgte Gerda, wie er den Kolben ganz langsam herunterdrückte. Das Gefühl war wirklich unbeschreiblich. Die Kälte tat ihrer strapazierten Vagina gut. Schon jetzt verspürte sie Lust auf einen weiteren Fick. Bereits nach anderthalb Füllungen quoll der Joghurt aus ihrer Vagina. Viel Platz gab ihr Schoß nicht her. Vorsichtig leckte ihr Freund sie sauber, tupfte ihre Schamlippen mit einem Tuch trocken und zog ihr einen bereitgelegten Gummislip über. Gerda war vernarrt in den wohltuenden Druck des warmen Gummis zwischen ihren Beinen. Behutsam stand sie auf und zog den Slip vorsichtshalber noch etwas straffer.

Es war wichtig, dass die Füllung nicht frühzeitig verloren ging. Mit kleinen Schritten tippelte Gerda zum Schrank. Selbstgefällig drehte sich vor dem großen Wandspiegel. Dann griff sie nach ihrem Wickelrock und schlang ihn sich um die Hüften. Anschließend schlüpfte sie in eine bereitgelegte Bluse und schloss sie über ihren nackten, vollen Brüsten. Inbrünstig hoffte sie, dass der Gummislip die wertvolle Fracht auch wirklich lang genug zurückhielt. Die Kälte des Joghurts war kaum noch zu spüren. Lange würde es also nicht mehr dauern, bis er sich vollends erwärmte und so dünnflüssig werden würde, dass selbst ein Gummislip ihn nicht am Auslaufen hindern würde.

Schnell tippelte Gerda in die Küche. Ihr Freund Jens stand neben dem Küchentisch und küsste sie zärtlich auf die Wange.

»Wollten wir nicht etwas essen?«, fragte er. »Ich sterbe sonst vor Hunger.«

»Was meinst du, warum du mir den Einlauf verpasst hast?«, antwortete Gerda mit einem verschmitzten Lächeln und stellte einen Salat und etwas Brot auf den Tisch.

»Ich dachte, du brauchtest nur etwas Abkühlung.«

»Du kennst mich noch nicht lange genug, mein Lieber«, erwiderte Gerda schnippisch. »Was siehst du denn hier auf dem Tisch?«

»Salat, Brot und Wein.«

»Genau«, sagte Gerda lachend und öffnete ihre Bluse, so weit es ging. Dann schob sie beide Hände unter ihre volle Brust und hob sie etwas an. »Und das ist der Nachtisch.«

Auf dem Gesicht ihres Freundes spiegelte sich Unverständnis, obwohl seine Blicke an ihren kaum verhüllten Brüsten hingen.

»Na, überlege doch mal. Hast du schon mal Salat ohne Dressing gegessen?«

Als er sie weiterhin nur fragend ansah, drehte Gerda den Stuhl um und forderte ihn auf, ihr die Hand zu geben. Über den Stuhl stieg sie auf den Tisch, wo sie ihren Wickelrock hochschob und die Salatschüssel zwischen ihren Beinen platzierte.

»Fällt jetzt der Groschen?«, fragte sie mit schelmischem Grinsen.

Ihr Freund war sprachlos. Gerdas Schoß befand sich jetzt auf Höhe seiner Augen. Obwohl der Gummislip eng zwischen ihren Beinen saß, perlte an den Rändern bereits der weißliche Saft hervor. Kaum hatte Gerda ihren Finger hinter den Zwickel gehakt, schoss der dünnflüssig gewordene Joghurt auch schon in einem Schwall aus ihr heraus. Erst als nur noch Tropfen aus ihrer Vagina kamen, ließ sie den Slip zurückschnellen.

»Keine Bange. Es ist noch genug für dich da«, sagte Gerda. »Nach dem Essen will ich, dass du mich sauber leckst.«

Nach dem Essen setzte sie sich rittlings auf seinen Schoß, damit er mit ihren Brüsten spielen konnte. Wenige Streicheinheiten genügten, um die Brustwarzen fest unter der Bluse hervortreten zu lassen. Gerda knöpfte die Bluse ganz auf und gestattete ihm, an ihren empfindlichen Knospen zu saugen. Je mehr er sie bearbeitete, desto feuchter wurde sie. Wenn er ihr gleich den Slip herunterzog, würde er sich wundern. Gerda streifte die Bluse ab und ließ den Wickelrock hinter sich fallen.

Sie besaß eine ausgeprägte Vorliebe für gewagte Dessous, doch die aus Gummi gefielen ihr am besten. Nicht nur der Anblick ihres schwarz-glänzenden Slips, der sich eng um ihren Unterleib schmiegte, stimulierte sie. Unter dem dünnen Material zeichneten sich deutlich ihr ausgeprägter Venushügel und ihre ausgeprägten Schamlippen ab.

So sehr sie sich auch danach sehnte, seinen Schwanz zwischen den Beinen zu spüren, sollte er sie doch erst einmal auslecken. Gerda zog ihn zur Anrichte, welche die richtige Höhe für ihren Plan hatte. Vorsichtig hob er sie hoch und ließ sie auf dem Rand Platz nehmen.

»Hier ist mein Geschenk für dich versteckt« sagte Gerda, spreizte die Beine und klopfte leicht gegen das Gummi. »Den Joghurt, vermischt mit meinen Lustsäften, erhält nicht jeder. Also genieße es.«

Begierig senkte ihr Freund seinen Kopf zwischen ihre Beine. Zuerst schob er seine Zunge vorsichtig unter den Zwickel, dann saugte er alles aus ihrer Vagina heraus. Es schmeckte köstlich. Als Gerda unversehens kam, schenkte sie ihm einen weiteren Schwall ihrer Lust. Etwas davon tropfte auf den Boden. Jens quollen die Augen aus dem Kopf. Eine Frau, die in seinen Mund abspritzte!

Voller Geilheit flüsterte Gerda: »Wenn es dir gefällt, kannst du mich öfters füllen und auslecken.«

Wenig später folgte er ihr zum Bett. Gerda setzte sich über sein Gesicht und rieb die letzten Tropfen an seiner Nase und seinen Lippen ab. Gleich würde er sie ficken. Und dann sollte er sie ein weiteres Mal lecken, doch diesmal war es seine Füllung.

Die tabulose Sklavin, unterwürfig & befriedigt

Was war passiert? Warum stieß er sie bloß zurück? Hatte Sie einen Fehler begangen? Sie kannten sich doch gerade erst seit zwei Wochen. Unmöglich, dass sie ihm in der kurzen Zeit überdrüssig geworden war.

Seit ihrem ersten Treffen war kein einziger Tag vergangen, an dem sie nicht mindestens einmal miteinander geschlafen hatten. Und ausgerechnet heute Abend verweigerte Markus sich ihr – und das nach einem Kino- und Restaurantbesuch voller Harmonie und Knutscherei auf dem Nachhauseweg. Immer noch hallte ihr sein Satz in den Ohren, dass man nicht täglich miteinander schlafen müsse, und außerdem sei er viel zu müde. Was verunsicherte sie so? Seine Reaktion kam ihr wie eine Bestrafung vor. Begehrte er sie etwa nicht mehr? Wie sie es auch drehte und wendete, sie fand weder eine Erklärung noch eine Antwort für sein Verhalten.

Dabei fing vor vierzehn Tagen alles so vielversprechend an. Sie waren nach einer feucht-fröhlichen Party zu ihm nach Hause gegangen, hatten sich ausgezogen und aufs Bett gelegt. Sarah wollte noch eine Kopfschmerztablette einnehmen und drehte sich suchend nach einem Glas Wasser um.

Er lachte nur und sagte: »Du brauchst nicht in die Küche zu gehen. Bleib hier, du bekommst von mir alles, was du brauchst.«

Markus deutete auf seinen Schwanz und forderte sie auf, sich zwischen seine Beine zu knien. Elektrisiert kam Sarah der Aufforderung nach und spülte die Tablette mit einem kräftigen

Strahl Urin hinunter. Als er sie danach lang und ausdauernd küsste, wurde sie feucht. Alles kam ihr völlig normal und alltäglich vor. Der anschließende Fick war atemberaubend. Willenlos gab sie sich ihm in jeder Stellung und auf jede Spielart hin. Nie hatte sie auch nur annähernd etwas Ähnliches erlebt.

Seitdem wechselte sie täglich mindestens zweimal den Slip. Entweder, weil sie von allein so geil wurde, dass sie regelrecht auslief oder weil das herauslaufende Sperma nach einem trockenen Höschen verlangte. Das Tragen von langen Hosen erübrigt sich, denn ihr schnelles Verlangen duldete keinen vermeidbaren Aufschub.

Sexualität in dieser Intensität war ihr vollkommen neu. Allein ein Blick oder eine Berührung von ihm ließen sie in einem Ausmaß geil werden, dass sie alle Scham oder Bedenken über Bord warf und sich ihm nicht nur bedingungslos hingab, sondern seinen Liebesbeweis auch an allen unmöglichen Stellen einforderte. Hausflure, Tiefgaragen oder Parkbänke waren da noch das wenigste. Trotz des winterlichen Wetters nötigte sie ihn häufig bei der nächsten sich bietenden Gelegenheit anzuhalten und sie über die Kühlerhaube gebeugt von hinten zu nehmen.

Warum also der heutige Rückzug? Bereits während ihrer ausgiebigen Einkaufstour am Nachmittag wehrte er einen schnellen Blowjob in der Umkleidekabine ab. Auch beim anschließenden Cafébesuch wollte er nicht, dass sie seinen Schwanz unter dem Tisch massierte. Dabei war er ansonsten regelrecht versessen darauf, sich in ihrer Hand zu erleichtern, damit sie sein Sperma von allen anderen unbemerkt auflecken konnte.

Noch nie in ihrem Leben hatte Sarah diesen triebhaften Drang verspürt, sich einem Mann hinzugeben sowie das fast schon zwanghafte Bedürfnis, vollgespritzt zu werden. Dabei war es völlig egal, wo er in ihr kam. Bei Markus verlangte es sie sogar mehrmals täglich danach.

In den ersten Tagen war ihr Verlangen bereits beim Aufwachen so stark gewesen, dass sie noch völlig verschlafen nach seinem Glied griff und es sich in der Seitenlage zwischen die Schenkel führte. Meist war sie es, die als Erste kam. Mit seinem Sperma zwischen den Beinen schliefen sie dann wieder ein, bis der Wecker schellte.

Am Wochenende hielt sie es danach gerade mal bis zum Mittagessen aus. In einen dünnen Morgenmantel gehüllt, hockte sie sich meist nach dem Essen auf ihn und besorgte es ihm ein weiteres Mal. Erst jetzt fühlte sie sich befriedigt und satt. Ein tiefes Bedürfnis nach Nähe keimte in ihr auf. Sie schmiegte sich auf der breiten Couch eng an ihn und während sie Musik hörten, spielte sie mit seinem Schwanz.

Sie liebte es, ihn oral zu befriedigen. Ja, am liebsten wollte sie dabei gar nicht wahrgenommen werden. Er sollte lesen, fernsehen, Musik hören, während sie ihn zärtlich mit dem Mund verwöhnte. Und darin war Sarah eine wahre Meisterin. Alle Männer verfielen früher oder später der Sanftheit ihres Zungenspiels. Bereits bei ihrem ersten Spaziergang über einen Höhenweg drückte Sarah Markus plötzlich auf eine der Bänke, forderte ihn auf, die Schönheit des Ausblicks zu genießen, während sie sich trotz der Kälte vor ihn hinkniete und ihm nach allen Regeln der Kunst das Sperma aus den prallen Eiern trieb.

Selbst während der Autofahrten nahm sie seinen Schwanz gern in den Mund. Entzog die Dämmerung sie den Blicken anderer Autofahrer, forderte sie zu einem Quickie auf einem der Parkplätze auf. Über die Motorhaube gebeugt, bat sie ihn, sich einfach zu bedienen. Sarah kam zugute, dass sie zu multiplen Orgasmen neigte und es nur weniger Stöße bedurfte, um ihr einen Höhepunkt zu bescheren. Markus konnte abspritzen, wann er wollte, denn sie war ihm in puncto Befriedigung immer einen kleinen Schritt voraus. Waren keine Parkplätze in der Nähe, besorgte sie es ihm während der Fahrt mit ihrem weichen Mund.

Und heute wehrte er sie ab! Warum nur? Noch auf der Straße hatten sie sich heftig und lange geküsst. Bei den Zungenküssen war sie ganz feucht geworden und hatte sich auf einen ausgiebigen Fick auf dem Bett gefreut. Nicht lange nach seiner desillusionierenden Äußerung, heute nicht mit ihr schlafen zu wollen, war er eingeschlafen.

Seine plötzliche Enthaltsamkeit führten bei ihr zu masochistischen Fantasien. Sie wollte seine Sklavin sein, ihm mit ihrem ganzen Körper dienen. Egal was er von ihr fordern sollte, sie würde ihm zu Willen sein. Zwar gab es für Sarah nur wenig Tabubereiche, doch sie würde alles, aber auch alles tun, was er von ihr verlangte.

Sarah verstand die Welt nicht mehr. Gerade heute. Einem spontanen Einfall nachgebend, war sie auf dem gestrigen Nachhauseweg in ein Wäschegeschäft gegangen, um ihn am heutigen Abend mit sündhaft teuren Dessous überraschen zu können: eine Büstenhebe und einen Hauch von Slip aus Spitze. Die Büstenhebe brachte ihre dunklen Brustwarzen vorteilhaft zur Geltung. Knospen gleich lugten sie über den spitzenbesetzten Rand. Der im Schritt offene Seidenslip ließ keinen Zweifel aufkommen, dass ihre Schamlippen lang und üppig waren. Die zarten, mit Blumenstickereien besetzten Bänder saßen im Schritt durch ihre gummierten Innenseiten rutschfest an. Öffnete sie ihre Beine, zeigte sich ihre Möse zwischen den zarten Bändern auf äußerst reizvolle Art und Weise.

Beim Abstreifen des Kleides hatte das Set seinen tadellosen Sitz behalten. Mit leicht gespreizten Beinen und nach hinten gedrückten Schultern hatte sie sich fordernd vor ihn gestellt und an seinen Blicken abgelesen, dass ihm das, was er sah, sehr gut gefiel. Als Markus ihr dann aber aus heiterem Himmel sagte, dass er keine Lust auf sie habe und lieber schlafen wolle, war sie aus allen Wolken gefallen. Als er dann auch noch sofort einschlief, entledigte sie sich völlig frustriert der überflüssigen Dessous und warf sie frustriert in die Ecke.

»So muss es sein, wenn man eine Sklavin ist«, schoss es ihr durch den Kopf. Bei dem Gedanken musste sie trotz allem lächeln. Sie erinnerte sich an ihren Wunsch zu dienen, griff nach der kratzigen Wolldecke, die ihm als Überwurf diente, breitet sie vor dem Bett auf dem Boden aus und legte sich darauf. An die kratzige Decke, die sie über ihren nackten Körper zog, würde sie sich als Sklavin wohl gewöhnen müssen.

In den frühen Morgenstunden tastete seine Hand nach ihr. Willig folgte sie seiner Aufforderung und legte sich neben ihn. Was für eine Wohltat gegen die kratzige Decke und den harten Boden. Aber erst nachdem sein Sperma aus ihrer Vagina floss und ihre Schenkel benetzte, spürte sie tief in ihrem Innern, dass sie mit Markus von nun an eine neue Art der Beziehung verband.

Sex zum Frühstück

Anja saß auf einem Stuhl in der Küche und schmiegte ihre Wange an Hermanns nackten Bauch. Mit den Armen umschlang sie seine Hüften. Sein offenstehender Morgenmantel verbarg ihren Kopf wie unter einem Zelt. Aus den Tiefen seines Bauchs drang ein leichtes Gluckern. Bestimmt war es der Morgenkaffee, der sich seinen Weg bahnte. Die feinen Haare auf seinem Bauch kitzelten ihr in der Nase, während sie den Duft seines Körpers in sich aufsaugte.

Langsam zog Anja ihre Arme zurück, zog Hermann zwischen ihre Beine und legte ihre Hände auf seine Pobacken.

Lustvoll spannte er die Gesäßmuskulatur an. Anja liebte es, seine festen Arschbacken zu massieren oder ihre Finger zärtlich über seinen behaarten Po gleiten zu lassen. Das Gefühl war wunderbar und weckte Erinnerungen an ihre erste Reitstunde, bei der sie das Fell des Tieres nach dem Ausritt mit einer Bürste gestriegelt hatte.

Trotz der frühen Morgenstunde erwachte Hermanns Schwanz zu neuem Leben. Langsam glitten Anja Hände nach unten. Mit den Fingern der rechten Hand umschloss sie seine Hoden. Der sanfte Druck ihrer Finger setzte die stimulierende Massage über den Damm bis zu seinem Anus fort. Mit der linken Hand fuhr sie zwischen seine Pobacken, spreizte sie und klopfte spielerisch gegen seine Rosette. Nach und nach richtete sich sein Schwanz auf. Je mehr er sich versteifte, umso fester schlossen sich Anjas Finger um seine Hoden und ließen sie leicht hin und her pendeln. Schließlich zog sich die Vorhaut zurück und legte die empfindliche Eichel frei. Immer noch machte Anja keine Anstalten, sein Glied zu massieren. Vielmehr blies sie hin und wieder nur zart über seine Eichel oder lockerte den Griff um seine Hoden.

Hermann konnte und wollte sich nicht mehr zurückhalten. Er befeuchtete seine Handflächen und ließ seinen Schwanz durch den künstlichen Tunnel gleiten. Der Druck von Anjas Fingern auf seine Hoden verstärkte sich. Kurz darauf spritzte er seinen Samen auf ihren Bauch.

Mit Blick auf sein Sperma fragte ihn Anja mit kokettem Augenaufschlag: »Zweites Frühstück gefällig?«

VOLLGESPRITZT

Die Zeit drängte. Hans stand im Wohnzimmer und trat von einem Fuß auf den anderen. Ungeduldig wartete er darauf, seiner Frau endlich den Reißverschluss ihres Abendkleids zuziehen zu können. Zum wiederholten Male nestelte Sonja am trägerlosen BH ihres schulterfreien Kleides, zupfte mal hier mal dort, doch bei der kleinsten Drehung schoben sich die eingelegten Haftschalen hervor.

Bei der Abendgala der Sendeanstalt, bei der sie beide beschäftigt waren, legte man großen Wert auf Form und Stil. Hans trug einen Smoking und hielt bereits Sonjas kleine, mit Perlen bestickte Handtasche, die Eintrittskarten sowie die Autoschlüssel in der Hand.

»Er sitzt einfach nicht. Die Schalen sind zu groß«, mokierte sich Sonja.

»Warum ziehst du dann nicht die Büstenhebe an?«, fragte Hans.

»Habe ich doch schon längst probiert«, entgegnete Sonja gereizt, »sie drückt meine Brüste zu stark nach oben. Bei einer ungeschickten Bewegung schieben sich meine Brustwarzen aus dem Dekolleté. Das geht nicht.«

»Und wenn du ein anderes Kleid anziehst«, schlug Hans mit einem sorgenvollen Blick auf die Uhr vor. Wenn sie im Festsaal nicht die schlechtesten Plätze zugewiesen bekommen wollten, mussten sie sich beeilen.

»Die beiden anderen, die infrage kämen, sind noch in der Reinigung. Dieses hier ist das Einzige, dass sich für den festlichen Rahmen eignet.«

Sonja wandte sich wieder der Schublade mit ihren Dessous zu. »Das hier könnte es sein!« Sie nahm zwei Haftschalen heraus, streifte das Oberteil des Kleides herunter, zog den BH aus und drückte sie sich unter die Brüste. Schon im nächsten Moment verlor sich der freudige Ausdruck auf ihrem Gesicht. »Sie halten nicht. Die Klebstreifen sind wahrscheinlich zu alt.« Enttäuscht legte sie die Haftschalen beiseite.

Der Anblick des bis zu den Hüften heruntergeschobenen Abendkleids, ihrer geröteten Wangen und ihrer üppigen, von dunklen Warzen gekrönten Brüste erregte ihn. Hans begehrte seine Frau immer noch im gleichen Maße wie am ersten Tag. Die Hose über seinem Glied spannte sich. Wie üblich blieb es Sonja nicht verborgen. Aber genau das brachte sie auf die richtige Idee.

»Das ist es«, rief sie aufgeregt. Mit einem koketten Augenaufschlag massierte sie sein Glied durch den Stoff der Hose. »Du willst mir doch bestimmt helfen?«, flüsterte sie ihm ins Ohr. Im nächsten Moment schon kniete sie vor ihm, öffnete den Reißverschluss seiner Hose und holte sein steifes Glied heraus. »Du spritzt mir jetzt deinen Samen auf die Titten. Alles klar? Halt dich nicht zurück. Je schneller du kommst, desto besser.«

Und schon flogen ihre Finger über den steifen Schwanz. Mit der anderen Hand langte sie zwischen seine Beine und knetete gekonnt seine Hoden. Um seine Lust anzustacheln, stöhnte sie immer wieder laut auf, genauso als würde er sie kräftig durchficken. Prompt legte sein Schwanz noch einmal an Härte zu. Sonja wechselte ihre Taktik. Jetzt wichste sie ihn nur noch mit den Kuppen ihres Daumens und Zeigefingers. Schon immer hatte sie das Spiel mit seiner Geilheit meisterhaft beherrscht.

»Bei dem Gedanken, all den Leuten heute Abend mit vollgespritzten Brüsten entgegenzutreten, werde ich feucht«, flüsterte sie mit rauchiger Stimme. »Und die Vorstellung, hin und wieder den Geruch deines Spermas in der Nase zu haben, steigert meine Lust zur Qual. Stell dir nur vor, jemand küsst mich auf die Wangen und riecht es ebenfalls!«

Hans stöhnte auf. Lustvoll streckte er ihr den Unterleib entgegen. Sonja verstärkte den Druck ihrer Finger, während ihre Nägel über seinen Hoden fuhren.

»Wenn es mir heute Abend gefällt«, vertraute ihm Sonja unter weiterem Stöhnen an, »verzichte ich das nächste Mal auf den Slip. Natürlich musst du mich vorher kräftig vollspritzen. Bestimmt ist es ein aufregendes Gefühl, wenn dein Sperma an meinen nackten Beinen herunterläuft, ohne dass die anderen es bemerken können!« Sonja kicherte, ohne in ihrem Bemühen nachzulassen. »Bei der Idee könnte ich kommen. Schade, dass es schon so spät ist, sonst hätten wir es bereits heute Abend ausprobieren können.« Sie verstärkte den Druck auf seine Hoden. Irgendwie dauerte es ihr zu lange. Sonja wurde schnell ungeduldig.

»Spritzt du mich jetzt endlich voll?«, ging sie ihn an, »man könnte meinen, dass es dich langweilt, wenn eine Frau im Abendkleid dich anbettelt, ihr auf die nackten Brüste zu spritzen?«

Hans streckte ihr seinen Schwanz entgegen. Wenn sie ihn doch nur für einen kurzen Augenblick in den Mund nähme, dann würde er schon kommen.

Sonja spürte seinen Wunsch, streckte ihre Zunge weit heraus, um kurz über seine Eichel zu lecken. »Du musst nicht meinen, dass ich nicht genau weiß, was du willst. Aber ich habe bereits Lippenstift aufgetragen. Heute muss dir das Lecken genügen.«

Während sie den Druck ihrer Finger verstärkte, leckte sie begierig über seine Eichel. Ab und zu ließ sie seine Eichel über ihre Brustwarzen gleiten. Der Druck ihrer Finger schien seinen Schwanz erneut anschwellen zu lassen. Seine Hoden signalisierten ihr, dass er kurz davor stand zu kommen. Zeigefinger und Daumen bildeten jetzt einen festen Ring, durch den sie seine Eichel trieb. Kurz darauf entleerte er sich zwischen ihren Brüsten unter heftigen Zuckungen.

Gekonnt fing Sonja das klebrige Ejakulat zwischen ihren zusammengedrückten Brüsten auf und verstrich es mit seinem schlaff werdenden Schwanz, drückte die Haftschalen darauf und zog das Oberteil hoch. Mit einem letzten Blick in den Flurspiegel überprüfte sie den Sitz ihres Kleides.

»Wenn du deinen Schwanz in die Hose steckst«, sagte sie lachend, wobei sie ihm ein Taschentuch reichte, »können wir gehen. Oder willst du ihn heute Abend etwa draußen hängen lassen?«

Die Haftschalen hielten übrigens sehr gut, was dazu führte, dass Hans vor weiteren festlichen Veranstaltungen gleich zweimal zum Zuge kam: Zuerst molk ihn Sonja zwischen ihren Brüsten, um ihren Haftschalen einen sicheren Sitz zu garantieren und kurz darauf ließ sie sich von ihm vor dem Küchentisch stehend vollspritzen, um sofort danach das knöchellange Kleid herunterzustreifen und an seinem Arm die Wohnung zu verlassen. Das Gefühl des herablaufen Spermas beflügelte ihre Lust dermaßen, dass Hans es ihr nach der Rückkehr von den Festen immer noch einmal ausgiebig besorgen musste.

LIEBE ZU DRITT - UNBEKANNTE LUST

Erikas Wangen glühten. Widersprüchliche Gefühle von unbekannter Lust und Scham durchfluteten sie. Zum ersten Mal in ihrem Leben erlebte sie das Liebesspiel mit zwei Männern gleichzeitig. Zwar hatte sie ihren Mann beim Sex schon häufiger mit dem Wunsch aufgegeilt, es einmal zu dritt treiben zu wollen, aber eine Ménage-à-trois Wirklichkeit werden zu lassen, war doch etwas anderes.

Erika saß mit gespreizten Beinen rittlings auf ihrem Mann. Sein hartes Glied steckte tief in ihrem Schoß und gab ihr Halt. Dennoch fühlte sie sich plötzlich ganz klein, hilflos und ausgeliefert. Obwohl sie es so gewollt hatte, keimte für einen winzigen Moment das widersprüchliche Gefühl in ihr auf, dass sie von den beiden Männern missbraucht wurde.

Sie war froh, dem Freund und Arbeitskollegen ihres Mannes, der hinter ihr kniete und ihre Hüften umschlang, erst einmal nicht in die Augen sehen zu müssen. Gerade drückte er seinen Schwanz ein weiteres Mal gegen ihre jungfräuliche Rosette. Erika bemühte sich, dem unwillkürlichen Reflex ihres Schließmuskels entgegenzuwirken. Sie holte mehrmals tief Luft und entspannte ihre Beckenmuskulatur. Eigentlich hatte sie sich darauf gefreut, von zwei Schwänzen gleichzeitig verwöhnt zu werden, aber Analverkehr war für sie eine unbekannte Größe. Vielleicht war es ein Fehler, es nicht wenigstens einmal mit ihrem Mann versucht zu haben. Jetzt war es zu spät. Erneut atmete sie tief ein, griff nach hinten und zog ihre Pobacken weit auseinander. Und endlich funktionierte es. Sie spürte, wie seine Eichel ihre Rosette dehnte und der Schwanz mit einem schmatzenden Geräusch in ihrem vor Vaseline glänzenden Arsch verschwand. Zum ersten Mal in ihrem Leben steckten zwei Schwänze zugleich in ihr.

Über dem neuen, faszinierenden Gefühl vergaß sie fast den Schwanz ihres Mannes, der in dieser Stellung zur Untätigkeit verdammt war und den ihre Schamlippen bis dahin wie eine sichere Bastion umklammert hatten. Das Herz schlug ihr vor Aufregung bis zum Hals. Sie spürte, wie sich die beiden Schwänze in ihr berührten. Nur eine dünne Haut trennte sie voneinander. Die eigentümlich fremde Spannung in ihrem Unterleib verschaffte ihr ein berauschendes Gefühl. Mit zwei Schwänzen in ihrem Schoß fühlte sie sich unglaublich satt und ausgefüllt. Die anfängliche Nervosität und Schamhaftigkeit verflogen so plötzlich, wie sie gekommen waren. Erika verspürte plötzlich ein Empfinden grenzenloser Freiheit. Spontan streckte sie ihr Becken dem von hinten eindringenden Schwanz entgegen. Je mehr der ungewohnte Druck in ihrem Anus nachließ, desto stärker wurde ihr Verlangen, den hinteren Schwanz intensiver spüren zu wollen. Leider beließ ihr die Stellung nur wenig Spielraum.

Während Erika sich langsam zu ihrem Mann hinunterbeugte, um den anderen tiefer in ihren Arsch vordringen zu lassen, dachte sie daran, dass der Schwanz ihres Mannes zum Glück länger und kräftiger war als der seines Freundes. Ein Kürzerer wäre bei dieser Bewegung schon längst aus ihr herausgerutscht.

Während der Arbeitskollege immer tiefer in sie eindrang, streichelte ihr Mann ihre vollen Brüste. Bewusst vermied er dabei jeglichen Kontakt mit den sensiblen Brustwarzen, deren Empfindlichkeit sogar noch die ihrer Klitoris übertraf. Ihr Mann hatte vorausgesehen, dass diese Stellung Erika nur wenig Spielraum zur Steigerung ihrer Lust bot. Aber genau das hatte er bezweckt, denn seine Frau sollte ihren ersten Arschfick in Doppelbesetzung in guter Erinnerung behalten. Als Erika sich noch tiefer zu ihm herabbeugte, musste er sich ziemlich anstrengen, um nicht aus ihr herauszurutschen. Wenn er schon nicht ihre Brustwarzen verwöhnte, wollte sie sie zumindest an seiner Brust reiben. Die sanften Berührungen entlockten ihr ein wohliges Stöhnen, was den Arbeitskollegen dazu veranlasste, noch tiefer in sie einzudringen.

Schon mehrmals hatte der Arbeitskollege ihres Mannes sie in ihrem Haus besucht. Durch zahlreiche gemeinsame Freizeitaktivitäten hatte sich das Verhältnis in den letzten Monaten noch einmal intensiviert. Erika mochte seine stille, zuvorkommende und liebenswürdige Art. Vom ersten Moment an hatte sie den Arbeitskollegen ihres Mannes als sehr angenehm empfunden. Nach und nach war eine große Vertrautheit zwischen ihnen entstanden. Zuletzt verspürte Erika keinerlei Bedenken, zu dritt gemeinsam nackt im nahen Waldsee zu baden oder eine

Sauna zu besuchen.

Bei einem Discobesuch hatte der Arbeitskollege ihres Mannes beim Tanzen wie zufällig ihre Brust berührt und sie dabei merkwürdig angesehen. Ihrem Mann war der Vorfall nicht entgangen. Als sie abends miteinander schliefen, sprach er sie darauf an. Um ihn anzustacheln, tat Erika so, als habe sie die Situation absichtlich herbeigeführt. Dass ein fremder Mann seine Frau begehrte und ihr an die Brust fasste, ließ ihren Mann schneller kommen, als ihm lieb war. Aber auch Erika erregt es stark, weshalb sie anregte, ihre Fantasien über eine Ménage-à-trois doch mit diesem Mann in die Realität umzusetzen. Auch wenn Erika danach am liebsten einen Rückzieher gemacht hätte, war nicht zu übersehen, dass ihr Vorschlag das eheliche Sexleben enorm belebte.

Wenn sie miteinander schliefen, kam ihr Mann immer wieder auf den Arbeitskollegen zu sprechen. Enthielten ihre erotischen Geschichten, die sie sich zur Stimulation gegenseitig erzählten, bislang nur anonyme Personen, veränderte sich dies jetzt. Manchmal drückte ihr Mann ihr beim Beischlaf vielsagend mit dem Finger gegen den Anus, während er sie mit verführerischer Stimme aufforderte, sich vorzustellen, der Arbeitskollege nähme sie jetzt von hinten. Erika gewöhnte sich schnell an den Gedanken. Schließlich geilte sie die Vorstellung genauso auf wie ihn.

Es brauchte nicht mehr lange, bis sie die Umsetzung ihres Plans beschlossen. Voraussetzung war, dass er zuvor den Arbeitskollegen in ihre Pläne einweihen sollte, denn völlig unvorbereitet wollte sie ihm nicht entgegentreten. Ihr Mann lief bei seinem Arbeitskollegen allerdings offene Türen ein, denn schon lange beflügelte diesen der Wunsch, der attraktiven Frau seines Kollegen näherzukommen und sie vielleicht sogar sexuell verwöhnen zu können.

Nach einem Abend in der nahe gelegenen Diskothek luden sie ihn deshalb noch auf ein Glas Wein zu sich ein. Nach zwei Flaschen Wein waren sie endlich so weit. Erika dimmte das Licht in der Wohnung, dann zogen sie sich aus und legten sich auf das breite Ehebett. Das schummrige Licht half ihnen, die letzten Hemmungen zu überwinden.

Die beiden Männer bemühten sich, es Erika leicht zu machen. Zuerst überschütteten sie sie mit Komplimenten zu ihrer Figur, dann küssten sie sie abwechselnd, streichelten sie, bis sie so weit war, sich ihnen körperlich hinzugeben. Erika genoss es in vollen Zügen, der Mittelpunkt für vier fordernde Hände, zwei Zungen und zwei steife Schwänze zu sein.

Es dauerte nicht lange und sie beschlossen, Erika solle sich rittlings auf ihren Mann setzten, um sich von dem Arbeitskollegen von hinten nehmen zu lassen. Dass das Glied des Arbeitskollegen dünner war, erwies sich dabei als echter Segen.

Um ihre Rosette zu weiten, zog der Arbeitskollege seinen Schwanz immer wieder ganz aus ihr heraus, um ihn im nächsten Moment bereits wieder mit sanftem Druck in sie hineinzustoßen. Erst als er ohne Probleme in sie eindringen konnte, nahm er sie kräftiger ran. Aufgrund einer sorgfältigen Darmspülung brauchte Erika kein Malheur zu fürchten. Das Gefühl, von hinten gefickt zu werden, war für sie berauschend. Es kam ihr vor, als könne der Schwanz endlos in sie eindringen. Sie dachte kurz an den langen Schwanz ihres Mannes, der ständig ihren Muttermund malträtierte. Für ihn müsste ein Arschfick Wonnen ohnegleichen bedeuten.

Ein eigenartiger Stolz keimte in ihr auf, als ihr bewusst wurde, dass sie zwei Männer auf einmal befriedigen und ihre Geilheit je nach Belieben steuern konnte. Vorsichtig hob und senkte Erika ihren Schoß, um auch dem Schwanz ihres Mannes entsprechenden Genuss zu verschaffen. Hin und wieder senkte sie ihre Brüste auf seine Brusthaare herab. Sofort verhärteten sich die empfindlichen Brustwarzen.

Der Arbeitskollege nutzte jedes Mal die Chance, um tiefer in sie hineinzustoßen. Impulsiv erwiderte Erika seine Zuwendungen, wobei der Schwanz ihres Mannes aus ihrem feuchten Schoß herausglitt, ohne dass sie es wahrnahm. Die kräftiger werdenden hinteren Stöße nahmen sie völlig gefangen. Erst der Protest ihres Mannes brachte sie in die Realität zurück. Schnell griff sie zwischen ihre Beine und steckte den Schwanz wieder in ihre feuchte Grotte. Dabei rutschte jedoch der Arbeitskollege aus ihr heraus. Bereitwillig spreizte sie ihre Pobacken mit beiden Händen und ließ ihn erneut in ihren Arsch eindringen.

Vorsichtiger geworden, bewegte Erika jetzt ihre Hüften nur noch leicht hin und her. Gerade genug, um die Reibung der Schwänze zu verstärken. Sich von zwei Schwänzen ficken zu lassen, war nicht so einfach. Einer von ihnen war immer der Benachteiligte - meist derjenige, der unter ihr lag. Als Erikas Bewegungen heftiger wurden, hielt der Arbeitskollege ihres Mannes sie an den Hüften fest und drückte sie kraftvoll auf den Schwanz ihres Mannes herunter. Unwillkürlich kontrahierte Erikas kräftiger Schließmuskel und drückte das Glied des Arbeitskollegen mit einem Schwung aus sich heraus.

Ohne seinen Schwanz im Arsch fühlte sich ihr Unterleib plötzlich eigentümlich leer an. Erika versuchte, den Verlust zu kompensieren, indem sie den Schwanz ihres Mannes wie wild ritt. Mit einem Mal verspürte sie eine tiefe Sehnsucht nach seinen harten und festen Stößen.

Doch hatte sie die Rechnung ohne den Arbeitskollegen ihres Mannes gemacht. Kraftvoll federte er ihren Ritt mit beiden Händen ab, bis ihre Hüften zwischen ihnen wie in einen Schraubstock saßen. Mit einer letzten Anstrengung drückte er ihren Oberkörper auf den ihres Mannes herab, ließ seinen

Schwanz kurz an ihrem feuchten Damm entlanggleiten, steckte ihn jedoch nicht in ihren Arsch, sondern in die bereits vom Schwanz ihres Mannes ausgefüllte Vagina. Ein heftiger Schmerz durchfuhr sie. Der Druck im Eingang ihrer Fotze war gewaltig. Sie rang nach Luft. Doch war es zu spät, ihn wegzuschieben, denn nun steckten zwei Schwänze in ihrer Möse.

Erinnerungen an einen längst vergangenen Abend flammten auf, an dem ihr Mann versucht hatte, sie mit einem enorm großen Gummipenis zu penetrieren. Fast wäre dabei der Eingang ihrer Scheide eingerissen. Noch nie zuvor war Erikas Fotze derart stark gedehnt worden. Aufgrund der enorm starken Reizung ihrer Klitoris kam sie damals gleich zweimal hintereinander.

Der Druck durch das zweite Glied in ihrer Vagina verstärkte sich. Der Schwanz des Arbeitskollegen glitt auf dem ihres Mannes wie auf einem Schlitten auf und ab. Nicht nur für sie, sondern auch für die Männer war das ein ganz eigenwilliges Gefühl. In Erikas stark gedehntem Loch rieben sich jetzt zwei Schwänze unmittelbar aneinander.

Erika kam sich regelrecht gepfählt vor. Sie erinnerte sich an einen Porno, in dem eine junge Frau sich von ihrem Freund mit der Faust ficken ließ. Nicht anders fühlte sie sich jetzt. Oder wie mochte es Katharina der Großen ergangen sein, von der man erzählt, dass sie sich ein Gestell habe bauen lassen, um ihr die Kopulation mit einem Pferd zu erlauben.

Hatte Erika der zeitgleiche Fick in Möse und Arsch schon maßlos erregt, so geilte sie der doppelte Vorstoß in ihre Vagina dermaßen auf, dass sie sich kaum noch zurückhalten konnte und nach ein paar weiteren Stößen unter lautem Stöhnen abspritzte. Glücklicherweise weitete der Orgasmus ihre Vagina und erlaubte es den beiden Männern, ihre Schwänze leichter hin und her zu bewegen. Erika liefen die Lustsäfte an den Schenkeln herunter. Stieß der eine in sie hinein, so glitt der andere zurück und so fort.

Erika verlor die Beherrschung und krallte sich an allem fest, was ihr zwischen die Finger kam. Ein zweiter heftiger Orgasmus fegte über sie hinweg. Endlich zog der Freund ihres Mannes seinen vor Feuchtigkeit triefenden Schwanz aus ihrer strapazierten Vagina heraus, aber nur, um ihn ihr ohne großes Vorspiel in den Arsch zu stecken.

Erika keuchte. Nach dem Einlochdoppelfick kam ihr die Sandwich-Variante fast vertraut und leicht vor. Unter Aufbietung ihrer letzten Kräfte setzte sie ihr gesamtes Können ein, um endlich vollgespritzt zu werden. Der Erste, der kam, war der Arbeitskollege ihres Mannes. Sie spürte deutlich, wie es aus ihm herausschoss, wie sein Penis schlaffer wurde und ihr Schließmuskel sich zusammenzog und ihn herausdrängte. Jetzt hatte sie freie Bahn für ihren Mann. Erika griff nach seinen Hoden und massierte sie, während ihr Gesäß über seinem Schwanz auf und ab flog. Ihr Mann belohnte sie, indem er ihre empfindlichen Brustwarzen knetete. Als er heftig stöhnend in ihr abspritzte, kam es Erika ein drittes Mal. Erschöpft ließ sie sich zwischen die beiden Männer fallen und fiel kurz darauf in einen Sekundenschlaf.

In ihren Händen - Entspannungssex

Seit Tagen schon fühlte er sich hundsmiserabel. Die Beziehung mit seiner Freundin war in die Brüche gegangen und zu allem Überfluss erwischte ihn gestern noch ein Blitzer in einer Tempo-30-Zone. Seit Tagen stand ihm der Frust unübersehbar ins Gesicht geschrieben. Früher war es ihm ein Leichtes gewesen, derartige Stimmungen beiseitezuschieben, doch neuerdings gelang ihm das nicht mehr. Schon seit Langem verfolgte ihn das Pech hartnäckig. Ein Blick auf seinen Körper bewies es. Der Gürtel schnürte den hervorstehenden Bauch deutlich ein und seine einst so sportliche Figur war längst passé. Zudem machten sich im Gesicht die ersten Altersfalten breit. Er konnte nur froh sein, dass wenigstens seine Arm- und Beinmuskulatur noch relativ gut in Form waren und nicht schlaff herunterhingen. Wenn er sich jetzt nicht unter Menschen begab, würde ihm über kurz oder lang die Decke auf den Kopf fallen.

Missmutig ließ Andre die Wohnungstür ins Schloss fallen. Er wandte sich der Treppe zu. Bereits auf der ersten Stufe rutschte er aus und stieß mit dem Ellbogen gegen das Geländer. Er fluchte. Ging denn alles nur noch schief?

Draußen schien die Abendsonne. Für den späten Herbst waren die Temperaturen noch ungewöhnlich hoch. Andre entspannte sich und schlenderte zum nahe gelegenen Café. Ein Kaffee würde ihm guttun.

Louise, die Kellnerin, mit der er sich angefreundet hatte, empfing ihn wie immer mit der ihr eigenen herzlichen Art. Später setzte sie sich sogar zu ihm. Sie begann ein lockeres Gespräch und merkte schnell, was mit ihm los war. Während sie zwischen ihren flinken Fingern den Zigarettenvorrat für den Abend drehte, hörte sie ihm aufmerksam zu. Manchmal stellte sie die eine oder andere Frage, ließ ihn jedoch ansonsten erzählen.

Andre spürte, wie seine Seele sich nach und nach entspannte. Zum ersten Mal nahm er dabei sein Gegenüber wirklich wahr. Louise war keine attraktive Frau, doch wirkte alles an ihr weich und wohl proportioniert. Sie war um die dreißig und einen halben Kopf kleiner als er. Er beobachte, wie ihre rosa Zunge sich zwischen ihren vollen Lippen für Sekundenbruchteile zum Anfeuchten des Klebstreifens hervorschob. Ihre abgeklärte Art beeindruckte ihn.

Mit einem Mal sah Louise auf. Sein Stimmungswandel war ihr nicht entgangen. Sie fragte ihn wie beiläufig, ob er sie nach der Schicht nicht noch in ein nahe gelegenes Lokal begleiten wolle? Obwohl Andre ahnte, wie der Abend enden würde und obwohl er dazu eigentlich nicht in der Stimmung war, sagte er zu. Er wollte jetzt einfach nicht allein sein. Louises Anwesenheit tat ihm einfach gut. Sie war eine gute Zuhörerin und in keinerlei Hinsicht anstrengend oder fordernd. Warum sollte er ihr also einen Korb geben?

Auf dem Weg zum Lokal hakte sie sich bei ihm unter und bereits eine Stunde später machte sie den Vorschlag, zu ihr nach Hause zu gehen. Es sei nicht weit und man könnte sich dort besser unterhalten.

Ihr Einzimmerappartement war spärlich möbliert. Die eine Wand nahmen ein einfacher Schrank und ein Klavier ein. Vis-à-vis vom Fenster stand ein breites Bett. Vor das Fenster war mit Nägeln ein Tuch gespannt, welches das gleiche Muster wie die Tagesdecke auf dem Bett hatte. Alle anderen Einrichtungsgegenstände waren mehr oder weniger willkürlich um das Bett herum drapiert.

Andre setzte sich aufs Bett und sah Louise zu, wie sie Wasser für einen Kaffee auf einer kleinen Herdplatte neben der Spüle erhitzte. Wenig später ließ sie sich mit zwei dampfenden Tassen neben ihm nieder. Louise hielt sich nicht lange mit Nebensächlichkeiten auf. Nach einer ebenso kurzen wie belanglosen Fortsetzung ihrer Konversation fragte sie ihn unverblümt, ob sie sich nicht lieber unter die Decke legen sollten – es sei doch viel gemütlicher. Sie wartete seine Antwort gar nicht erst ab, sondern zog ihre Schuhe aus und ließ den weiten Rock und die geblümte Bluse folgen. In kurzem Unterhemd und Slip stieg sie ins Bett und hielt ihm einladend die Bettdecke hoch. Andre zögerte nicht lange, tat es ihr nach und genoss kurz darauf die Nähe und Wärme ihres Körpers.

Louise sah ihm kurz in die Augen, dann nahm sie seinen Kopf zwischen die kühlen Finger und küsste ihn. Ihre Lippen waren glatt und warm und ihre feuchte Zunge erwies sich als ausgesprochen flink. Andre überließ sich dem Zungenspiel. Schon bald glitten ihre Hände zielstrebig zwischen seine Beine. Sie schien in vielerlei Hinsicht Erfahrung zu haben.

Trotz aller wohligen Entspannung, die sich in seinem Körper ausbreitete, reagierte sein Schwanz nicht auf das Spiel ihrer tastenden und knetenden Finger. Andre seufzte. Louise verstand dies als Aufforderung, in ihrem Bemühen fortzufahren. Wie ein Korb legten sich ihre Finger um seine Genitalien. Unter pumpenden Bewegungen drückte sie ihre Nägel leicht hinter seinen Hoden, während sie mit der anderen Hand seine Schenkelinnenseiten streichelte. Die sanfte Zuwendung löste Andres letzte Widerstände auf und zum ersten Mal erwiderte er ihre Küsse mit einem Anflug von Lust. Sofort glitt Louise unter die Bettdecke und nahm seinen Schwanz in den Mund. Noch immer machte dieser keinerlei Anstalten, steif zu werden. Virtuos umspielte Louises Zunge sein schlaffes Geschlecht und drückte es abwechselnd sanft an beide Wangen. Hin und wieder machte sie eine Pause, erhöhte jedoch beständig das Tempo. Beim Oralverkehr konnte ihr eben keiner etwas vormachen. Schließlich zog sie seine Vorhaut herunter und leckte über die freigelegte Eichel. Jetzt kam Bewegung in seinen Schwanz. Nach und nach richtete er sich auf. Louisa belohnte ihn, indem sie seine Hoden zärtlich kraulte, während sie sein Glied mit ihrer Zunge leicht gegen ihren Gaumen drückte. Jetzt brauchte sie nur noch abzuwarten. Und in der Tat wurde es zunehmend härter.

Erstaunt stellte Andre fest, dass er geil wurde und Lust auf einen Fick bekam. Durch ein leichtes Anheben seines Beckens signalisierte er Louise seine Bereitschaft. Sie reagierte sofort, schob ihre Hände unter seinen Po und während sie seine Pobacken lustvoll knetete, wurde ihr Mund zum immer enger werdenden Gefängnis für seinen größer werdenden Schwanz.

Ihm blieb schließlich nur noch der Weg nach oben. Als seine Eichel ihr Zäpfchen berührte, musste Louise würgen. Schnell legte sie ihre Finger um seinen Schaft, um ihn an einem tieferen Eindringen zu hindern.

Mit einem Mal verspürte Andre ein heftiges Verlangen, ihre Beine zu spreizen und in sie einzudringen. Doch Louise drückte ihn energisch auf die Matratze herunter. Sie saugte an seiner Schwanzspitze. Louise schien das zu mögen, denn sie schmiegte sich eng an ihn. Eine Weile kam es Andre so vor, als hätte sie es darauf abgesehen, sein Sperma zu schlucken, doch dann setzte Louise sich auf ihn, hakte einen Finger hinter den Steg ihres Slips und dirigierte ihn zwischen ihre Schenkel. Bereits beim ersten Stoß glitt er bis zum Anschlag in sie hinein. Eine solche Weichheit und Elastizität hatte Andre noch nie erlebt. Ihr feuchter und offener Schoß war eine Offenbarung und weckte bei ihm ungeahnte Lustgefühle. Wohlig ließ er sich von ihr reiten.

Andre genoss die Selbstverständlichkeit, mit der sie sich seines Körpers bediente. Zum ersten Mal warf er einen Blick auf ihren Busen. Unter dem von dünnen Spaghettiträgern gehaltenen Hemdchen zeichneten sich eher knabenhafte Umrisse ab. Ihre Warzen drückten gegen den dünnen Stoff und ließen eine stattliche Größe vermuten. Als Andre nach ihnen griff, schob sie seine Hände sofort beiseite. Anscheinend stand sie nicht darauf, an den Warzen berührt zu werden.

Andre schloss die Augen und überließ sich ganz ihrer Führung. Sie bewegte sich derart leicht auf ihm, dass er fast vergaß, dass sie mit gespreizten Beinen über ihm saß. Vielmehr kam es ihm so vor, als würde sein Unterleib von einer warmen Wolke umschlossen. Waren ihre samtigen Schamlippen schon ein Genuss, wurde dies noch von der Einzigartigkeit ihres weichen und feuchten Schoßes übertroffen, das seinen steifen Schwanz wie in Wolken bettete.

Andre kam es wie eine Ewigkeit vor, in der Louise ihn zwischen ihren Beinen verwöhnte. Er konnte sich nur daran erinnern, wie sie schließlich aufstöhnte und sich nach einem heftigen Orgasmus auf ihn warf. Beruhigend streichelte ihr Andre den Rücken, bis ihr Herzschlag sich wieder beruhigte. Erst dann schob er sie von seinem Körper runter. Kaum war Louise wieder zu Kräften gekommen, verschwand sie unter der Bettdecke, nahm trotz seines Protestes seinen Schwanz in den Mund und besorgte es ihm so virtuos, dass er sich kurz darauf unter heftigen Zuckungen in ihren Mund entleerte.

Ihr Angebot, bei ihr zu übernachten, schlug er jedoch aus. Neben ihr aufzuwachen wäre ihm nicht recht gewesen. Also zog er sich an, küsste Louise ein letztes Mal und machte sich auf den Weg. Vielleicht würde es ein nächstes Mal geben. Im Moment fühlte er sich einfach nur leicht und glücklich und auf eigentümliche Art und Weise gestärkt für das, was ihn bereits morgen wieder als trübe Normalität erwartete.